Ben Smith

Dahinter das offene Meer

Roman

Aus dem Englischen von
Werner Löcher-Lawrence

liebeskind

Die Originalausgabe erschien 2019 unter dem Titel
»Doggerland« bei 4th Estate, London.

Umschlagmotiv: Russ Dixon / Arcangel
Typografie und Satz: Frese Werkstatt, München
Herstellung und Umschlaggestaltung: BuchHaus Robert Gigler, München
Druck und Bindung: Friedrich Pustet, Regensburg

ISBN 978-3-95438-116-6

Für Lucy

Schnürsenkel

Nichts. Nichts. Nichts. Stopp. Am vierten Haken von oben ein dunkler Umriss. Der Junge holte die Schnur nicht weiter ein und setzte sich auf seine Fersen. Das Meer war heute nicht sehr hoch, und es waren mehr als drei Meter bis ins Wasser. Der Junge sah, wie sich der Umriss im Grau streckte und bog.

»Ein komischer Fisch«, sagte er ins Nichts.

Der Wind kam von Westen, beständig, zehn, elf Meter pro Sekunde dem Gefühl nach, heulte durch Rohre und Roste der Plattform und fächerte das Wasser zu harten Kämmen auf. Die Nordsee schob sich von Horizont zu Horizont, wie eine Plane, die über unebenen Grund gezogen wurde. Sie wirkte träge, doch unter der Oberfläche zerrten und drängten die Strömungen. Es war schwer vorstellbar, wie viele Tonnen da jede Minute, jede Sekunde vorbeibefördert wurden.

Der Junge sicherte die Schnur am Geländer, zog sie ein Stück höher und ließ los. Ruckte nach links und nach rechts, doch der Haken saß fest. Er würde sie herausziehen müssen. Er ruckte noch einmal. Es war schwer, was immer es sein mochte. Er konnte nur hoffen, dass die Schnur nicht riss. Es hatte gedauert, ein solches Stück zusammenzubekommen. Wie lange? Monate? Jahre? Er sah zum Horizont, als hätte der eine Antwort für ihn, konnte aber nicht mal das Grau des Meeres vom Grau des Himmels unterscheiden. Es war eine gute Schnur. Darum allein ging es. Hundert Meilen von der

Küste entfernt war es nicht leicht, eine gute Schnur zu bekommen.

Gab es überhaupt noch richtige Angelschnur? Eine Böe arbeitete sich durch die Nähte seines Overalls. Wen konnte er fragen? Der alte Mann würde es nicht wissen. Wusste es sicher nicht. Und sonst war keiner hier draußen.

Er stand auf, stellte die Füße schulterbreit auseinander und zog sich die Ärmel über die Hände. Bewegte die Hände langsam und hielt den Rest des Körpers ganz ruhig, als versuchte er sich gegen die Bewegung von See und Himmel zu stemmen. Seine Füße standen fast einen Meter weit auseinander, seine Ärmel reichten kaum über die breiten, schwieligen Hände. Natürlich war der Junge kein Junge mehr, so wie der alte Mann gar nicht so alt war. Aber Bezeichnungen sind relativ, und hier draußen im Grau war eine gewisse Unterscheidung notwendig.

Er ergriff die Schnur, benutzte das Geländer als Drehpunkt und begann sie aus dem Wasser zu ziehen. Sowie das Gewicht an die Oberfläche kam, spannte sich die Schnur und schnitt durch seine Ärmel. Er hielt einen Moment inne, ließ den Wind dem Schmerz die Spitze nehmen und zog weiter, bis der vierte Haken auf Höhe des Geländers war. Er beugte sich hinüber.

Ein Haufen Müll, wie immer – eine schmierige, stinkende Masse aus Netz und Plastik, aus der das Wasser troff. Das Ganze hatte sich zu einem dichten Klumpen verbunden, zusammen mit einer Ölkanne, Styroporfetzen und etwas, das aussah wie ein Stück verbrannte Türfüllung.

Der Junge zurrte die Schnur fest, richtete sich auf und blies sich in die Hände. »Ein guter Fang«, sagte er.

Neben ihm wuchs die dicke, stählerne Stütze zwanzig Meter zur eigentlichen Plattform auf, über deren gedrungener, rechteckiger Silhouette die Rotorblätter des nächsten Windrads langsam durch den ausgewaschenen Himmel schnitten. Überall, in jeder Richtung, drehten sich die Rotoren des Windparks.

Die Schnur drehte sich ebenfalls, langsam, zehn Mal in die eine Richtung, Pause, zehn Mal in die andere. Der Junge legte sich auf den Bauch, streckte den Arm aus und hielt das Netz, bis es ruhig dahing.

Rund um ihn breiteten sich die Felder des Parks aus, Reihe um Reihe von Windrädern, wie merkwürdige Nutzpflanzen. Aus der Ferne sahen sie alle gleich aus, aus der Nähe jedoch waren sie voller unterschiedlicher dunkler Flecken und Rostkrusten. Öl und Schmierfett leckten aus ihnen heraus und krochen dem Salzfraß entgegen, der sich von unten hocharbeitete, was komplexe Stalaktiten- und Stalagmiten-Muster hervorbrachte. Einige der Räder neigten sich leicht zur Seite, die Fundamente zerfielen, lösten sich im Schlick. Wo einzelne Rotorblätter fehlten, fuhren die verbliebenen Glieder ruckartig im Kreis. Andere Windräder hatten gar keine Rotoren und Maschinenhäuser mehr, es standen nur noch die Türme, Zeugen des fortschreitenden Verfalls. Opfer der Stürme.

Er versuchte bis zu der Stelle vorzufühlen, wo sein Haken festsaß. In das Netz waren Gewichte und Schwimmer eingeflochten, Gräser hingen heraus, die aber, wie der Junge wusste, keine Gräser, sondern schwarze Plastikstreifen waren. Seit einiger Zeit fand er sie überall im Park. Er schob die Hand weiter vor und stieß auf den Haken, zog ein Messer aus der

Tasche und begann das Netz aufzuschneiden, Strang um Strang, bis es wieder ins Wasser fiel und nur noch der Haken samt dem Objekt, in dem er festsaß, zurückblieb.

Es war ein Stiefel, schwarz, ein Arbeitsstiefel der Firma, genau wie er sie hatte. Nur, dass seine dunkel und weich waren. Er putzte und pflegte sie regelmäßig, und der hier war steif von Salz, ausgeblichen und rissig, als wäre er aus rauem Stein gehauen.

Er griff danach, drehte ihn langsam und sah hinein. Der Schnürsenkel hatte sich gelöst, und der Stiefel war leer, was eine Erleichterung war. Er hatte schon einmal einen Stiefel gefunden, der durch den Park trieb und noch fest zugeschnürt war. Wann war das gewesen? Unten im Süden. Ein brauner, spitzer Stiefel. Leder und Inhalt waren zerkratzt und zerpickt. Das mussten Vögel gewesen sein. Und Fische.

Der Junge steckte das Messer zurück in die Tasche und holte eine alte Digitaluhr hervor. Das Band und ein Knopf fehlten, und wenn er auf die Anzeige drückte, breitete sich Feuchtigkeit über die Ziffern. Viertel nach fünf. Er hob den Blick zum Himmel und sah, vielleicht, im Westen eine etwas hellere Stelle in den Wolken. Wenn er die Augen schloss, erschien sie auch innen auf seinen Lidern.

Der Wind zerrte an der Plattform. Manchmal klang er dünn und hohl, manchmal dröhnte er wie eine massive Wand, die nicht an ihrem Hindernis vorbeikam. Die Schnur ruckte. Die Windräder stöhnten und surrten. Der Junge hielt immer noch den Stiefel in der Hand. Die Sohle war glatt und sauber gewaschen: Das Meer säuberte die Dinge, machte sie anonym.

»Wo kommst du her?«, sagte er. Seine Stimme war kaum

hörbar über dem Rauschen von Wind und Rotoren. Was wohl das Beste war. So eine dumme Frage. Er redete mit einem Stiefel.

Die Strömungen, die den Park durchzogen, kamen aus den Ozeanen, kreisten durch die Nordsee und brachten Müll und Abfall von sämtlichen Küsten mit. An manchen Tagen trieben Schwaden einer glänzenden Flüssigkeit auf dem Wasser, an anderen Plastiktütenschwärme und Flaschen, die wie bauchige, Licht suchende Kreaturen aus der Tiefe heraufdrangen. Der Junge fand Sperrmauerteile und verblichene Kleidung, die brüchigen Gehäuse elektrischer Geräte. Er hatte Möbel und Hölzer gesehen, die sich so ineinander verkeilt hatten, dass sie wie provisorische Flöße aussahen. Und einmal ein ganzes Haus, das aus seiner Verankerung gerissen worden war; schräg an seinen Schwimmtanks hängend, trieb es durch den Park.

Tage, Monate, Jahreszeiten zogen lose und unbestimmt mit dem Treibgut vorüber. Manchmal fühlte es sich kälter an, und es gab mehr Stürme, manchmal hob eine Springflut das Wasser näher unter die Plattform. Aber kalt war es immer, und Stürme gab es auch immer. Jetzt war Frühling, laut dem Computer oben. Er sah auf seine Uhr. Immer noch Viertel nach fünf.

Er steckte sie weg und löste den Stiefel vorsichtig vom Haken. Kam vom Bauch hoch, setzte sich, zog die Knie als Windschutz an die Brust und hielt den Stiefel vor sich in die Höhe. Er konnte von überallher stammen. Sogar aus dem Park selbst. Jemand hatte ihn verloren, und er war in einen der Wirbel geraten, die den Park durchzogen. Die alles fingen, was dahintrieb, und es nicht wieder losließen. Vielleicht kreiste er schon seit Jahren um die Windräder und die Ränder der Plattform.

Der Stiefel hatte seine Größe. Wem er auch gehört hatte, der Mann musste in etwa seine Größe, seinen Körperbau haben. Der Wind drückte, und die Haut auf seinem Rücken zog sich zusammen. Was, wenn …? Aber er erlaubte sich nicht, den Gedanken zu Ende zu denken. Es hatte keinen Sinn, das alles durchzuspielen.

Er hielt den Stiefel über das Wasser. Wenn er ihn losließ, konnte er in weniger als einer Minute verschwunden sein. In einem Tag den Park hinter sich gelassen haben. In ein paar Wochen irgendwo an eine Küste gespült werden oder nach Norden treiben, immer weiter und über den Pol.

Aber vielleicht kam er auch nirgendwohin. Vielleicht blieb er und kreiste weiter durch den Park. Vielleicht prüfte der Junge eines Tages seine Schnur, und da war er wieder, etwas rissiger, etwas bleicher, aber derselbe alte Stiefel. Und er würde ihn herausziehen, losmachen und die gleichen alten Gedanken denken, die gleichen alten Fragen stellen. Die immer noch dumme Fragen wären. Er würde immer noch mit einem Stiefel reden.

Er sah auf das Wasser hinaus und wickelte den Schnürsenkel um seine Finger. Er war salzverkrustet und hatte Dellen, wo er verknotet gewesen war. Langsam zog er ihn aus den steifen Ösen, rollte ihn auf und steckte ihn in die Tasche. Dann streckte er den Arm aus und ließ den Stiefel über den Rand der Plattform fallen. Sah zu, wie er in die Wellen tauchte und einen Moment innehielt, als rufe er sich seinen Weg ins Gedächtnis, bevor er nach Osten ins Grau trieb.

»Ahoi, Captain Cod«, sagte der alte Mann, Greil, auf seinem Stuhl hängend, die Füße oben neben den Monitoren. Er machte sich nicht die Mühe, den Kopf zu wenden. Der Junge hatte versucht, leise am Kontrollraum vorbeizugehen, blieb jetzt aber in der Tür stehen. »Was schleichst du hier herum?«, sagte der alte Mann.

Der Junge antwortete nicht.

»Ich habe dich gesehen.« Der alte Mann richtete einen Fuß auf einen der Monitore. »Ich sehe alles aus meinem Horst hier. Ich bin allwissend.« Seine Hand unterstrich das. Sie hielt eine Emailletasse, in der ein brutal riechendes Sekret schwappte.

»Was ist das?«, fragte der Junge und trat in den Raum.

»Mein Bester. Nichts für deinen unqualifizierten Gaumen. Nicht seit deiner letzten Kritik.« Der alte Mann drehte sich mit seinem Stuhl zu ihm. Seine Wangen waren lilagrau angelaufen, wie von einer Flamme verfärbtes Metall. Über die Knöchel seiner Hand mit der Tasse zogen sich tiefe Falten.

Unmöglich zu sagen, wie alt der alte Mann wirklich war. Sein Haar war noch dunkel und zu einem festen Helm zurückgekämmt, wie mit der Mennige, die sie früher draußen gegen den Rost benutzt hatten. Dafür schienen seine Augen alle Farbe verloren zu haben. Der Junge war sicher, dass sie mal blau gewesen waren, aber wie alles andere im Park schienen sie über die Jahre von Wind und Wetter ausgeblichen zu sein. Der alte Mann war klein, viel kleiner als der Junge, bewegte sich jedoch, als hätte er eine weit größere Masse zu tragen. Seine Ellbogen und Knie stießen immer an Stellen an, wo der Junge bequem durchkam. So still, wie er im Moment dasaß, wirkte er gebrechlich. Bis er sich vorbeugte, den Hals reckte und dem Knacken der Wirbel lauschte.

»Und welchen reichen Fang willst du heute nicht teilen?«, sagte er.

Der Junge zog den Schnürsenkel aus der Tasche und hielt ihn in die Höhe. Auf seinem Handrücken war ein Ölfleck, der wie eine kaputte Leiter aussah, eine kaputte Gierachse oder auch ein kaputtes Röhrensystem. Auf jeden Fall kaputt. »Von der Firma«, sagte er.

»Die Firma.« Der alte Mann seufzte. »Aber klar.« Er hob seinen Fuß. »Was für Schnürsenkel sind in meinen Stiefeln?« Er wartete, dass der Junge ihm antwortete, aber es hatte keinen Sinn, ihm zu antworten. »Was für Schnürsenkel sind in deinen Stiefeln?« Wieder eine Pause. »Was für Schnürsenkel sind in den Stiefeln von jedem Einzelnen, der irgendwas mit diesem Meer zu tun hat?« Die ganze Zeit über starrte er den Jungen an. Der alte Mann konnte das minutenlang, ohne zu blinzeln. Es war eine seiner »sozialen Kompetenzen«.

Der Junge sah an ihm vorbei auf die Monitore. Die ganze Plattform war zu sehen, mit allen Gängen und Winkeln. Wie die Windungen einer Platine. Die Bildschirme schalteten von Raum zu Raum. Die Kantine mit ihrem langen Stahltisch, an dem zwanzig Leute Platz hatten, die Schränke voller ungenutzter Töpfe, Besteck und Kochutensilien. Auf der Arbeitsfläche standen zwei leere Dosen, in der Spüle zwei Schüsseln, zwei Gabeln und ein stumpfer Dosenöffner. Dann die leeren Schlafräume, der riesige »Besprechungsbereich« und der Freizeitraum mit dem schiefen Billardtisch und dem einzigen Fenster der Plattform, schmal und salzgeschliffen, das sich über die äußere Wand erstreckte.

Die Monitore flackerten zur Trafostation, die eine ganze Ebene der Plattform einnahm. Die Röhren der selbst gebauten Destille des alten Mannes schlängelten sich ins Dunkel. Und wieder hinunter zum Dock mit seinen schweren Toren vor der Fläche ruhigen Wassers. Bis auf das auf die Helling gezogene Wartungsboot, das an der Ladeanlage hing, war das Dock leer.

Die Monitore schalteten zu den Kameras auf den Betriebsebenen der Plattform, die Bilder körnig wie eingetrockneter Kitt. Auch oben auf dem Dach hatte es eine Kamera gegeben, aber die war wie der aufgerissene Hubschrauberlandeplatz und der Großteil der Antennen und Satellitenschüsseln mittlerweile defekt.

Und von den Betriebsebenen der Plattform zu den Feldern – über sechstausend in riesigen Formationen angeordnete Windräder. Es gab kein Stück Horizont ohne Räder, keinen Hinweis auf eine Grenze oder einen Raum jenseits der peitschenden Luft. Auf jedem Kamerabild stand zumindest ein Rad still und widersetzte sich der allgemeinen Bewegung. Im Moment waren es im gesamten Park etwa achthundertfünfzig und noch mehr mit Fehlfunktionen. Schwer, das genau zu sagen, aber der Junge versuchte den Überblick zu behalten. Es war ihr Job, sie zu reparieren.

Nicht, dass sie viel hätten tun können. Mit den zur Verfügung stehenden Werkzeugen und Ersatzteilen konnten sie nur einfache Reparaturen vornehmen. Kleinere Übersetzungsräder austauschen, Risse schweißen, Mechanik schmieren, Kabel ersetzen. Immer öfter bestand ihre einzige Option darin, ein Rad komplett stillzulegen, die Rotorblätter aus dem Wind zu drehen, zu arretieren und das ganze Ding dem Rost zu überlassen.

Der Windpark lieferte neunundfünfzig Prozent Leistung.

Manchmal mehr, manchmal weniger. Manchmal kamen mit dem vierteljährlichen Versorgungsschiff neue Ersatzteile, meist jedoch nicht. Manchmal suchte sich der Junge ein Rad aus und fuhr allein immer wieder hin, bis es repariert war. Einmal hatte er zehn Tage an einem gewerkelt und sich Schritt für Schritt durch sämtliche Komponenten gearbeitet. Es war fast überall etwas zu tun gewesen, vom Maschinenraum bis zum Generator. Aber als er das Ding endlich wieder in Gang gesetzt hatte und das System überprüfte, stellte sich heraus, dass das Kabel, mit dem das Rad mit dem Netz des Parks verbunden war, irgendwo unten auf dem Meeresgrund gerissen sein musste. Offenbar hatte der alte Mann es seit Tagen gewusst, dem Jungen aber nicht den Spaß verderben wollen.

Die Monitore bewegten sich von Feld zu Feld. Die Bilder waren farbig, doch das Meer schlug in Grautönen gegen die Türme.

Der alte Mann sah den Jungen, dann den Schnürsenkel, dann wieder den Jungen an. »Guter Fang«, sagte er.

Der Junge hielt den Blick auf die Monitore gerichtet. Das Meer peitschte immer weiter. »Was denkst du, woher er stammt?«, sagte er.

Der alte Mann blinzelte. »Wer?«

»Der Stiefel. Das Netz war …«

»Welches Netz?«

»Er hatte sich in einem Netz verheddert.«

»Du hast nichts von einem Netz gesagt.«

»Es war nichts Besonderes.«

»Du hast nichts darüber gesagt.«

Der Junge legte den Schnürsenkel in seiner Hand zusammen. »Nur ein Netz. Mit Schwimmern und Gewichten …«

»Gewichten.« Der alte Mann zerkaute das Wort, lehnte sich zurück und nahm einen Schluck aus seiner Tasse. »Was für Gewichte?«

»Ich weiß nicht.«

»Hast du nicht nachgesehen?«

»Nein.«

»Wahrscheinlich waren es Ziegel.«

»Nicht der Form nach.«

»Aber du hast nicht nachgesehen?«

»Nein.«

Der alte Mann nickte langsam. »Wahrscheinlich waren es Ziegel.«

Die Monitore wechselten von der Kantine zum Freizeitraum und wieder zur Kantine. »Ich würde nie Ziegel nehmen«, sagte der alte Mann.

»Okay«, sagte der Junge.

»Okay?« Der alte Mann lehnte sich vor und klopfte sich mit dem Finger an die Schläfe. »Das Gehirn einschalten. Wo sollte ich hier draußen Ziegel herbekommen?«

»Ich habe nicht gesagt, dass du hier welche finden würdest.«

»Ich würde *keine* finden.«

»Ich weiß.«

»Genau.« Der alte Mann hob den Finger und drehte seinen Stuhl wieder zu den Monitoren.

Das Junge roch das Salz des Schnürsenkels, es klebte ihm auf der Haut. Salz hatte einen ganz eigenen Geruch: durchdringend, metallisch, dabei aber manchmal fast pflanzlich, als wäre es ein Lebewesen und kein erodiertes und im Meer gelöstes Mineral. Der alte Mann schwor, es rieche nicht, doch für den Jungen war es überall, scharf und brackig. Entweder das, oder er musste sich besser waschen. Er versuchte sich an die Textur irgendeiner anderen Substanz zu erinnern, Sand, Matsch, Erde – landete aber immer wieder bei der sauber geschrubbten Sohle des Stiefels. »Ich musste nur gerade daran denken …«

Der Stuhl des alten Mannes quietschte, als er erneut damit herumfuhr. »Zahnräder«, sagte er.

»Was?«

»Und zwar schwere. Das sind die besten Gewichte.«

Der Junge überlegte einen Moment lang. »Genau. Es waren Zahnräder.«

»Was?«

»Am Netz. So sahen sie aus.«

»An welchem Netz?«

»Dem Netz«, sagte der Junge. »Von dem wir gerade gesprochen haben.«

Der alte Mann verengte die Augen. »Du hast gesagt, es waren Ziegel.«

»Nein, das hast du gesagt.«

Der alte Mann fasste unter den Tisch und holte einen eckigen Behälter mit einem kleinen Hahn in einer Ecke hervor. Er füllte seine Tasse. Ein Geruch irgendwo zwischen Rostlöser und Generatoren-Kühlflüssigkeit erfüllte den Raum. »Woher hätte ich das wissen sollen?«, sagte er. »Ich habe sie ja nicht mal gesehen.«

Einer der Monitore zeigte nichts als eine Kameralinse voller Gischt. Die Gischt floss herunter und sammelte sich in der Ecke des Bildschirms. Tropfen für Tropfen für Tropfen.

»Es muss doch von irgendwoher stammen«, sagte der Junge.

Der alte Mann hielt mit der Tasse auf halbem Weg zum Mund inne und sah den Jungen über sie hinweg an. »Von irgendwoher?«

»Ich meine …«

»Er kann von überallher sein«, sagte der alte Mann.

»Von überallher?«

»Es war nichts als *Klote*, reiner Dreck.«

»Ich weiß, aber …«

»Nichts als *Klote*.«

»Aber denkst du nicht …«

»Denken!« Der alte Mann ruckte mit der Hand in Richtung der Monitore, und etwas von seinem Drink schwappte auf den Tisch. »Was soll da *Denken* helfen?« Er knallte die Tasse hin und wischte mit dem Ärmel über den Tisch. »Es war nur ein Stiefel. Der hat verdammt noch mal gar nichts mit ihm zu tun.«

Dem Jungen verschnürte es die Brust. Ganz still stand er da, hob die Hand und rieb sich die Backe.

»Du siehst genau wie er aus, wenn du das machst«, sagte der alte Mann.

Der Junge ließ die Hand sinken. Er hörte sein Herz in den Ohren pochen. Oder waren es die Wellen, die tief unten gegen die Stützen der Plattform schlugen? Er steckte den Schnürsenkel in die Tasche und ging hinaus auf den Gang.

»Jem.«

Der Junge blieb stehen und drehte sich halb um. Monatelang benutzten sie ihre Namen nicht, und wenn sie es taten, wirkten sie wahllos und unbestimmt, als könnten sie auf alles passen – ein Werkzeug, ein Maschinenteil, oder etwas, das gerade durch den Park getrieben kam.

»Was willst du mit dem Schnürsenkel machen?« Der alte Mann sprach leise. In seinen Augen spiegelte sich das blasse Licht der Monitore.

»Noch einen Haken an meine Schnur binden.«

Der alte Mann hob seine Tasse. »Und wir laben uns wie Könige an den Früchten des Meeres.« Er trank und schauderte.

Der Junge stand in der Tür. »Denkst du, da unten gibt es was?«

Der alte Mann lehnte sich zurück und hielt seine Tasse mit beiden Händen umfasst. »Da unten gibt es jede Menge.«

»Ich meine …« Aber es war zu spät. Gleich würde der alte Mann »ein ganzes Land, ein ganzer Kontinent« sagen.

»Ein ganzes Land, ein ganzer Kontinent.«

Der Junge drückte die Stirn gegen den Türrahmen. »Ja, ich weiß.«

»Genau hier, direkt unter uns. Vor Tausenden von Jahren war das alles Land.«

»Ich weiß.«

Der alte Mann schloss die Augen. »Mit Flüssen, Wäldern, weiten Ebenen. Dörfern, Feuerstellen …«

Der Junge ging den Gang hinunter, bis die Stimme des alten Mannes vom Knarzen und Murmeln der Plattform geschluckt wurde.

Er stand unter der Uhr an der Wand seines Zimmers. Sie zeigte Mittag an, oder Mitternacht. Das Ticken hallte durch den stillen, leeren Raum. Er zog seine Digitaluhr aus der Tasche. Er hatte gerade die Batteriekontakte gesäubert, und sie zeigte *03:30*.

Die Punkte zwischen den Ziffern blinkten im Sekundentakt. Er betrachtete sie genau und lauerte auf die kleinste Verzögerung, auf irgendeinen Fehler im Mechanismus, aber die Schläge kamen stetig und gleichmäßig. Er sah genau eine Minute lang zu, holte dann einen winzigen Schraubenzieher aus der Tasche und steckte ihn in ein Loch in der hinteren Abdeckung. Die Anzeige wechselte zu *00:00*.

Er setzte sich auf sein Bett, das wie alles andere im Zimmer an die Wand geschraubt war und aus grau lackiertem Metall bestand. *Sein* Zimmer, obwohl wenig darauf hindeutete. Unter dem Waschbecken befand sich ein Zehn-Liter-Behälter mit Reinigungsflüssigkeit zum Entfetten von Getrieben oder um ein Bootsdeck zu schrubben. Daneben stand ein Eimer mit einem Putzlappen. Die einzige Farbe kam von den verblichenen Rücken dreier zerlesener technischer Handbücher in einer Nische unter dem Nachtschrank. Davon abgesehen, sah das Zimmer genauso aus wie bei seiner Ankunft im Park.

Er erinnerte sich, wie er dem alten Mann vom Dock aus durch die Gänge gefolgt war. An den Geruch von Schmierfett und Rost. Das Geräusch der Ventilatoren. Den hohlen Klang seiner Stiefel auf Metall. Der alte Mann hatte ihn in dieses Zimmer geführt, und dann hatten sie schweigend dagestanden, der Junge beim Bett, der alte Mann in der Tür, und beide blickten auf den kleinen Stapel Habseligkeiten, den der Junge mitgebracht hatte: seine Firmen-Kleidung, seine Firmen-Ausrüstung, seine Firmen-Uhr. Der alte Mann räusperte sich, zeigte auf das Waschbecken, den Schrank, die Schubladen und räusperte sich wieder. Der Junge hielt den Blick auf die Säume seiner Leuchtjacke und seines Overalls gerichtet. Alles war ordentlich und genau zusammengelegt. Als er wieder aufsah, war der alte Mann gegangen.

Der Junge hatte sich auf die Matratze gelegt und an die Decke gestarrt. Es schien, als wiegte sie sich. Sie stampfte und schwankte, und er schloss die Augen und glaubte fast schon, den alten Mann zurückkommen zu hören, seine Schritte vor der Tür. Doch niemand kam herein. Die Matratze hatte sich hart und knubblig unter seinen Schultern angefühlt. Er erinnerte sich an die Art, wie er sich hinlegen musste, um einschlafen zu können. Jetzt war sie glatt und durchgelegen. Sie hatte sich seinem Körper angepasst.

Was der einzige Hinweis darauf war, wie lange er schon hier draußen war. Wie lange er schon Windräder reparierte, seine Schnur ins Wasser hinunterließ und die immer gleichen Gespräche mit dem alten Mann führte. Wie lange es her war, dass er losgeschickt worden war, um den Vertrag seines Vaters zu übernehmen.

Manchmal versuchte er, an sein Leben vor dem Park zurückzudenken, an seine Überfahrt hierher, die letzten Momente an Land, aber seine Erinnerungen waren schemenhaft und unbestimmt, wie wenn die Windräder bei stürmischem Wetter so viel Gischt aufwirbelten, dass alle Kanten und Konturen verschwanden.

Er sah wieder auf die Uhr. Sie wich bereits eine Minute von der an der Wand ab.

Er stand auf und ging hinunter zum Kontrollraum, vermied automatisch die losen Bodenplatten, duckte sich unter den stümperhaft neu verlegten Lüftungsrohren hindurch und ließ die dritte Stufe der Treppe aus, die mit einer klaren, klebrigen Substanz bedeckt war. Der alte Mann verteilte sie darauf, seit Langem schon, seit der Junge versucht hatte, mit ihm über das Sauberhalten der Plattform zu sprechen. Der Gedanke war, dass der Junge hineintrat und dann selbst überall schmutzige Fußabdrücke hinterließ. Das war bisher noch nie geschehen, dennoch frischte der alte Mann die Substanz alle paar Tage auf, und der Junge stieg darüber hinweg. Beide fanden es langweilig und ermüdend, aber es füllte ein Stück Zeit aus.

Der Junge trat in die Tür zum Kontrollraum. »Wie viel Uhr ist es?«, fragte er.

Der alte Mann hatte seine Füße auf dem Tisch. Er zuckte mit den Schultern. »Das System ist wieder abgestürzt.«

»Das ist es doch heute Morgen schon.«

»Jetzt wieder.«

»Hast du was von deinem Gebräu reingeschüttet?«

»Das ist mir erst einmal passiert.« Der Prozessor grummelte und greinte, und der alte Mann betätigte mit der Ferse eine Taste seiner Tastatur. »Nicht mein Fehler, wenn es keinen Schnaps verträgt.«

Der Junge wartete in der Tür, während der Computer wieder hochfuhr. »Was sagt die Zeit?«

Der alte Mann seufzte und drehte einen der Monitore mit dem Fuß zu sich. »Viertel nach fünf.«

»Viertel nach fünf?«

Der alte Mann zuckte wieder mit den Schultern.

Nichts

Die Luft im Turm war brackig und feucht, das Licht genauso merkwürdig gelb wie eine Wolke, bevor sie zu Eisregen wird.

Der Junge und der alte Mann standen eng beieinander, jedoch ohne sich zu berühren im schmalen Wartungsaufzug des Windrads, die Werkzeugtasche zwischen sich. Der alte Mann drückte einen Knopf, und sie ruckelten in die Höhe. Es war still, jedenfalls so still, wie es im Park sein konnte. Da waren immer das Meer und das langsame Pulsieren der Rotoren und Generatoren, dazu der Wind, der seine rauen Fasern durch alles trieb.

Sie fuhren höher, und die Geräusche wurden lauter. Es waren hundert Meter vom Gerüst bis zum Maschinenraum, und auf dieser Distanz stieg die Stärke des Windes so sehr, dass er durch jedes Gelenk und jede Niete drang, zwischen Turm und Maschinenraum, Maschinenraum und Nabe, Nabe und Getriebe. Den ganzen Tag spürte der Junge, wie die Böen auf das Metall trafen, und die Vibration drang ,ihm durch Füße und Hände bis in die Brusthöhle, dass es schien, als klopfte da sein eigener Puls an die Außenwände und wollte herein.

»Dicke Scheiben Rinderfilet«, sagte der alte Mann. »Englisch. Mit Bratensaft.«

Der Junge sah ihn an. »Englisch?«

»Blutig.«

Der Junge zählte die Sektionen des Turms, während sie an

den Schweißnähten vorbeikamen. »Ich weiß.« Jedes Mal zählte er die Sektionen, obwohl die Türme alle gleich waren – aus riesigen Metallzylindern bestanden sie, die wie Dosen übereinandergestapelt waren.

Die Aufzugtüren öffneten sich, und der Junge nahm die Werkzeugtasche und folgte dem alten Mann auf die Brücke hinaus. Sie blieben am Fuß der Leiter stehen und sahen zur Luke hinauf. Sie war zugerostet.

»Eine Quiche«, sagte der alte Mann. »Eine Käse-Zwiebel-Quiche.« Seit einer Woche ging das jetzt schon so. Das Versorgungsschiff war überfällig, und ihnen gingen die Lebensmittel aus.

Der Junge zuckte mit den Schultern.

»Was?«, sagte der alte Mann.

»Ich weiß nicht.«

»Du weißt nicht, was das ist, oder du weißt nicht, ob du eine essen willst?«

»Was ist der Unterschied?« Der Junge stellte die Tasche neben den Fuß der Leiter und sah hinauf zum schuppigen Rost.

Jeden Tag sagte ihnen das automatische Instandhaltungssystem des Parks, was getan und repariert werden musste. Der Computer auf der Plattform erstellte einen Bericht, nannte die Windradnummern, ihre Position und worin das Problem bestand. Die alten technischen Handbücher beschrieben das System als intelligent. Es richtete nicht nur die Windräder aus, sondern kontrollierte auch die Leistung, verlangsamte die Generatoren, damit sie nicht überhitzten, und änderte die Einstellwinkel der Rotorblätter, wenn der Wind zu stark wurde. Es war darauf ausgelegt, das Wartungspersonal nur dann zu alarmieren, wenn etwas kaputt war, die Fälle nach Wichtigkeit geordnet, mitsamt Diagnose, und es teilte sogar mit, was sie an Werkzeugen mitnehmen sollten.

Der Junge fragte sich oft, ob es je so funktioniert hatte. Nach Jahren zahlloser Berichte war das System am Ende. Es meldete ein Problem mit dem Getriebe, und tatsächlich war es der Nachführungsmotor, es zeigte an, dass der Generator nicht richtig arbeitete, obwohl die Blattwinkeleinstellung eingerostet war. Mitunter schickte es sie auch zum falschen Windrad, und sie mussten herausfinden, welches denn nun defekt war. Und so folgten sie der Liste wie dem Geschwafel von jemandem, der langsam den Verstand verlor.

Dies war der dritte Job, den sie heute erledigen wollten. Mit dem ersten Windrad war alles in Ordnung gewesen. Beim zweiten hätten sie laut System nur ein paar Dinge neu verkabeln müssen, aber als sie hinkamen, fehlte der gesamte vordere Teil des Maschinenraums samt Rotor, Nabe und so weiter. Nur ein gähnendes Loch war noch zu sehen.

Der Junge holte eine Bohrmaschine aus der Tasche und suchte herum, bis er einen dicken, abgenutzten Bohrer fand, dessen spiralförmige Schneiden nur mehr abgeflachte Grate waren. Er stellte sich auf die unterste Sprosse der Leiter und machte sich an den Nieten in den verrosteten Scharnieren zu schaffen. Der Bohrer verkantete und setzte aus. Der Junge schlug mit dem Akku gegen die Leiter, und der Bohrer lief wieder. Die Nieten wurden zu feinem orangefarbenem Staub.

»Was würdest du nehmen?«, sagte der alte Mann. Er lehnte sich gegen das Geländer.

Der Junge griff nach einer Brechstange. »Ich weiß nicht.«

Er spürte den Blick des alten Mannes in seinem Rücken. Jeden Moment würde er etwas über den Winkel sagen, in dem er die Stange ansetzte, oder dass es die falsche Stelle war. »Ich denke, das scharfe Zeugs«, sagte er.

Der alte Mann schloss die Augen und lächelte. »Curry-Pastete, ja. Golden und knusprig.«

»Knusprig?«

»Natürlich. Die muss knusprig sein.«

»Wie soll das gehen?«

»Wie nicht?«

»Aus der Dose?«

»Curry-Pastete aus der Dose?«

»Curry-Pastete?«

Der alte Mann atmete hörbar aus. »Was redest du, wenn du nicht weißt, was das ist?«

»Ich weiß, was es ist.« Der Junge drückte fester auf das Brecheisen. »Ich weiß nur nicht, was das damit zu tun haben soll.«

»Warum hast du dann Curry-Pastete gesagt?«

»Ich habe *scharfes Zeugs* gesagt.«

»Himmel.« Der alte Mann rieb sich die Stirn. »Das geht nicht.«

»Warum nicht?«

»Weil das bedeuten würde, dass du von allem, *allem*, was mit dem nächsten Versorgungsschiff kommen könnte, ausgerechnet gewürztes Protein nimmst.«

Dosen, getrocknete Lebensmittel, vakuumverpackte Pakete, etwas anderes brachte das Versorgungsschiff nicht. Es gab irgendwelche zähen Weißkäse-Würfel und Pakete mit gepresstem Reis. Das gewürzte Protein war das Einzige mit ein wenig

Geschmack, weshalb es immer als Erstes weg war. Deshalb benutzten sie es als Wetteinsatz, oder sie kauften sich damit von Aufgaben los, die sie nicht mochten. Der alte Mann schuldete dem Jungen bereits vier Portionen. Bis das Versorgungsschiff endlich kam, würde es nur noch Dosengemüse geben. Gelatinierte Kohlehydrate in Form von Dingen, wie sie einmal gewachsen waren. Sie waren bleich und mehlig und hinterließen einen pudrigen Rückstand auf Zunge und Zähnen. Da das Boot zu spät dran war, aßen sie seit Wochen nichts anderes. Das Einzige, was den Jungen tröstete, war, dass der alte Mann das Essen noch mehr hasste als er.

Er drückte fester, die Brechstange rutschte ab, und er riss sich die Knöchel an der Luke auf. Der Junge warf die Brechstange in die Tasche und ballte und öffnete die Fäuste, eine nach der anderen.

»Das hätte ich dir vorher sagen können«, meinte der alte Mann.

Der Junge legte die Handflächen flach unter die Luke, fasste auf der untersten Sprosse Tritt und drückte die Klappe in den Maschinenraum.

Der alte Mann stieg als Erster hinauf. Kein Licht ging an. Einmal war der Junge in einen Maschinenraum gekommen, in dem alle Schalter sanft geglüht hatten, geschmolzenes Plastik war wie Kerzenwachs die Wände heruntergeronnen. Jetzt waren ein Knall und leises Fluchen zu hören, das Umlegen von Schaltern und ein metallisches Kratzen, als der alte Mann die Dachluke öffnete und Tageslicht und einen Höllenlärm hereinließ.

Der Computer hatte eine Funktionsstörung des Generators angezeigt, doch als der Junge hinaufkletterte, sah er gleich, dass der Generator funktionierte. Er blinzelte zweimal ins Licht, rieb sich mit der Hand über die Augen und machte sich daran, die einzelnen Komponenten durchzuchecken.

Es gab vielfältige Gründe, warum ein Windrad nicht lief. Meist war es das Wetter, das sich Zugang verschaffte: Die Verschlüsse der Luken zerbröselten, Nieten wurden lose und Risse in der Farbe boten der Feuchtigkeit und dem Rost die Möglichkeit, sich ins Metall zu fressen. Wobei die verschiedenen Windradmodelle im Park alle ihre eigenen Schwächen hatten. Kleine Unterschiede, die mit der Zeit zu notorischen Störquellen wurden oder ganze Teile des Maschinenraums halb dem Rost hingaben. Einige der neueren Modelle sollten widerstandsfähiger sein, mit besserer Abdichtung der Schaltkreise, weniger Mechanik, aber nichts blieb lange neu und widerstandsfähig.

Der Junge ging hinüber zur Schalttafel, auf der eine Reihe Lichter verloschen war. Er machte eine Geste zum alten Mann hin, der seufzte, den Reißverschluss einer Tasche vorne auf seinem Overall öffnete und ein altersschwaches Tablet herauszog. Zwei Seiten waren dick mit Isolierband verklebt, und von einem Sprung oben in einer Ecke zogen sich Risse wie Adern über den Bildschirm. Der alte Mann kam herüber, verband das Tablet mit der Schalttafel, tippte auf den Bildschirm und sagte etwas.

»Was?«, rief der Junge.

Der alte Mann legte die Hand ans Ohr. »Was?«, rief er zurück.

»Ich sagte: ›Was?‹«, schrie der Junge.

Der alte Mann starrte ihn einen Moment lang an, legte sein Tablet zur Seite und ging zum Maschinenhaus, entfernte die

Zugangsabdeckung zur Nabe und kroch hinein. Sekunden später wurden die Rotorblätter langsamer und blieben schließlich stehen. Der Junge holte drei LED-Lampen aus der Werkzeugtasche, verteilte sie im Maschinenraum und schloss die Dachluke. Einen Augenblick lang war es fast still. Der alte Mann kam zurück und nahm sein Tablet, klopfte wieder darauf und nickte, was hieß, dass er nicht wusste, wo der Fehler lag.

»Was ist los?«, fragte der Junge.

Der alte Mann klopfte noch einmal auf den Bildschirm. *»Huài diào.«*

»Huài diào?«

Der alte Mann zuckte mit dem Schultern.

»Welcher Teil?«

Der alte Mann zeigte auf die Kontrolltafel. »Das ganze Ding.«

Der Junge trat einen Schritt vor. »Lass mich mal sehen.«

Der alte Mann zog das Verbindungskabel heraus und steckte das Tablet zurück in die Tasche. »Es hat keinen Sinn. Ich weiß nicht, wo das Problem liegt. Das könnte uns nur die Kontrolltafel sagen.«

Der Junge zog einen Schraubenzieher aus der Tasche und begann das Gehäuse der Kontrolltafel aufzuschrauben. »Ich komm schon dahinter.«

Der alte Mann verschränkte die Arme. »Reine Zeitverschwendung.«

Der Junge entfernte das Gehäuse. Zum Vorschein kam ein Durcheinander aus Kabeln, Platinen und Rost.

»Siehst du«, sagte der alte Mann.

Der Junge löste zwei Kabel mit dem Schraubenzieher voneinander. Rost rieselte auf seine Hand.

»Wir haben genug anderes zu tun«, sagte der alte Mann. »Aber wenn du unbedingt den Elektriker spielen willst.« Er lehnte sich an das Getriebe und schloss die Augen.

Der Junge betrachtete das Innere der Kontrolltafel. Es war wahrscheinlich eine der Platinen, oder ein paar Transistoren wollten nicht mehr. Er sah, was zu tun war. Aber wenn er sich irrte, saßen sie hier stundenlang fest und hatten dann am Ende doch nicht die richtigen Ersatzteile. Womit ein weiterer Tag verschwendet wäre. Eine Handvoll elektrische Komponenten. Alles andere an diesem Windrad war in Ordnung, aber ohne das Kontrollfeld konnte es seine Richtung nicht ändern oder den Winkel der Rotorblätter justieren. Dann reichte ein starker Wind aus der falschen Richtung, und der ganze Maschinenraum wurde weggerissen.

Der Junge steckte den Schraubenzieher zurück in die Tasche. »Also gut«, sagte er.

Der alte Mann öffnete ein Auge. »Wie bitte?«

Der Junge antwortete nicht, sondern holte die fast leeren Ersatzteilsäcke aus der Werkzeugtasche, und sie fingen an, den Maschinenraum zu zerlegen.

Nach einer halben Stunde hatten sie den Generator und das Getriebe auseinandergenommen und der alte Mann alles Brauchbare aus der Nabe vorn ausgebaut und sorgfältig in einem der Säcke verstaut. Am Ende schraubten sie noch die Wandverkleidung und die Bodenplatten ab, zogen meterweise Kupferkabel heraus und rollten es auf.

Der Junge brachte die erste Ladung mit dem Aufzug nach unten zum Wartungsboot. Regen hatte eingesetzt und wehte scharf von Westen heran. Der Junge neigte den Kopf, damit ihm die Tropfen nicht in die Augen schlugen. So stufte er das

Wetter ein: nach dem Grad, wie sehr man sich bücken musste. Manchmal musste er sich tief hinunterbeugen und an Geländern und Sprossen voranziehen, manchmal trieb es ihn auf die Knie.

Er fand noch ein paar Taschen in der Kabine, schickte sie mit dem Aufzug nach oben und wartete dann unten im Turm. Mit den Teilen, die sie hier ausgebaut hatten, konnte er etliche Reparaturen vornehmen – damit würde er Monate auskommen und sogar einige der Windräder wieder in Betrieb nehmen können, die sie bereits stillgelegt hatten. Aber es hatte keinen Sinn, so zu denken. Der alte Mann behielt alles, damit er es gegen Extras eintauschen konnte, wenn das Versorgungsschiff kam.

Der Junge hatte das nur einmal infrage gestellt und wissen wollen, warum sie nicht einige der Teile für die Instandhaltung benutzten.

»Was bringt dir das?«, hatte der alte Mann geantwortet.

Der Junge hatte lange darüber nachgedacht. Über all die verschiedenen Arten, wie die Windräder zu ächzen schienen. Das kurze trockene Keuchen, bevor ein defekter Motor den Geist aufgab. Dass Plastik so knirschte wie seine eigenen Gelenke, wenn er zu lange im Rotorgehäuse gekniet hatte.

Er hatte ihm keine Antwort geben können.

Das Boot bewegte sich langsam durch den Park, ein dunkler Punkt zwischen den bleichen Reihen, der sich hob und senkte, während er durch die Wellen schnitt. Der Junge saß am offenen Heck, den Rücken an die Kabine gelehnt, und sah zu, wie das Kielwasser hinter ihnen aufschäumte, bis es von den Querströmungen verwischt wurde und keine Spur zurückblieb. Gischt spritzte auf Deck, und er hob den Blick und fluchte in sich hinein. Sie sollten eigentlich nach Süden fahren, aber das Boot steuerte nach Norden, in Richtung von Zone zwei. Das sah er, weil der Rost an den Türmen auf der Südwest-Seite immer am schlimmsten war. Das Metall warf Blasen und schälte sich, als hätte es einen Brand gegeben.

Er stand auf und öffnete die Kabinentür. Der alte Mann stand am Ruder und spähte durch die zersprungene Windschutzscheibe.

»Was macht die Batterie?«, fragte der Junge. Er sah hinüber zur Anzeige, der Zeiger stand etwa auf der Hälfte. Bei der Dünung und dem unruhigen Wasser war es unmöglich zu sagen, wie lange eine Batterie hielt. Gegen eine starke Strömung zurückzumüssen konnte sie schnell leeren. Sie hatten Ersatzbatterien dabei, aber die waren alt und noch unzuverlässiger. Es war schon vorgekommen, dass sie sich verrechnet hatten und gezwungen waren, das Boot treiben zu lassen und den Motor nur noch zur Richtungsänderung zu benutzen. Einmal waren beide Ersatzbatterien leer gewesen, und sie hatten an einem Windrad festmachen müssen und versucht, sie am Hauptnetz aufzuladen. Was dem Jungen auch gelungen war, aber erst, nachdem eine der Batterien zu einem festen Klumpen geschmolzen und das Boot zweimal gegen die gegenüberliegende Wand des Turms geschleudert worden war.

»Ich fahre langsam«, sagte der alte Mann.

»Die Anzeige spielt in letzter Zeit verrückt.«

»Ich fahre langsam.«

Der Junge ging ganz hinein und schloss die Tür hinter sich. »Wie weit ist es bis zum nächsten Job?«

Der alte Mann antwortete nicht.

»Es stehen noch vier Räder auf der Liste.«

»Das war genug für einen Tag.«

»Wir haben nichts repariert.«

Der alte Mann spähte wieder nach vorn. »Wir haben, was wir brauchen.«

Das Gesicht des Jungen brannte in der trockenen Wärme der Kabine. »Wir sollten wenigstens versuchen, noch eins zu reparieren.«

»Was, wenn wir Ersatzteile brauchen?«

»Vielleicht brauchen wir keine.«

»Aber vielleicht *doch*.« Der alte Mann korrigierte den Kurs. »Und wenn wir Windräder mit den Teilen instand setzen, die wir gerade geborgen haben, müssen wir ein anderes finden, das sich nicht mehr reparieren lässt, damit wir sie ersetzen können, und das immer in der Hoffnung, dass wir nicht noch eines finden, das sich reparieren lässt. Das frisst dann noch mehr Teile.«

»Dann arbeiten wir also nicht mehr?«

»Das können wir hinterher noch«, sagte der alte Mann. »Wenn noch Zeit ist.«

Der Junge schüttelte den Kopf. Es würde keine Zeit mehr sein. Es blieb nie Zeit, wenn der alte Mann nach seinen Netzen sah.

»Fünf«, sagte der Junge. »Damit schuldest du mir fünf Dosen.«

Der alte Mann brummelte, dass es nur vier seien, definitiv nur vier, aber der Junge war schon wieder draußen.

Etwa ein Dutzend Netze hatte der alte Mann ständig im Park ausgebracht. Falls es ein System gab, nach dem er sie verteilte, durchschaute es der Junge nicht. Er wusste nur, dass der alte Mann Tage und Nächte damit verbrachte, Gezeitenkarten und Wetterberichte zu studieren, Berechnungen anzustellen und seitenweise Notizen und Koordinaten aufzuschreiben. Der Junge hätte es womöglich verstanden, würde der alte Mann Fische zu fangen versuchen.

Aber er fischte nicht. Er spannte seine Netze zwischen zwei Windräder, sodass sie bis auf den Grund reichten. Dann ließ er ein verbogenes Stück Windradfundament vom Heck herunter, begann es über den Meeresboden zu schleifen und wühlte Schlick und Erde auf, um zu lösen, was immer er dort unten vermutete.

Er erzählte von Häusern und Siedlungen, einem Ort, der vor Tausenden von Jahren überflutet worden war. Er erzählte von Wäldern, Anhöhen und Flüssen und tauschte kistenweise Windradteile gegen Karten ein, die den Meeresgrund zeigten, als wäre er trockenes Land, aus der Zeit vor dem Bau des Windparks. Das Papier war dünn und schuppig wie Rost und beschrieb Dichte und Zusammensetzung des Meeresgrunds. Jede neue Lieferung tauschte er gegen eine neue Karte ein, oder ein neues Schleppinstrument, und dann verteilte er wieder seine Netze, errechnete neue Koordinaten, und der ganze Zirkus ging von vorne los.

Sie wurden langsamer. Ein Stück voraus schwamm eine Reihe Plastikflaschen auf dem Wasser. Der alte Mann steuerte das Boot in einem weiten Bogen zum nächsten Windrad und näherte sich ihm langsam, bis sich die konkav geformte Spitze des Bugs um die Rundung des Turmes legte. Er schaltete die Maschine aus und kam an Deck.

Der Junge ging in die Kabine und streckte sich auf dem

Boden aus. Das Boot schaukelte. Die Batterieanzeige summte. Der Junge hob langsam die Hand und rieb sich das Kinn.

Draußen erstreckte sich der Park in jede Richtung, die Türme in Reihen angeordnet wie die Speichen eines Rades. Fuhr man zwischen ihnen hindurch, fühlte es sich manchmal an, als bewegten sich allein die Felder ringsum. Änderte das Boot den Kurs, richteten sich die Türme an neuen Vektoren aus, änderte der Wind seine Richtung, drehten sich die Rotoren ihm zu. Es gab ganze Zonen, in denen der Junge noch nie gewesen war, Felder, weit außer Reichweite der altersschwachen Batterie des Wartungsbootes.

Wenn der Junge allein draußen war, musste er sich ganz auf das SatNav, das Navigationssystem des Bootes, verlassen. Er hatte zu lernen versucht, ohne zu navigieren, aber irgendwie schaffte er es nicht, die klar segmentierten Bereiche der Satellitenkarte auf die unglaubliche Größe des Parks zu übertragen. Er hatte es dem alten Mann gegenüber angesprochen, dass er, egal wo er sich befand, immer das Gefühl hatte, exakt in der Mitte des Parks zu sein, so als könnte er ewig weiterfahren, ohne je eine Stelle zu erreichen, von der aus er sich neu orientieren konnte. Doch der alte Mann hatte ihn nur angesehen und gesagt: »Benutzt du immer noch das SatNav?«

Das Boot schaukelte und bewegte sich am Turm. Draußen begannen sich die Rotoren neu auszurichten. Es fing an einer Seite des Horizonts an und breitete sich wie eine Welle von dort aus, als bemerkten die Leute in einer riesigen Menschenmenge etwas, einer nach dem anderen, und alle drehten sich stumm um und starrten hin. Der Junge spürte, wie der alte Mann zurück aufs Boot kam, spürte, wie die Leine über die Bordwand rieb, und dann ein paar dumpfe Schläge, als große

Stücke Netz an Deck gezogen wurden. Während er arbeitete, summte der alte Mann oft die merkwürdigsten Melodien, Mischungen aus Werbe-Jingles und Liedern, die der Junge nicht einordnen konnte.

Der Himmel verdüsterte sich bräunlich, altem, abgestandenem Wasser in einem Eimer gleich. Bald würde das letzte Licht in den immer schwer im Westen hängenden Dunst tauchen. Der Junge stand auf und öffnete die Kabinentür.

Trüber Regen umfing alles. Der alte Mann hockte da und wühlte in einem Haufen Flaschen, Plastiktüten, Betonstücken und schlickbedeckten Klumpen. Sein Haar troff, und in den Falten seiner Jacke sammelten sich Regenpfützen. Er hatte sich nicht mal die Mühe gemacht, die Kapuze aufzusetzen. Irgendwann kam er wieder hoch, packte das ganze Zeug und warf es zurück über Bord.

»Ein guter Fang«, sagte der Junge, als der Mann die letzten Plastikfetzen durch die Speigatts zurück ins Meer trat.

Der Junge las die Anleitung noch einmal. Vor ihm auf der Arbeitsfläche lag ein offenes Kochbuch neben einer Dose mit künstlich geformtem Gemüse. Auf beidem war ein verbleichendes Firmen-Logo zu erkennen.

Er stellte eine Bratpfanne auf die Kochplatte vor sich, öffnete die Dose und leerte sie in eine Schüssel. Dann ging er zu der Kiste in der Ecke des Raumes, in der sie das Leergut aufbewahrten, und fand eine Dose, in der Protein-Hack gewesen war. Er fuhr mit dem Finger hinein, schmierte das erstarrte Fett in die Pfanne und schaltete die Platte ein. Suchte die größeren Gemüsestücke aus der Schüssel und gab sie in die Pfanne, orangefarbene Scheiben und knollig weiße und grüne Röschen. Das Fett war heiß, aber immer noch fest. In kleinen weißen Kügelchen klebte es an den Gemüsestücken. Der Junge drehte die Temperatur höher und schob das Gemüse mit einem Pfannenwender hin und her. Es begann zu zischen und sich aufzulösen, also hörte er auf, es herumzuschieben.

Er sah auf den Timer, gab nach genau einer Minute das übrige Gemüse dazu, kleine Kugeln und Würfel, und ließ es in der Pfanne platzen. Dann wandte er sich wieder dem Buch zu. Da stand, mit Kartoffeln servieren. Der Junge wusste nicht, was Kartoffeln waren. Dem Foto nach sahen sie wie die vakuumverpackten Stärkewürfel aus, die sie manchmal vom Versorgungsschiff bekamen. Ein körniger weißer Puder, den man in Wasser kochte, bis er zu einer dicken Paste wurde. Wenig Nährwert, aber sie ließen Konserven eher wie Essen auf dem Teller wirken. Er wünschte, er hätte etwas davon aufbewahrt.

Der Junge versuchte, das Gemüse umzurühren, doch es war zu einer grauen Scheibe verschmolzen, die in der Pfanne angebacken war. Er versuchte, unter den geschwärzten Rand zu kommen, doch der klebte fest. Er stellte die Platte aus, betrachtete das Bild im Buch, machte es langsam zu und trug die Pfanne hinüber zum Tisch. Er hatte schon einmal etwas für sich und den alten Mann nach dem Buch gemacht, und sie hatten stundenlang dagesessen und versucht, es zu essen, bis der alte Mann schließlich etwas von seinem Gebräu in die Schüsseln geschüttet und sie das Ganze mit einem Schaudern getrunken hatten.

Im Buch stand immer: »gut würzen«. Der Junge griff nach dem Salzstreuer, aber der war leer, und so stand er auf und schaute in die Schränke. Einen Moment lang sah er sich selbst wie durch eine der Kameras, mitten auf dem Meer auf der Suche nach Salz. Es ginge schneller, wenn er einfach was von seinen Stiefeln abkratzte.

Er öffnete die lange Schiebetür hinter der Theke. Dahinter war alles mit Töpfen vollgepackt, die nie jemand benutzt hatte, dazu Handbücher für längst kaputte Apparate. Der Junge hockte sich hin und steckte die Hand weiter nach hinten. Noch mehr Töpfe und leere Packungen, dann eine scharfe Kante. Er zog die Hand zurück und sah einen kleinen Schnitt in der Fingerspitze. Er rieb das Blut weg, griff noch einmal nach hinten, holte das Ding mit der scharfen Kante heraus und hielt es ans Licht.

Es sah aus wie ein Windrad, nur ein paar Zentimeter groß und von Hand gemacht. Aus einer leeren Dose zugeschnitten, gebogen und gefaltet. An den Rändern waren Kerben, die zeigten, wo das Metall zerschnitten worden war. Er nahm das kleine Windrad mit zum Tisch, setzte sich und hielt es vor sich hin. Er blies leicht, und der Propeller drehte sich.

Der alte Mann kam herein und ging hinüber zum Schrank. »Also, ich habe gedacht, da du mir fünf Dosen schuldest …« Er blieb stehen und starrte den Jungen an. »Wo hast du das her?«

Der Junge drehte das Modell herum. Es war sehr sorgfältig gearbeitet. »Habe ich gerade gefunden.«

»Gib her.« Die Stimme des alten Mannes war leise und ruhig.

»Es war im Schrank.«

»Gib her.« Der alte Mann kam und schnappte dem Jungen das Windrad weg. »Ich dachte, ich hätte sie alle weggeschafft.« Er knickte es in der Mitte und steckte es in die Tasche.

Der Junge sah den alten Mann an. »Was ist damit?«

»Nichts.«

Das Wassersystem ächzte. Der Junge saß sehr still. Sein Mund war plötzlich trocken. »Hat er …?«

»Es ist nichts«, sagte der alte Mann wieder und wollte offenbar noch etwas hinzufügen, sein Mund bewegte sich, es gab ein kurzes Zucken am Mundwinkel, wie eine Störung zwischen zwei Drähten, dann schüttelte er den Kopf und ging hinaus.

Regen trommelte gegen die Plattform. Der Junge rührte sich nicht. Das kalte Metall des Hockers drückte in seine Schenkel. Der alte Mann hatte recht. Es war nichts. Er sollte es einfach vergessen. Es gab wichtigere Dinge, auf die es sich zu konzentrieren galt. Sie hatten heute ein weiteres Prozent Leistung verloren, und bis morgen würden noch mehr Windräder ausfallen. Der Regen würde sich durch die Nieten arbeiten, Rost würde aus gerissener Farbe sprießen.

Es war ja nicht so, dass es viel zu vergessen gab. Eine seiner wenigen klaren Erinnerungen war, wie die Beamten ihn hatten kommen lassen und in eines ihrer Büros gesetzt hatten.

Unglücklich. So nannten sie es. Es sei unglücklich, dass sein Vater sich entschlossen habe, seinen Vertrag zu »devaluieren«.

Er konnte sich nicht erinnern, wer gesprochen hatte oder wie viele Leute in dem hell erleuchteten Raum gewesen waren. Er wusste nur noch, dass sich das Furnier des Tisches an einer Ecke von der Oberfläche gelöst hatte, und er sich überlegte, was für einen Kleber er benutzen würde, um es wieder zu befestigen.

Sie hatten alles sehr genau erklärt. Dass die Position des

Jungen in der Firma davon berührt werde. Die Dienstzeit müsse beendet werden, und jetzt falle ihm als nächstem Verwandten diese Aufgabe zu. Es sei unglücklich, sagten sie, aber nun mal die Vorschrift. Sie gingen die gesetzlichen Kriterien durch und worin der Job bestand, die Pflichten und garantierten Sicherheiten. Doch das eine, was der Junge vor allem wissen wollte, erklärten sie nicht.

»Was bedeutet ›devaluieren‹«, hatte er den alten Mann einmal gefragt, beiläufig, beim Arbeiten, als hätte er das Wort gerade in einem Handbuch gelesen.

Der alte Mann hatte ihn lange aus dem Augenwinkel angesehen. Seine Hand hatte sich auf die Sperrvorrichtung vor ihm zubewegt, dann innegehalten. »Aufgeben«, hatte er schließlich geantwortet.

Das war alles, was er je zu dem Thema gesagt hatte. Kam die Sprache darauf, verdunkelte und verschloss sich sein Gesicht sofort, als hätte jemand einen Schalter umgelegt. Aber das machte nichts. Je länger der Junge im Park war, umso besser begriff er, was gemeint gewesen war. Es hatte mit der Endlosigkeit zu tun. Mit der Tatsache, dass es keinen Weg hinaus gab. Wenn der Junge am Rand der Plattform stand und auf das Wasser hinaussah, wusste er es, und wollte es wissen und wollte es nicht wissen. Wie die Wellen, die gegen die Türme brandeten, hochfuhren, zerstoben und gegeneinanderstießen.

Der Junge betrachtete sein Essen, das sich zu einer starren Masse verhärtet hatte. Er berührte es mit seiner Gabel und schob dann die Pfanne langsam vom Tisch in den Mülleimer. Es machte nichts. Was sie aßen, war voller Vitamine und Zusätze. Man konnte mit weniger als einer Dose täglich auskommen, und er hatte schon zum Frühstück Gemüse gegessen.

Das Wassersystem ächzte. Die Filter mussten ausgetauscht werden, das Wasser fing bereits an, brackig zu schmecken. Wieder dieses Ächzen, und der Magen des Jungen stimmte mit ein. Er schlug mit der flachen Hand darauf. Sein Essen kokelte sanft im Mülleimer.

Risse

Nachts, wenn der Junge nicht schlafen konnte, nahm er seine Werkzeugtasche, seinen Schweißbrenner und einen Eimer rostbeständige Farbe und streifte durch die Gänge, nahm Reparaturen vor, suchte Stellen, durch die der Wind pfiff, und versuchte, alles in Ordnung zu bringen.

Da. Er blieb stehen, streckte eine Hand aus und bewegte sie langsam hin und her. Hier zog es immer von irgendwoher. Oben in den Ecken des Ganges, wo die beiden Wandplatten zusammengefügt waren, und unten am Boden drang der Wind durch Nieten und Risse im Metall.

Draußen kreisten Stürme um die Plattform und drängten herein. Der Wind blies tief und volltönend, sodass es klang, als kämen Stimmen aus jedem Bolzen und jeder Schraube. Der Regen hallte auf allen Flächen. Der Junge hob die Hand, drückte den Finger auf einen Riss und spürte die kalte Luft. Mehr war da nicht, nur ein paar Schichten korrodierendes Metall trennten ihn von der Dunkelheit.

Er holte die Füllmasse heraus und machte sich an die Arbeit. Er mochte den Geruch, wenn die Masse noch feucht war, das Körnige, Chemische daran. Er lehnte sich an die Wand und atmete ihn ein. Manchmal steckte er die Finger in den Eimer, wartete, bis das Zeugs trocknete, und pellte die gerundeten Stücke eins nach dem anderen von der Haut.

Während der Arbeit rezitierte er Passagen aus den technischen Handbüchern, die er in seinem Zimmer aufbewahrte. »Die Anlage verfügt über verschiedene Systeme, um Störungen durch widrige Bedingungen vorzubeugen.« Er konnte alle drei Handbücher auswendig. »Das Toleranz-System bei Unterspannung verhindert …« Da fing es im Lüftungskanal über ihm an zu tropfen, und er sagte sich, dass er die Kanäle erst kürzlich überprüft und sich versichert hatte, dass sie dicht waren. Es musste Kondensat sein. Wenn es gleichmäßig tropfte, war es Kondensat. Er blieb stehen, lauschte und glich das Geräusch mit seinem Herzschlag ab. Es klang regelmäßig. Er schnaufte. Aber was, wenn sein Herz unregelmäßig schlug? Er hielt den Atem an, lauschte noch einmal, und sein elendes Herz geriet aus dem Takt.

Der Wind zerrte an der Plattform und schleuderte den Regen wie Boxhiebe gegen die Konstruktion.

»Das Toleranz-System bei Unterspannung verhindert …«

Das Tropfen ging weiter, und jeder Tropfen traf exakt auf dieselbe Stelle, nagte am Metall, Molekül um Molekül, Millimeter um Millimeter. Bald würde da eine Delle sein, dann ein Loch, und es ging eine Schicht darunter weiter. Mit der Zeit konnte ein einziger Tropfen Wasser einen Tunnel durch die gesamte Plattform treiben.

Der Junge nahm den Schraubenzieher, um den Lüftungskanal zu öffnen, doch genau in dem Moment hörte das Tropfen auf.

Wie sehr er auch versuchte, seine Route zu variieren, unten im Dock zu bleiben, im Umspanner-Bereich oder auch auf den oberen Ebenen, am Ende arbeitete er sich stets in den Waschraum im zweiten Stock vor. Er ließ seine Werkzeuge an der Tür stehen, ging quer durch den Raum und sah im düsteren Licht in den Spiegel, der angelaufen und voller Rostflecken war, bis auf zwei über die Jahre immer wieder polierte Kreise. Einer in Höhe des alten Mannes und der zweite fast drei Handbreit darüber, über Jahre nicht genutzt, aber jetzt genau richtig für das Gesicht des Jungen.

Dort stand er dann, starrte in den Spiegel und dachte an die anderen Dinge, die er in den Jahren, seit er hier war, gefunden hatte. Den öligen Stiefelabdruck unter dem Tisch im Kontrollraum, zu groß für den alten Mann, aber fast so wie der des Jungen. Ein verstaubtes Knäuel Overalls unten im Schrank eines der Schlafräume. Einen Fleck auf einer Seite des Kochbuchs, der schon da war, als er es zum ersten Mal aufgeschlagen hatte. Und hinten in einem der Kantinenschränke eine Flasche mit einer merkwürdigen grünen Soße, die der alte Mann hasste, die aber dennoch fast leer war, als der Junge in den Park kam.

Und an das, was ihm sonst noch aufgefallen war. Die Art, wie ihm der alte Mann von Beginn an automatisch den Süßstoff für seinen Tee reichte, auch wenn er bis dahin nie welchen benutzt hatte. Wie der alte Mann die Brauen zusammenzog, wenn er sah, wie er die Werkzeuge vor einer Reparatur bereitlegte. Wie er ihn beim Essen oder draußen auf dem Boot betrachtete, wenn er dachte, der Junge merke es nicht.

Der Junge beugte sich zu seinem Spiegelbild vor und machte die Augen weit auf. War seine Haut immer so blass gewesen, fast grau? So grau wie Wände und Boden? Er hob die Hand, berührte seine Backe, die Stirn, um sicherzugehen, dass er nicht zu Metall geworden war. Weiße Monde erschienen, wo er mit den Fingerspitzen drückte, und brauchten lange, bis sie wieder verschwanden.

Es gab nur ein Treffen, an das er sich erinnern konnte. Ein kleiner Raum, Reihen orangefarbener, auf den Boden geschraubter Plastikstühle entlang zweier Wände. Der Junge hatte auf einem von ihnen gesessen, seine Füße reichten kaum bis auf den Boden. Sein Vater stand. Die Farbe an den Wänden blätterte ab, und nahe bei der Schulter des Jungen zog sich ein feiner Riss über die Wand. Er war ihm mit dem Finger gefolgt, wieder und wieder. Konnte sich noch immer an den Verlauf des Risses erinnern, die Textur der Farbe, die Art, wie sich die Kanten in seine Haut gegraben hatten. An die Masse seines Vaters, das Knarzen der neuen Stiefel, die er zum Antritt seines Vertrags bekommen hatte, das Geräusch des Stuhls, als er sich schließlich setzte. Aber die Erinnerung an sein Gesicht war trübe und angelaufen wie der Spiegel.

In dem kleinen Raum war der Atem seines Vaters laut zu hören gewesen. Es hatte nach Rauch gerochen, aber vielleicht auch nach Staub, und sein Vater hatte den Gurt der Tasche, die er in der Hand hielt, immer wieder verknotet und entknotet. An dem Tag musste er in den Park hinausgefahren sein. »Ich komme zurück«, hatte er gesagt. »Ich komme zurück und hole dich, okay?« Daran erinnerte sich der Junge. Und eine Zeit lang hatte er es auch geglaubt.

Seine Hände klammerten sich an die Seiten des Waschbeckens. Stattdessen war er jetzt hier.

Einen Moment lang schien der Wind nachzulassen, und auf der Plattform wurde es still. Fast still. Das Licht war schwach und schien in den dunklen Gängen kilometerweit zu reichen, den Gängen, die sich verengten, in sich selbst mündeten und den Jungen in sich verknoteten. Die Stille weitete sich und drückte herein.

Da plötzlich heulte der Wind auf, die Klimaanlage knarzte und sirrte, der Umspanner trommelte von unten, und tiefer noch dröhnten die Wellen gegen die Wände des Docks.

Er war hier, um den Job zu machen. Er musste sich einfach darauf konzentrieren, den Job zu machen.

Der Stiefelabdruck war nicht genau wie seiner, sondern vorne breiter, und der Absatz war nicht so abgenutzt wie bei ihm. Die Overalls waren schmutzig und zerfranst, wo der Junge sie geflickt hätte. Und er hatte die grüne Soße probiert, den Finger hineingesteckt und daran geleckt, und sie hatte auf seiner Zunge gebrannt.

Der Junge trat zurück, hauchte auf den Spiegel und polierte den sauberen Kreis mit dem Ärmel.

Manchmal drang auf dem Weg zurück zu seinem Zimmer ein anderes Geräusch aus dem Inneren der Plattform durch die Lüftungsschächte. Es begann mit einem Kratzen, das zu einem ruckartigen Rasseln und schließlich einem Stottern führte, wie ein Motor, der nicht anspringen wollte. Der Junge folgte dem Geräusch durch die Gänge und die Treppe hinauf in den Schlafbereich. Manchmal setzte es einen Moment lang aus, und er blieb stehen und wartete. Doch dann kam es wieder.

Zum ersten Mal hatte er es ein paar Wochen nach seiner Ankunft im Park gehört und war ihm in die Kantine gefolgt, wo er den alten Mann zusammengerollt hustend und zuckend auf dem Boden gefunden hatte. Fast hätte der Junge um Hilfe gerufen, doch dann fiel ihm wieder ein, wo sie waren, und er tat das Einzige, was er tun konnte: Er ging zurück auf den Gang und wartete, bis er hörte, wie der alte Mann aufstand und wieder herumzugehen begann.

Er nahm seine Uhr aus der Tasche und zählte die Sekunden. Manchmal dauerte es ein paar Minuten, manchmal länger.

Er wartete eine Minute. Dann zwei.

Nach dem ersten Mal dachte er, dass der alte Mann etwas sagen, ihm erklären würde, was mit ihm los war. Aber er erwähnte es nie, der Junge auch nicht, und so war es immer noch.

Alles, was der Junge wusste, war, dass es dem alten Mann bei warmem Wetter besser ging, und schlechter, wenn er stundenlang draußen in Regen und Wind seine Netze überprüft hatte. Eine Tasse seines Gebräus schien zunächst zu helfen, aber wenn er betrunken war und am Kantinentisch einschlief, wachte er jedes Mal hustend auf.

Nach einer Weile begann der Junge es als eins der Dinge zu betrachten, die man nun einmal hinnehmen musste, wie sie waren: wie die Störungen des Computersystems, die Lecks in der Lüftung, die sich endlos durch die Plattform ausbreitenden Risse, die der Junge schloss, die sich aber wieder öffneten, fast zu fein, um sie erkennen zu können.

Fünf Minuten. Sechs.

Manchmal klang es härter, langgezogener. Manchmal atmete der Junge langsam ein und stellte sich den alten Mann auf dem Boden vor, und jedes Husten war wie ein Radarimpuls, ohne etwas, das ihn zurückwarf.

Sieben.

Er atmete aus, steckte die Uhr in die Tasche und ging

schnell zum Zimmer des alten Mannes. Doch genau in dem Moment hörte das Husten auf.

Der Junge blieb stehen, neigte den Kopf und lauschte. Nichts rührte sich. Dann, fern in den Gängen, setzte das Tropfen wieder ein.

Müll

Feld um Feld, Reihe um Reihe verschwand der Park. Seine Umrisse verschwammen, verblichen, bis Rotoren und Türme nicht mehr zu unterscheiden waren, die Türme nicht mehr vom Wasser, das Wasser nicht mehr vom Nebel, der sich über das Meer legte. Eins nach dem anderen lösten sich die Kamerabilder im Whiteout auf, bis die Plattform komplett von allem abgeschnitten war. Wie eine aus einer Maschine entfernte Komponente, fertig verpackt zum Abtransport.

Der Junge war schon früh im Kontrollraum, um den Tagesplan zu erstellen. Es gab viel Arbeit. Die Leistung des Parks war in der letzten Woche um ein weiteres Prozent gesunken, und der letzte Bericht wies zwanzig Windräder in Zone drei mit exakt der gleichen elektrischen Störung aus. Sie mussten hinfahren und nachsehen, was los war, bevor sich die ganze Zone verabschiedete.

Er wollte gerade aufstehen, als er die Tore des Docks unten hörte. Auf den Bildschirmen wechselte Weiß zu Weiß zu Weiß. Er schaltete die Kamera des Docks ein und sah, dass die Tore offen standen. Der Nebel dahinter war eine Wand, die wie eine Lage Dämmmaterial ins Dock hereinrollte.

Der Junge schaltete die Satellitenkarte ein und scrollte, bis er das Symbol für das Wartungsboot fand. Es fuhr hinaus nach Zone zwei. Der Junge lehnte sich zurück und schüttelte den Kopf. Der alte Mann war ihm zuvorgekommen und steuerte durch den Nebel, um nach seinen Netzen zu sehen. Offenbar war es über Nacht zu einer Verschiebung der Gezeiten gekommen, oder sonst eine Strömung hatte sich neu gebildet, und der alte Mann hatte es gemerkt. Er spürte solche Sachen, Ströme und Stürme, als hätte er eine Art Magnet in sich.

Einmal hatten sie in der Kantine gegessen, und plötzlich war der alte Mann aufgestanden und hatte gesagt: »Da draußen geht irgendwas vor.«

Sie waren in den Freizeitraum gegangen, hatten aus dem Fenster geblickt, und einen Moment lang sah es aus, als schwebten die Windräder in der Luft, unter sich ein Stück Himmel, die Füße in den Wolken statt im Wasser.

Der Junge stellte sich vor, wie das Blut des alten Mannes prickelte, als wäre es voller Eisenfeilspäne.

Er würde den ganzen Tag draußen sein.

Der Junge stand auf und ging auf den Gang hinaus. Kam zurück und setzte sich wieder. Auf dem Bildschirm war immer noch die Satellitenkarte zu sehen. Sie zeigte ein Muster hellgrüner Formen auf leuchtend blauem Hintergrund. Sooft er diese Karte auch schon gesehen hatte, musste er sich doch immer wieder klarmachen, dass das Grün die windgepeitschten Rotorenfelder waren und das statische Blau das Meer überall um ihn herum.

Es gab nur diese eine Karte im System, und sie reichte nicht weiter als bis an die Grenzen des Parks. Die einzigen Zeichen von Aktivität waren Ziffernreihen neben den grünen Feldern, die anzeigten, wie die Windräder funktionierten und wie viel Prozent des optimalen Outputs eine Zone hervorbrachte. Spezifische Dinge wie Rost, Störungen und Verwitterungsgrad waren unsichtbar. Der Wind konnte gegen die

Außenhaut der Plattform drücken, das Meer an Fundament und Füßen saugen und zerren, auf der Karte sah alles ruhig und still aus. Ein Windpark ohne Wind, ein Meer ohne Strömungen und Gezeiten. Die einzige ablesbare Folge eines dreiwöchigen Sturms war eine leichte Veränderung der Zahlen. All der Schaden durch Wind und Wellen, all die langen, endlos sich hinziehenden Tage und Nächte – hier sah man davon nur ein paar geänderte Ziffern.

Der Junge starrte auf den Bildschirm. Die Zahlen neben den grünen Feldern flackerten: zweihundertdreiundneunzig Windräder, fünfundfünfzig Prozent; dreihundertsiebzehn Windräder, achtundvierzig Prozent; einhundertzwei Windräder, vierundsechzig Prozent. Der Junge betrachtete die Zahlen und versuchte nicht darüber nachzudenken, wie viele Arbeitsstunden so ein Prozentpunkt bedeutete, wie viele Tage draußen im Park, in der Gischt an Deck; dass die Kälte die Haut an seinen Knöcheln platzen ließ, wenn er oben in den Maschinenräumen kniete und etwas zu reparieren versuchte. Dass ein voller Arbeitstag die Leistung womöglich um einen Prozentpunkt steigerte, bis die nächste Störung sie wieder senkte.

Das Bootssymbol bewegte sich langsam in Zone zwei hinein. Der Junge schaltete zurück zu den Kameras draußen, doch durch den tropfenden Nebel war nichts zu erkennen. Einmal, als der alte Mann ebenfalls so früh mit dem Boot hinausgefahren war und ihn den ganzen Tag auf der Plattform hatte festsitzen lassen, hatte der Junge die Kamera am nächsten Windrad gefunden und ihr Bild auf den Schirm geholt. Er hatte darauf gewartet, dass der alte Mann sein Netz einholte, sich hinhockte und durchsuchte, was immer er hochgezogen hatte. Aber er stand nur am Bootsrand und starrte ins Wasser hinunter. Das dunkle, kabbelige Wasser. Er stand da und starrte in die Tiefe, und der Junge wartete und wartete, doch der alte Mann rührte sich nicht.

Das Computersystem sirrte und ächzte. In Zone drei fiel ein weiteres Windrad aus.

Später würde der alte Mann das Boot mit leerer Batterie wieder hereinbringen, und der Junge musste den halben Vormittag damit vertun, sie neu aufzuladen, bevor er arbeiten konnte.

Das Bootssymbol hielt an. Der alte Mann musste festgemacht haben. Wahrscheinlich stand er an Deck, in Nebel gehüllt, und starrte in die Tiefe, blind und gleichgültig gegenüber dem, was sich an der Oberfläche alles tat.

Der Junge saß in der Kantine und rupfte das letzte Stück Plastik von seiner Schnur. Er war hinausgegangen, um nach ihr zu sehen und sich die Zeit zu vertreiben, und hatte feststellen müssen, dass über Nacht ein riesiger Schwarm Plastiktüten herangetrieben war. Eine dunkle, stumme, schwere Masse, die in den Feldern hing, als wartete sie auf etwas. Einige Tüten waren an seiner Schnur hängen geblieben und hatten sie um eine der Stützen der Plattform gewickelt. Als er sie schließlich aus dem Wasser bekam, fehlten die unteren drei Haken. Er hielt eine der zerfaserten Nebenschnüre ins Licht. War das ein Schnürsenkel? Er saß da, studierte das Stück eine Minute lang und löste es von der Hauptschnur. Was immer es war, es war spröde und brüchig. Er legte es neben das ganze nasse Plastik, das den Tisch bedeckte.

Der Großteil der Tüten war so verblichen, dass sich die ursprünglichen Farben nur noch in Knicken und Falten erkennen ließen. Einige waren bereits so weit zersetzt, dass sie zerschuppten und an seinen Händen kleben blieben. Andere waren noch fest und flexibel und leuchteten in Farben, wie sie der Junge nicht oft sah. In einem Rot, das dunkler und kräftiger war als das der Warnschilder auf der Plattform. Und da war ein Lila wie von einem Bluterguss, aber heller und eher pudrig. Ein Orange fast so, wenn auch nicht ganz, wie die letzten Leuchtfeuer, die er und der alte Mann abgeschossen hatten, eines nach dem anderen, als monatelang eine graue Trübnis über dem Park hing und sich nicht lösen wollte. Er nahm eine grüne Tasche, die noch neu wirkte, das Logo und die Buchstaben auf einer Seite stachen hell hervor. Aber er kannte es nicht. Die Tasche musste älter sein als er. Seit er lebte, gab es zum Einkaufen nur Geschäfte der Firma. Die Eigentümer, die Geschäftsleitung wechselten, aber die Taschen trugen das immer gleiche Logo. Man konnte leicht vergessen, dass da noch anderes gewesen war, bevor die Firma alles übernommen hatte. Dass auch der Windpark lange vorher gebaut worden war.

Er starrte die Schriftzeichen so lange an, dass sie verschwammen. Gelegentlich versuchte er sich vorzustellen, was in den Tüten transportiert worden war. Was die Leute gekauft hatten. Manchmal waren noch Styropor- oder Polystyrolstücke darin, die sich von etwas Größerem gelöst haben mussten. Er versuchte sie dann, soweit möglich, zusammenzusetzen, um dahinterzukommen, was sie einmal gewesen und wie lange sie wohl durchs Meer getrieben waren. Aber das Styropor zerfiel in seinen Händen, und das Polystyrol verbog sich und riss, bis absolut nicht mehr zu sagen war, wozu die Stücke einmal gehört hatten.

Irgendwo in den Wänden ließen die Rohre ein langes, tiefes Stöhnen hören. Er löste die letzte Tüte von seiner Schnur und schob den triefenden Haufen an den Rand des Tisches, von dem das Wasser auf den Boden tropfte. Er musste etwas tun. Schnell stand er auf. Haken. Er musste mehr Haken machen. Der Junge ging zurück in den Kontrollraum und öffnete den Reißverschluss seiner Werkzeugtasche. Die Zange war weg. Er brauchte sie, um Haken zu machen. Zweimal durchsuchte er die Tasche, bevor er sie wieder schloss. Der alte Mann musste sie wieder genommen haben. Der Junge stand kurz reglos da, dann drehte er sich um, verließ den Raum und lief den Gang hinunter.

Die Zimmertür des alten Mannes quietschte leise. Der Junge öffnete sie Zentimeter für Zentimeter, bis er hörte, wie sie gegen etwas stieß. Er ging in die Hocke, streckte den Arm um sie herum und tastete nach dem Hindernis: vier aufeinanderstehende leere Dosen. Er griff nach der untersten und zog den Turm vorsichtig über das verdreckte Linoleum. Als er die Dosen aus dem Drehbereich der Tür heraus hatte, sah er, dass sie nummeriert und die Zahlen mit Ausnahme der 3 in den Raum hinein gerichtet waren. Alle Türen im Schlafbereich hatten Schlösser, aber die Schlüsselkarten gab es längst nicht mehr, und so hatte der alte Mann seine eigenen ausgeklügelten Sicherheitsvorkehrungen entwickelt. Das mit den Dosen war ein alter Trick, die Nummerierung neu. Der Junge schob den Turm beiseite und trat ein.

Das Zimmer war genau wie seines, der einzige Unterschied bestand darin, dass hier das Mobiliar kaum sichtbar war. Der Boden war mit verbogenem, verrostetem Metall, getrockneten, zerbröselnden Lehmklumpen und Netzhaufen bedeckt, die so steif waren, dass sie, auch wenn sie hochgehoben wurden, die Form behielten. Ein schmaler Pfad wand sich von der Tür zum Bett, auf dem sich Plastikkisten türmten. Oben auf den Kisten und auf dem Boden rundum lagen Stapel von Papier: Listen und Tabellen, Seiten über Seiten mit Notizen und Plänen des Parks, alles voller unentzifferbarer Anmerkungen; Bereiche, die mit einem Haken versehen, mit gepunkteten Linien umrissen und in verschiedenen Farben schattiert waren. Einige der Karten waren alt, aus der Zeit, bevor der Park errichtet worden war. Sie zeigten den Meeresboden wie trockenes Land, mit Höhenlinien, die Täler und Erhebungen beschrieben, dazu waren in gedämpften Farben verschiedene Gesteinsarten und Mineralien unter der Oberfläche dargestellt. Eben diese roten, gelben und schwarzen Sedimente überzogen auch die Seiten des Waschbeckens und zeichneten gewundene Gezeitenlinien auf den Boden davor. Das Waschbecken war voller halb gesäuberter Dinge, die sich gerade erst aus ihren formlosen Matsch- und Schlickkrusten herausschälten. Wassergeschwärzte Holzstücke waren zu erkennen, helle Steine und zerbrochene Gehäuse. Auf jeder verfügbaren Fläche des Zimmers lagen diese Dinge, waren in die Schubladen der Kommode gestopft, stapelten sich im offen stehenden Kleiderschrank und auf dem Nachttisch.

Der Junge trat langsam weiter vor, stellte seine Füße vorsichtig auf den schmalen freien Pfad. Der Rand seines Stiefels blieb an einem feuchten Netz hängen und zog es schmierend mit. Er machte den Fuß davon los und schob es zurück an seinen Platz.

Auf den ersten Blick schien hier niemand zu wohnen. Erst

nach und nach ließen sich vage Anzeichen menschlichen Lebens erkennen. Zwei getragene T-Shirts und ein Overall hingen über dem Ende des Betts. Das Bett selbst war unbenutzt. Laken und Decke waren unter die Matratze geschoben, am Kopfende lag ein unberührtes Kissen. Neben dem Bett war eine zerschlissene Wolldecke über einen gestreiften Liegestuhl gebreitet. Überall auf dem Boden zwischen Abfall und Müll standen leere Putz- und Kühlmittelflaschen, in denen der alte Mann sein Gebräu aufbewahrte, neben halb geleerten Lebensmitteldosen mit Gabeln und Löffeln darin.

Es gab nur eine Stelle im Zimmer, die immer frei und sauber war, einen kleinen Halbkreis oben auf der Kommode, wo winzige Pickel, Meißel und Zangen wie teures Besteck ausgebreitet lagen. Heute lag da noch etwas. Der Junge trat näher und betrachtete es. Er wusste, es war ein Knochen. Wobei die Knochen, die er im Zimmer des alten Mannes fand, nichts glichen, was er vor seiner Zeit hier im Park je gesehen hatte. Sie waren schwer, verblichen und fühlten sich körnig an, eher wie Beton. Der hier war ein dicker, eckiger Ring mit vorstehenden Spitzen, fast wie ein Zahnrad. Und das war es auch: ein kleiner Teil eines Ganzen, ein Rädchen aus einer verlorenen Maschine.

Der Junge merkte sich genau, wie der Knochen dalag, und nahm ihn in die Hand. Er war nicht sicher, ob er ihn schon einmal gesehen hatte oder nicht. Bei der hier herrschenden Unordnung war das schwer zu sagen. Es schien, als wechselten die Dinge alle paar Monate, doch das konnte auch an dem sich häufenden verschiedenartigen Schmutz liegen.

Er fragte sich, ob der alte Mann wusste, woher der Knochen ursprünglich stammte. Ob es ihn überhaupt interessierte. Die meisten Dinge in seinem Zimmer schienen keinerlei Zweck zu dienen. Seine Schubladen waren voller steinerner Nadeln, Scheiben und Splitter, in die Muster aus Linien und Punkten gekratzt und die so dünn waren, dass man fast hindurchsehen konnte. Es gab spitz gewetzte und zu komischen Formen gehauene Steine, Kiesel, die geschliffen und poliert worden waren, um ihre Ein- und Ausbuchtungen hervorzuheben. Der Junge hatte eine Weile gebraucht, um zu begreifen, was sie sein sollten. Kopflose Körper mit vorstehenden Brüsten und glatten, breiten Hüften, die seltsame Gedanken auslösten, von denen er nicht gewusst hatte, dass sie in ihm schlummerten. Er sah sich diese Steine nicht mehr an. Wenn die Sachen je zu etwas nütze gewesen waren, heute waren sie es nicht mehr.

All die Jahre mit seinen Netzen, und das hier war alles, was der alte Mann vorzuweisen hatte. Bruchstücke von Dingen, die sich nicht reparieren, nie wieder zusammensetzen ließen.

So würde es auch dem Park eines Tages ergehen. Die Türme und die Rotoren würden zerfallen, die Plattform im Meer versinken. Und wenn der ganze Windpark weggefressen war, blieben nur noch Plastikteile, Schalter und Haken, Klammern und Kabelbinder, all die kleinen austauschbaren Komponenten, die nie für die Ewigkeit gedacht gewesen waren, am Ende jedoch übrig bleiben würden, wie die Zähne eines enormen Meeresungeheuers, zu dessen Lebzeiten verloren und vergessen, am Ende aber der einzige Beweis seiner Existenz.

Und es würde umso eher so weit sein, wenn der alte Mann seine Zeit weiter damit verschwendete, Müll vom Meeresboden hochzuwühlen.

Der Junge sah den Knochen wieder an und kratzte mit

dem Daumennagel über seine raue Oberfläche. Er blies sachte über das Loch darin und erzeugte einen hell zitternden Ton, wie mit einer Pfeife.

Pfeifen. Da war es wieder. Es klang von unten die Plattform herauf. Von der Verladerampe. Er sah sich um, aber es gab keine Uhr im Zimmer des alten Mannes. Er legte den Knochen zurück an seinen Platz, genau so, wie er dagelegen hatte, drehte sich um, eilte zur Tür und stieß mit der Hacke gegen die Dosen, die scheppernd zu Boden fielen. Er ging auf die Knie und tastete nach ihnen. Von unten war das Kratzen einer Kiste zu hören, die vom Boot geladen wurde. Er fand drei der Dosen, die vierte war zwischen ein Knäuel Netze gerollt. Er suchte, so schnell er konnte, ohne dabei etwas zu verschieben. Ein Haufen verrostetes Metall geriet ins Wanken und drohte umzufallen. Er packte ihn und brachte ihn zurück ins Gleichgewicht. Fand eine Dose, aber die war halb voll mit verklumptem Protein-Hack, das ihm als dicke Scheibe in die Hand rutschte.

Ein Husten. Laut und durchdringend. Noch einmal. Der Junge verharrte und hielt die Luft an. Stille. Dann wieder das Kratzen der Kiste, unten an der Treppe. Der Junge wischte die Hand am Bein ab und tastete sich durch die Haufen, bis er die vierte Dose fand, im Netz verheddert. Suchte den Rand des Netzes, gab auf und riss ein Loch in das spröde Geflecht.

Zitternd stellte er die Dosen aufeinander, die Ziffern zur Tür, zog sie fast zu und drückte sich durch den Spalt auf den Gang. Dort kniete er nieder und schob die Dosen vorsichtig zurück in Position. Im letzten Moment fiel ihm ein, dass die 3 in den Raum gerichtet gewesen war. Was er jetzt blind tun musste, mit geschlossenen Augen, den Kopf gesenkt.

Als er den Arm nach draußen zog, wurde ihm bewusst, dass er nicht nach der Zange gesucht hatte. Er schloss die Tür und ging schnell den Gang hinunter zu seinem Zimmer. Zuckte zusammen, als die Dosen, die er hinter seiner eigenen Tür aufgestellt hatte, scheppernd umfielen und über den Boden rollten.

8200 Jahre vor der Gegenwart

Es endet mit einer Welle. Einer einzigen Welle, die sich über den Horizont ausbreitet. Eine saubere Falte in der Oberfläche der Dinge, und während sie weiterrollt, gewinnt sie an Höhe. Drei Meter, zehn Meter, zwanzig Meter. Sie trifft auf eine niedrige Insel, die kaum ein Hindernis bildet. Vielleicht kommt es zu einer leichten Änderung in Richtung und Fluss, als sich die Welle aufbäumt, umschlägt und weiterzieht, hinter sich nichts als das offene Meer.

So beendet das Wasser sein Werk – des Einebnens und In-Ecken-Dringens, im beständigen Streben, zu einer ebenen Oberfläche zu gelangen, einem Gleichgewichtszustand. Im Moment deutet nur die Art, wie das Meer aufschäumt und unversehens hohe Wellen bildet, auf die Landschaft, die darunterliegt, hin – eine Erhöhung, die einmal eine Insel war, eine Insel, die einmal Teil einer Küste war, einer Küste, die einmal ein Gebirgszug im Herzen eines Kontinents war, eines Kontinents, der einmal mit Eis bedeckt war.

Hunderttausend Jahre hat das Wasser gewartet, eingeschlossen in Kristalle, in Platten und Schelf. Alles war starr, bis auf die langsame Bildung von Kreissegmenten und Eiszapfen, mit denen sich das Wasser an die Wellen erinnerte, die es einmal gebildet hatte und wieder bilden würde. Das einzige Geräusch war das Knistern von gefrorenem Schlamm und Eiskruste, mit dem das Wasser, in Form seiner Moleküle, sein Mantra wiederholte: Festigkeit ist nichts anderes als eine Unterbrechung des fortgesetzten Fließens, ein Hindernis, das es zu überwinden, eine Unausgewogenheit, die es zu berichtigen gilt.

Hunderttausend Jahre – kaum erwähnenswert in der Lebenszeit des Wassers.

Nötig war nur eine winzige Temperaturänderung. Ein paar Grad, und Kristall löste sich von Kristall, Eisberge brachen ab – Brekzie zu Trümmern, Schollen zu Treibeis, Eis zu Matsch. Jeder Abbruch führte zum nächsten, das Wasser reorganisierte sich, begann seinen alten Wegen zu folgen, brandete an Ufer, unterspülte sie und nahm den Weg des geringsten Widerstandes.

Bis sich irgendwo im Norden ein Klümpchen tauender Schlick von einem anderen Klümpchen tauenden Schlicks löste und ein Stück Küstenschelf abbrechen ließ, was zu einem Erdrutsch führte, der die Welle auslöste.

Es ist eine einfache Geschichte – von Wasser, das zu Eis und wieder zu Wasser wurde. Und kaum merklich, irgendwo mitten in diesem Kreislauf, machten Pflanzen, Tiere und Menschen diesen Ort zu ihrer Heimat.

Eine Pelzmütze

Das Versorgungsschiff beschrieb einen kleinen Bogen und fuhr rückwärts ins Dock. Es war größer als das Wartungsboot, mit tiefem Rumpf und hohem Bug für das offene Wasser. Die Fender schlugen gegen das Dock. Eine lange Zeit bewegte sich nichts. Dann endlich öffnete sich die Tür des Ruderhauses, und der Schiffsführer erschien am Heck. Er warf die Leinen herunter und sah genau zu, wie sie festgemacht wurden. Seine Augen saßen dunkel und tief in der blassen Masse seines Gesichts, der Schädel war zu einem grünlichen Grau rasiert, und über dem Kragen und an den Handgelenken warf die sommersprossige Haut Falten, als sei der mächtige Körper zu viel für den ordentlich zugeknöpften Overall. Während er wartete, verschränkte der Schiffsführer die Hände vor dem Bauch. Der Junge reichte ihm das Ladekabel. Der Schiffsführer nickte, steckte es in die Ladebuchse, überquerte das Deck und ließ eine Gangway zum alten Mann hinunter. Er machte kleine, vorsichtige Schritte, die Füße nach innen gerichtet, was ihm den Anschein gab, ständig nach vorn zu kippen.

»Ich hoffe, ich komme nicht zu spät«, sagte der Schiffsführer. Er sprach leise und abgehackt. »Schwierigkeiten mit der Versorgungskette. Fürchterlicher Papierkram.«

»Ist mir gar nicht aufgefallen«, sagte der alte Mann. Er sah den Jungen an. »Dir?«

»Mir auch nicht«, sagte der Junge.

Die Miene des Schiffsführers blieb ruhig und ausdruckslos. Dann seufzte er leise, holte eine Fernbedienung aus der Tasche und öffnete eine Luke mitten auf dem Deck. »Wenn Sie die Lieferung inspizieren wollen.«

Der Laderaum stand voller Kisten. In ihnen waren die üblichen Dosen und Pakete, uniforme, vakuumierte Blöcke. Es gab ein kleines Paket mit so etwas wie Kaugummi, etwas Schokoladenähnliches und bitteren pudrigen Grüntee. Eine Kiste randvoll mit Wasserfiltern, eine andere mit Kühlflüssigkeit für die Generatoren und eine mit einer ganzen Reihe von Reinigungsmitteln in fast identischen Flaschen. Je nach Wunsch zu gebrauchen, für die Plattform oder sich selbst.

Der alte Mann sah die Kisten langsam durch und hakte auf einer mentalen Liste all das ab, was seiner Meinung nach dabei sein sollte. Geradezu zwangsläufig fand er Dinge, die fehlten. So sagte er, dass er neue LEDs bestellt habe, und der Schiffsführer sagte, er habe keine dabei. Darauf sagte der alte Mann, er habe gedacht, LEDs seien essenziell, wesentlich für die angemessene Instandhaltung des Parks, und dass sie in jeder Lieferung enthalten sein sollten. Der Schiffsführer sagte, das sehe er nicht so, worauf der alte Mann ihn fragte, ob er, der Schiffsführer, seine Arbeit ohne ausreichend LEDs tun könne. Der Schiffsführer sagte, das könne er nicht, aber er überprüfe ständig den Bestand und vergesse nicht, nach neuen zu fragen, wenn der Vorrat zur Neige gehe. Worauf der alte Mann sagte, genau deswegen *habe* er ja neue bestellt. Währenddessen setzte sich der Junge auf eine Kiste in der Ecke und wartete. Sie brauchten nicht mal welche.

Nach einer Weile stand er auf und griff nach einem Pappkarton, der ihm in einer der Kisten auffiel. Er öffnete ihn und zog roten Stoff heraus.

»Was zum Teufel ist das?«, fragte der alte Mann.

Der Schiffsführer rieb sich mit dem kleinen Finger seitlich über das Auge. »Warme Kleidung. Um die Sie gebeten haben.«

»Um die wir gebeten haben? Sie meinen, nach der wir den ganzen Winter über gefragt haben, und dann nicht mehr, weil der Winter vorbei war.«

Der Schiffsführer blinzelte. »Es wird hier draußen richtig heiß, wie?«

Der Junge griff tiefer in den Karton und holte eine dunkle Mütze mit Ohrenklappen heraus. Er befühlte das Material zwischen Zeigefinger und Daumen. Auf den ersten Blick wirkte sie schwarz, näher betrachtet war sie jedoch von einem sehr dunklen Braun mit rostfarbenen Strähnen. »Ist das echt?«, fragte er.

Der Schiffsführer drehte sich um, nahm dem Jungen die Mütze aus der Hand und legte sie behutsam zurück in den Karton. »Es ist eine echte Mütze«, sagte er, schloss den Karton wieder und strich mit den Händen über den Deckel. Als er ihn losließ, öffnete er sich langsam wieder.

»Haben Sie die Sachen, die ich bestellt habe?«, fragte der alte Mann.

Der Junge griff in den Karton und strich über die Mütze. Das Material war dicht und weich, dabei aber auch derb, als wäre es tief drinnen fettig. Er wandte sich an den Schiffsführer: »Wo haben Sie die her?«

Der Schiffsführer fuhr sich mit der Zunge über die Lippen.

Der alte Mann stand mit verschränkten Armen da und

starrte den Schiffsführer an. Der seufzte wieder, ging nach hinten in den Laderaum und kehrte mit einer weiteren Kiste zurück. Der alte Mann öffnete sie und holte einen Stab heraus, dann noch einen, eine ganze Reihe, mit Verbindungsstücken. Er untersuchte alles gründlich, packte es wieder ein, nickte und nahm die Kiste.

»Du hast Stangen bestellt?«, fragte der Junge.

»Instrumente«, sagte der alte Mann.

»Nennen wir es Ausrüstung«, sagte der Schiffsführer.

Der Junge schloss den Karton und sah zu, wie die beiden den Laderaum verließen. »Teure Stangen«, sagte er.

Sie saßen auf den Stühlen mit den hohen Lehnen im Konferenzraum. Zwischen ihnen auf dem Tisch lag ein Haufen Generatorteile, aus denen Öl und Fett auf die gläserne Platte leckten, Überbleibseln eines mechanischen Festmahls gleich. Die Kiste mit den Stangen stand neben dem Stuhl des alten Mannes. Der Schiffsführer studierte die einzelnen Teile vor sich. »Und das ist ein vollständiger *yùnzhuǎn*?«, sagte er schließlich.

Der alte Mann nickte.

»Weil, wenn meine Kunden feststellen, dass etwas fehlt …«

»›Meine Kunden‹. Großer Gott.«

»Wenn sie feststellen …«

»Es ist alles da.«

Der alte Mann hatte dem Schiffsführer bereits ein komplettes Getriebe, zwei Rollen Kupferkabel und alle Einzelteile gegeben, die sie während der letzten Monate gerettet hatten. Jetzt also auch noch ein Generator.

»Das kann er nicht alles mitnehmen«, dachte der Junge, und begriff dann, dass er es laut ausgesprochen hatte.

Der alte Mann und der Schiffsführer sahen ihn an. Der Schiffsführer griff nach einem Teil des Gehäuses. »Es ist alles mit Markenzeichen versehen.« Seine Worte waren an den alten Mann gerichtet, aber er sah weiter den Jungen an.

Der alte Mann zuckte mit den Schultern und wandte sich wieder dem Schiffsführer zu. »Das hat Sie bisher auch nie gestört.«

»Aber jetzt.« Der Schiffsführer legte das Teil zur Seite und faltete die Hände. Sie wirkten sehr gepflegt, die Nägel waren gefeilt und sauber. Er sah immer noch den Jungen an. »Die Teile werden älter, die Gewinnspanne wird kleiner.«

Der Junge sah auf die Tischplatte. Das Spiegelbild des alten Mannes darin war von einem Schmierfilm verzerrt. Es gab hundert Möglichkeiten, wie er diesen Generator hätte einsetzen können. Eine ganze Reihe von Windrädern könnte er mit den Einzelteilen wieder in Gang setzen.

Der alte Mann nahm ein Stück Kupferkabel und wickelte es sich um die Hand. »Was soll ich daran ändern?«

»Natürlich nichts«, sagte der Schiffsführer. »Daran lässt sich nichts ändern.« Er sah zu, wie sich der alte Mann das Kabel um die Hand wickelte und es wieder löste.

Dem Jungen stieg der blutige Geruch des angelaufenen Metalls in die Nase.

Der alte Mann lehnte sich zurück und lächelte. »Sehr philosophisch.«

Der Blick des Schiffsführers wanderte zum Jungen zurück. »Nun, ich nehme an, man muss einen Weg finden, mit dem Druck des Lebens fern vom Land zurechtzukommen.«

Der alte Mann lächelte noch immer, aber sein Kiefer war angespannt. »Ist uns noch nicht aufgefallen.«

Der Blick des Schiffsführers wanderte durch den Raum, glitt zu den leeren Wandbefestigungen, dem krummen Lüftungskanal und den Windradteilen, die sich in der Ecke stapelten. »Was ist übrigens mit Ihrem Schwarzgebrannten?«

Der alte Mann hörte auf zu lächeln. »Sind wir uns handelseinig?«

Der Schiffsführer rutschte auf seinem Stuhl herum und atmete tief durch die Nase aus. »Ich gehe da ein Risiko ein«, sagte er. »Die Gewinnspanne, der Druck …«

»Was wissen Sie schon von Druck?«, sagte der Junge zu laut. Ihm wurde heiß, und der Raum schien zu schrumpfen. Der alte Mann wusste, dass er den Generator wollte. Der Junge hatte Stunden damit zugebracht, die Einzelteile zu polieren, bis sie funkelten.

Der alte Mann zog leicht die Stirn kraus und schüttelte den Kopf in Richtung des Jungen, aber der wich seinem Blick aus.

Der Schiffsführer blickte vom Jungen zum alten Mann und wieder zum Jungen. Er rückte behutsam ein Generatorteil vor sich auf dem Tisch zurecht. »Nichts, nehme ich an«, sagte er. »Verglichen mit euch.« Er lächelte bedächtig, zog die Brauen zusammen, holte ein Taschentuch hervor und wischte sich das Öl von den Fingern. »Obwohl ich euch Geschichten erzählen könnte …«

Der alte Mann beugte sich vor. »Sind wir uns jetzt einig oder nicht?«

Der Schiffsführer lehnte sich zurück und faltete sein Taschentuch, exakt Kante auf Kante. »Was *ist* denn jetzt mit Ihrem Schwarzgebrannten?«

Der Schiffsführer schwankte, lehnte sich nach hinten und hielt seinen massigen Körper auf dem schmalen Hocker im Gleichgewicht, dessen Bein auf den Kantinenboden geschraubt war und knarzte, als er sein Gewicht verlagerte. Er lehnte sich noch weiter zurück, bis es bedenklich aussah, legte die Füße übereinander, griff nach seiner Tasse, nippte ein weiteres Mal daran und hustete vorsichtig.

»Und der mutige, gut aussehende Schiffsführer«, sagte er noch einmal. »Der Held unserer Geschichte, er packte sein Schiff voll, packte alles ein.«

Der Junge saß auf der anderen Seite des Tischs und starrte in seine eigene leere Tasse. Der Schiffsführer hatte bereits die Geschichte von den Container-Frauen und die von dem blinden Vorarbeiter und dem Whisky-Nebel erzählt. Jetzt fing er eine neue an. Er konnte von einer Geschichte zur nächsten wechseln, ohne auch nur Luft zu holen, aber wenn er erst einmal mit einer angefangen hatte, legte er lange Pausen ein und wartete, dass sein Publikum reagierte.

»Alles?«, sagte der Junge schließlich. Seine Zunge fühlte sich beim Sprechen heiß und taub an. Er hatte schon drei Tassen vom Gebräu des alten Mannes getrunken. Für gewöhnlich verabschiedete sich der Schiffsführer, wenn die Flasche leer war, aber der Zwei-Liter-Behälter war immer noch mehr als halb voll. Das Blickfeld des Jungen begann an den Rändern zu vernebeln, und seine Handflächen juckten. Die Wirkung des Gebräus war je nach Charge nie gleich. Von einer Charge schwollen ihm die Füße an, von einer anderen juckte ihm eine Woche lang die Brust. Der Junge war sicher, ein Klingeln in den Ohren zu hören. Aber jemand musste bei dem Schiffsführer bleiben, und der alte Mann hatte schon vor etwa zwei Stunden die Kiste mit den Stangen genommen und war verschwunden. Wenigstens glaubte der Junge, dass er diese Geschichte noch nicht kannte.

Der Schiffsführer nickte langsam und hob einen Finger. »Eine ausgezeichnete Frage. Was meinen wir mit *alles*? Für dich sind es natürlich …«, er öffnete eine Hand und machte eine ausladende Geste zu den Kisten, die in der Ecke der Kantine aufgestapelt standen, »… so essenzielle Dinge, wie ich sie liefere. Nahrung, Wasserdestilliersysteme …«

»Fellmützen.«

Der Schiffsführer sah den Jungen an. »Genau. Er achtete genau darauf, seine Fellmütze einzupacken.« Wieder legte er eine Pause ein und nippte an seiner Tasse.

Der Junge atmete heftig aus und legte den Kopf auf seine Hand.

»Er packte alles ordentlich ein, machte eine komplette Aufstellung und fuhr aufs offene Meer hinaus …«

Der alte Mann kam in die Kantine und suchte in den Kisten herum, nahm sie einzeln von den Stapeln und zog sie laut über den Boden. »Das offene Meer?«, sagte er. »Was wissen Sie schon vom offenen Meer?«

Der Schiffsführer blinzelte zweimal. Seine Augen wurden langsam an den Rändern rot. »Ich habe Zeit offshore verbracht«, sagte er.

Der alte Mann fuhr mit seiner Suche fort. »Sie meinen Ihre Tagesausflüge?« Er hatte gefunden, wonach er gesucht hatte, warf einen Blick zum Jungen hinüber und verschwand wieder.

Der Schiffsführer schürzte die Lippen und sah ihm hinterher. Er schob den Ärmel seines Overalls hoch und kratzte sich am Ellbogen, wobei eine Reihe kleiner, verzerrter Tätowierungen auf seiner runzeligen Haut zum Vorschein kam. »Nun, wir können nicht alle große Abenteurer sein, oder? Mit unseren Karten und Netzen.« Er zog den Ärmel wieder herunter.

Der Junge wartete, aber der Schiffsführer hielt den Blick immer noch auf die leere Türöffnung gerichtet. »Seinen Karten und seinen Netzen«, sagte er langsam.

»Sie haben vom Meer erzählt«, sagte der Junge. Je schneller der Schiffsführer mit seiner Geschichte ein Ende fand, desto eher ging er vielleicht.

»Ja, das habe ich, nicht wahr? Nun, er war schon weit draußen, Land war keins mehr zu sehen, als er feststellte, dass sein Schiff Schlagseite bekam. Er ging hinunter in den Maschinenraum und fand ein Leck.«

Es klingelte definitiv in den Ohren des Jungen. Blechern und trübe klang es, wie eine Glockenboje weit draußen auf See.

»Wasser lief ins Schiff, der Laderaum war vollgepackt, und unser guter Schiffsführer musste eine Entscheidung treffen: Er konnte versuchen, zurück an Land zu gelangen, im Wissen, dass das Schiff sinken würde, oder bleiben, wo er war, Wasser schöpfen und es eindämmen, bis ihn die Kraft verließ.« Der Schiffsführer lehnte sich zurück und stellte die Tasse auf seinen Bauch.

Der Junge reckte das Kinn, um das Klingeln loszuwerden, aber es wurde immer schlimmer.

»Ich dachte nur, Sie könnten es für eine interessante Frage halten«, sagte der Schiffsführer. Er nahm einen Schluck aus seiner Tasse. »An welchem Punkt beschließt man aufzugeben?«

Der Junge hob den Kopf und die Kantine verschwamm vor seinen Augen. »Was haben Sie gesagt?«

Der Schiffsführer ließ sein Gebräu in der Tasse kreisen. »Nur, dass man leicht sieht, wie einem das alles hier zusetzen kann.« Die Flüssigkeit in seiner Tasse stieg bis hoch an den Rand.

Der Junge schloss die Augen und versuchte, die Bewegung auszuschalten.

»Der gleiche Kampf, Tag für Tag, Jahr um Jahr. Diese Endlosigkeit. Ich kann mir nur vorstellen, wie schwer es sein muss, diese Anlage am Laufen zu halten, wenn man weiß, dass man nicht wirklich was tun kann.« Der Schiffsführer lehnte sich vor. Seine Stimme wurde leiser. »Wenn Sie je mal was brauchen. Wenn Sie mit jemandem reden wollen …«

»Reden?« Der alte Mann kam zurück in die Kantine, nahm sich eine Tasse von der Seite und setzte sich ans Ende des Tisches. »Wir wollen Ihnen doch den Spaß nicht verderben.«

Der Schiffsführer holte ein Taschentuch hervor und betupfte sich damit die Mundwinkel.

»Entschuldigung.« Der alte Mann griff über den Tisch und zog den Behälter zu sich hin. »Habe ich eine von Ihren Geschichten unterbrochen?«

Der Schiffsführer faltete sein Taschentuch ordentlich zusammen und steckte es zurück in die Tasche. »Nicht wirklich. Wir haben gerade über die Bedeutung des Temperaments gesprochen.«

Der alte Mann füllte seine Tasse und nahm einen großen Schluck. Sein Blick glitt zum Jungen und dann zurück zum Schiffsführer. »Temperament.«

»Was nötig ist, um mit dem Leben hier zurechtzukommen. Die notwendigen Voraussetzungen für diesen Job.«

Der alte Mann hob einen Mundwinkel. »Schlechtes Wetter zieht auf«, sagte er. »Wir wollen ja nicht, dass Sie da hineingeraten.«

Das Klingeln war zu einem Pochen hinter den Augen des Jungen geworden. Er öffnete sie und versuchte, den alten Mann und den Schiffsführer anzusehen. Sie saßen vollkommen ruhig da, doch ihre Umrisse schienen zu rucken und zu verschwimmen. Wie ein Motor im Leerlauf.

»Es muss sehr nützlich sein«, fuhr der Schiffsführer fort, »alles verdrängen zu können. Wie hoch ist die Leistung dieser Tage? Sechzig Prozent?«

»Zweiundsechzig«, sagte der alte Mann.

»Siebenundfünfzig«, sagte der Junge.

Der Blick des Schiffsführers wechselte zwischen dem Jungen und dem alten Mann hin und her. »Ich bewundere das, wirklich. Die Fähigkeit, die Dinge voneinander zu trennen. Einzelnes zur Seite zu schieben und zu vergessen …«

Der alte Mann stellte seine Tasse auf den Tisch, hielt sie aber immer noch fest. »Sie wissen nicht, wovon Sie reden.«

»… einfach so weiterzumachen wie immer. Mit so einer Gewissheit, so einer Zuversicht. Das ist wirklich …«

»Sie wissen verdammt noch mal nicht, wovon Sie reden!« Der alte Mann knallte seine Tasse auf den Tisch, ein Stück Emaille sprang ab und schlitterte davon.

Der Junge sah ihn an, und die Züge des alten Mannes schienen sich zu verschieben und einzuebnen, bis der einzige Unterschied zwischen ihm und dem Schiffsführer nur mehr in der Masse bestand. Alles, was der Junge noch klar erkennen konnte, war der weiße Emaillesplitter auf dem Tisch.

Der Schiffsführer streckte die Hand aus, nahm seine Tasse

und hielt sie schützend vor sich. »Das Zeugs ist sehr gut. Was, sagten Sie, ist da drin?«

Der alte Mann sagte einen Moment lang gar nichts, dann hob er die Flasche und las das verblichene Etikett. »Generator-Kühlflüssigkeit.«

Der Schiffsführer sah auf seine Tasse und lachte schmallippig. Kurzes heftiges Schnauben durch die Nase. »Sie sollten die Produktion vergrößern. Ich kenne Leute, die gut dafür zahlen würden.«

»Nur für den persönlichen Gebrauch«, sagte der alte Mann. »Und um mit Freunden anzustoßen.«

»Tsjoch«, sagte der Schiffsführer und hob seine Tasse. Er griff nach dem Behälter, füllte seine Tasse erneut bis an den Rand und nahm einen winzigen Schluck. »Apropos ...«

Der Junge stand auf und ging hinaus. Der Schiffsführer hatte eine weitere Geschichte angefangen über eine Schiffsladung Mehlwürmer. Der Junge kannte sie bereits, und das Ende ergab keinen Sinn. Er ging zur Toilette am Ende des Ganges und pinkelte ausgiebig in das zerkratzte Metallbecken. Es roch ätzend. Die Wände, das Pissoir, der Boden, alles war aus mattgrauem Stahl. Manchmal ging er nachts, selbst bei übelstem Wetter, zum Pinkeln hinaus auf eine der unteren Ebenen, um nicht das immer gleiche Prasseln aufs Metall hören zu müssen.

Er atmete ruhig ein und aus, spritzte sich etwas Wasser ins Gesicht und ging zurück in die Kantine. Der Schiffsführer erzählte noch immer, und so überquerte er den Flur zum Konferenzraum. Auf der anderen Seite des Tisches war der Haufen mit Teilen, die der alte Mann dem Schiffsführer gegeben hatte. Genug, um mindestens zwanzig Windräder zu reparieren, dazu noch der Generator. Eingetauscht gegen eine Kiste Stäbe.

»Godverdomme«, murmelte der Junge.

»Ich weiß.« Der alte Mann stand in der Tür. »Das Ende der Geschichte ergibt überhaupt keinen Sinn.« Er sah den Jungen einen Moment lang an. »Er hat endlich gesagt, dass er fährt. Wir könnten seine Lenzpumpe wieder abstellen.«

Der Junge warf noch einen Blick auf die Windradteile. »Wenn du willst.«

Der alte Mann zuckte mit den Schultern und nickte zu den Teilen hin. »Pack die Sachen ein. Wir wollen ihn nicht warten lassen.«

Als der Junge zurück in die Kantine kam, um leere Kisten zu holen, lehnte sich der Schiffsführer zurück und schüttelte den Kopf. »Mach kein großes Theater drum«, sagte er und wischte sich sanft über die Augenwinkel.

Der Junge stellte die letzte Kiste in den Laderaum des Schiffsführers und setzte sich darauf. Sein Magen schmerzte und ihm war schlecht, aber wenigstens hatte das Klingeln in den Ohren aufgehört. Und als er da so im Dunkeln saß, begann sich auch sein Kopf zu klären.

Der Schiffsführer war immer noch oben in der Plattform. Er hatte es bis in den Konferenzraum geschafft und dann seine Meinung zu den besten Destillationstechniken kundgetan, ein letzter Versuch, dem alten Mann seine Methode zu entlocken.

Das Boot schaukelte. Eine große Welle drückte unter dem Gitter des Tors zum Dock durch. Wovon hatte der Schiffsführer geredet? Mehlwürmer … Fellmützen … Wasser schöpfen? Er schüttelte den Kopf, stand auf und stieg die Stufen aus dem Laderaum empor.

Als er am Ruderhaus vorbeikam, sah er, dass die Tür einen Spalt aufstand. Er blieb stehen und lauschte. Nichts als das ruhige Klatschen des Wassers am Dock, das stetige Heulen des Windes hinter den Wänden. Er drückte leicht gegen die Tür, hielt inne und lauschte wieder. Keine Stimme, keine Schritte auf den Stufen. Er machte die Tür ganz auf und ging hinein.

Es sah nicht aus wie das Ruderhaus eines Schiffs. Der Boden glänzte sauber, und auch alles andere war weder verstaubt noch ölverschmiert. Jedes Instrument der Schalttafel schien sorgfältig poliert. An einer Wand standen drei verschlossene Aktenschränke und ein dunkler Schreibtisch, der aussah, als könnte er aus Holz sein. Auf ihm lag ein kleiner Stapel Papiere, parallel zum Rand, in einer Metallschale, steckten sechs gespitzte Bleistifte. Gegenüber vom Schreibtisch stand eine Truhe, auf der eine große Karte ausgebreitet war, an allen vier Ecken mit identischen Bleigewichten beschwert. Der Junge schlich leise zu ihr hinüber.

Es brauchte ein wenig, um zu verstehen, was er da vor sich hatte. Dann begriff er, dass es ein Küstenverlauf war. Aber da, wo einmal eine klare Linie gewesen war, die Land und Wasser trennte, hatte der Schiffsführer neue, sich schlängelnde Konturen eingezeichnet, die offenbar die höchsten und tiefsten Wasserstände bei Ebbe und Flut markierten. Es gab Deichanlagen, Polderlandschaften und geschützte Strände, die längst weit unter dem normalen Pegelstand lagen. An einer geweiteten Flussmündung war eine ganze Stadt dem Wasser überlassen worden, die täglichen Wasserstände in den Straßen penibel vermerkt. Hinter der Niedrigwassergrenze hatte der Schiffsführer die Positionen zahlloser schwimmender Siedlungen eingezeichnet, von Handelsposten, Plattformen und Baken, und sie in seiner sauberen Schrift mit Ziffern und Symbolen versehen. Ins Papier eingedrückt waren auch noch weitere aufgegebene, von der Karte radierte Siedlungen zu erkennen. Der Junge beugte sich vor und fuhr ganz leicht mit dem Daumen über die Vertiefungen.

Er hätte nicht sagen können, wie lange er dort schon stand, als er ein Geräusch hinter sich hörte. Der Schiffsführer bewegte sich leise für seinen Umfang. Er trat ins Ruderhaus und versperrte die Tür.

Der Junge nahm die Hand von der Karte. Die Ränder des Landes waren von Einbuchtungen zerfressen. Er erinnerte sich plötzlich an das Gefühl zerbröselnder Erde, die ins Wasser schuppte wie Rost von einem korrodierenden Schiffsrumpf. Er wandte sich der Tür zu, doch der Schiffsführer blieb, wo er war.

»Keine Angst«, sagte der Schiffsführer, »es ist gut, wenn man eine gesunde Neugier hat. Um sich nicht zu sehr …«, er hob das Kinn und sah hoch in Richtung Plattform, »isolieren zu lassen.«

»Ich muss gehen.« Der Junge machte einen Schritt, doch sein Gegenüber trat immer noch nicht zur Seite.

»Ich habe viele Karten. Das Landesinnere. Die Gasfelder. Die alten Städte. Wie gesagt, falls Sie mal was brauchen … Wenn Sie was eintauschen wollen.«

Der Junge sah den Schiffsführer an. »Denken Sie, ich fange an, funktionierende Windräder auseinanderzunehmen?«

Der Mund des Schiffsführers zuckte. »Das würde ich nicht

von Ihnen verlangen. Ich weiß, dass Sie mehr im Kopf haben. Aber es gibt andere Dinge, die ich in Betracht ziehen könnte.« Er sah zum Dock hinaus, bevor er weitersprach. »Was genau holt der alte Mann da seit Jahren vom Meeresgrund hoch?«

»Was?«

»Ich nehme an, er sucht da unten nach irgendetwas. Er gräbt doch nicht einfach nur Löcher da unten rein.«

»Warum interessiert Sie das?«

»Nennen Sie es Neugier. Ich weiß gerne, was meine Partner so alles machen. Dann weiß ich, ob die Märkte …«, er hob eine Hand, dann die andere, »ausbalanciert sind.«

»Es ist nur *Klote*.«

Der Schiffsführer nickte. »Dann wird er es sicher nicht vermissen, wenn ein, zwei Dinge fehlen.«

Der Junge trat noch etwas weiter vor. »Ich muss jetzt gehen.«

Der Schiffsführer machte Platz und faltete die Hände vor dem Bauch, als sich der Junge an ihm vorbeischob. »Ihr Vater hatte auch eine gesunde Neugier.«

Der Junge blieb stehen. Seine Brust zog sich zusammen. Er drehte sich langsam um.

Der Schiffsführer ging hinüber zur Karte und rollte sie zusammen. »Er hat immer Fragen gestellt … über die Firma, die Systeme und wie es an Land steht.« Er sah den Jungen aus dem Augenwinkel an. »Ich habe kein einziges Geschäft mit ihm gemacht. Er wollte auch keine funktionierenden Windräder zerlegen. Er war ein guter Arbeiter. Hat immer alles repariert. Aber das hat Ihnen sicher der alte Mann alles längst erzählt.«

Der Junge stand eine Weile mitten im Ruderhaus, schüttelte schließlich den Kopf und ging zur Tür. »Das ist jetzt nicht wichtig.«

»Das klingt ganz nach dem alten Mann.« Der Schiffsführer klopfte mit dem Ende der Kartenrolle auf die hölzerne Oberfläche der Truhe, damit nichts überstand, und legte sie behutsam in eine der Schubladen. »Und wir wissen beide, dass er nicht immer am besten weiß, was wichtig ist, oder? Ihr Vater dagegen …«

Der Junge blieb stehen, drehte sich aber nicht um. Er hörte den Schiffsführer zu ihm herüberkommen. »Ihr Vater sah, worauf die Dinge hinausliefen. Er hat den Druck verstanden.« Je näher der Schiffsführer kam, desto leiser wurde seine Stimme, bis er fast flüsterte. »Er war wirklich ein guter Arbeiter. Es muss einiges passiert sein, bis er mit dem Boot davongefahren ist.«

Die Brust des Jungen schmerzte. »Mit welchem Boot?«

Der Schiffsführer war jetzt ganz nahe. Er hatte einen Geruch an sich, den der Junge nicht kannte. Wahrscheinlich Seife, dachte er. »Mit dem anderen Wartungsboot natürlich.«

Der Junge sah aus dem Fenster zum Dock hinaus, der einzelnen Ladebucht. Er schüttelte den Kopf und machte einen weiteren Schritt zur Tür.

»Wussten Sie nicht, dass es zwei gab?«, sagte der Schiffsführer. »Es gibt immer zwei Boote. Aber Sie wissen ja, in welchem Zustand die Batterien in den alten Dingern sind. Er wird damit nicht mal aus dem Park rausgekommen sein, bevor …« Der Schiffsführer atmete langsam aus. »Aber das hat Ihnen der alte Mann sicher erzählt.«

Der Junge sah auf den Boden. Unter dem Türrahmen kratzte etwas Dunkles, Grobkörniges.

»Es tut mir leid«, sagte der Schiffsführer. »Ich dachte, Sie wissen das.«

Die Brust des Jungen war immer noch wie zugeschnürt. Er konzentrierte sich auf den grobkörnigen Splitt, der sich in der Nut zwischen den Platten gesammelt hatte.

»Ich habe ein schlechtes Gewissen«, sagte der Schiffsführer. »Ich frage mich oft, ob ich mehr hätte tun können.« Er seufzte leise. »Wie gesagt: Wenn Sie mal jemanden zum Reden brauchen. Jemanden, um etwas einzutauschen. Ich kann besorgen, was Sie wollen.«

Der Junge sah den Splitt lange an, brachte dann endlich seine Beine wieder in Gang und trat aus dem Ruderhaus. Die Luft war kalt, und er schluckte sie. Sein Magen schmerzte, und das Klingeln in seinen Ohren hatte wieder angefangen. Ein guter Arbeiter. Ein zweites Boot. Das Klingeln wurde lauter.

Als er übers Dock ging, rief ihn der Schiffsführer und warf ihm etwas zu. Der Junge fing es auf. Die Fellmütze.

»Was immer Sie wollen«, sagte der Schiffsführer. »Erkälten Sie sich nicht.«

Etwas

Er hatte allein eine Stunde gebraucht, um das Gehäuse der Windnachführung aufzubekommen. Weitere drei, um die Lager auszubauen, sie zu reinigen und wieder einzubauen, und das alles im engen Raum in der Turmspitze unter der Bodenplatte des Maschinenraums. Seine Arme schmerzten, und er spürte, dass er sich hinten am Rücken einen Muskel gezerrt hatte.

Er hätte bis jetzt eigentlich drei, vier Windräder wieder ans Netz bringen sollen, stattdessen steckte er schon den ganzen Tag hier fest. Ihm war gleich klar gewesen, dass es schwierig werden würde, als er das Gehäuse geöffnet und gesehen hatte, in welchem Zustand die Nachführung war. Alles total verrostet und nass, selbst der Rost war nass. Aber weil er angefangen hatte, musste er es auch zu Ende bringen. Warum musste er immer alles zu Ende bringen?

Seit Ankunft des Versorgungsschiffs war heute der erste Tag, an dem er wieder hinauskonnte, um Reparaturen vorzunehmen. An den anderen Tagen war der alte Mann schon im Morgengrauen losgefahren und hatte an allen möglichen Stellen im Park die Stangen vom Schiffsführer hervorgeholt, sie an die Reling getragen, zusammengesteckt und ins Wasser gelassen, und sie dann immer um noch ein Element verlängert. Nach einer Weile, vielleicht, wenn die Konstruktion bis auf den Grund reichte, setzte er oben ein T-Stück auf, drehte eine

Weile langsame Kreise und holte das Ganze, Element um Element, wieder zurück ins Boot. Jeden Tag hatte er das gemacht, überall im Park.

Es war noch schlimmer als mit den Netzen. Wahrscheinlich würde der alte Mann bald schon selbst da runtertauchen.

Der Junge setzte das letzte Teil wieder ein, richtete sich auf und streckte den Rücken durch.

Draußen begann es zu dämmern. Der Himmel wurde an den Rändern gelb und nahm nach und nach die Farbe von altem Rauch an. Der Junge konnte es nicht sehen, erkannte es jedoch am veränderten Wind, der so oft mit der Abenddämmerung einherging.

Er reckte sich noch einmal, und es knackte in seinen Ohren. Das taten sie immer wieder, seit er an dem Abend mit dem Schiffsführer so viel von dem Gebräu getrunken hatte. Er schwor sich, keinen Tropfen mehr davon anzurühren. Wenigstens nicht von der letzten Produktion. Hätte er nicht so viel getrunken, wäre er nie ins Ruderhaus des Schiffsführers gegangen und hätte nichts von dem Scheiß gehört, den ihm der Kerl erzählt hatte. Wäre nicht stehen geblieben und hätte ihm zugehört.

Er schüttelte den Kopf. Ein zweites Boot. Der Schiffsführer erfand immer gute Geschichten. Vor langer Zeit hatte er dem Jungen einmal erklärt, auf allen Plattformen gäbe es unter den Bodenplatten versteckt einen Extrasatz Werkzeug, für Notfälle, und der Junge hatte es ihm geglaubt. Er hatte sämtliche Platten im ersten Stock aufgehebelt, bis der alte Mann mit dem Fuß in ein Loch geraten war und gefragt hatte, ob der Junge noch bei Trost sei? Warum sollte irgendwer Notwerkzeug verstecken? Wenn es zu einem verdammten Notfall käme, hätte doch wohl keiner die Zeit, den ganzen verdammten Boden aufzuhebeln, oder? Und wenn er die Platten jetzt nicht gleich wieder festmache, werde er *ihn* darunter begraben.

Das Gesicht des Jungen begann immer noch zu glühen, wenn er daran dachte.

Er packte sein Werkzeug zusammen und schloss das Gehäuse. Drückte die letzte Platte zu, doch sie schwang wieder auf. Drückte sie wieder zu, und sie schwang wieder auf. Der Verschluss war abgebrochen.

»Nicht jetzt«, sagte er.

Er drückte die Platte zu, hielt sie einen Moment fest und ließ langsam los. Sie schwang auf.

»Nicht das jetzt«, sagte er.

Es war nur eine Platte. Eine Platte in einem voll funktionierenden Windrad. Er konnte sie einfach so lassen und gehen. Er atmete langsam aus. Eine Platte, die offen stand und jedes Mal hin- und herschwang, wenn Maschinenraum und Rotor die Richtung änderten. Die in der Brise aus dem Kühlsystem klappern und klopfen würde. Er streckte die Hand aus und hielt sie fest, obwohl sie sich nicht bewegte.

»Gut«, sagte er. »Mach, was du willst.«

Er holte seine Uhr aus der Tasche. Sie ging wieder falsch, aber er benutzte ihre Stoppuhrfunktion, um seinen Arbeitsausflug zu timen. Wahrscheinlich blieb ihm noch eine Stunde Licht.

Draußen würde sich die Dunkelheit vom östlichen Horizont her über das Wasser breiten, bis nur noch die hellen Spitzen der Türme sichtbar waren, wie flackernde Kerzen kurz vor dem Verlöschen.

Er steckte die Uhr wieder weg, griff in das Gehäuse und versuchte, das abgebrochene Teil zu finden. Er konnte es wieder ankleben. Genug, damit es wieder hielt. Genug für die Gewissheit, diese Reparatur erfolgreich beendet zu haben.

Sein Arm rieb über die Zahnräder und Fett schmierte auf seinen Ärmel. Er schloss die Augen und griff tiefer hinein. In der unteren Ecke des Gehäuses fühlte er etwas. Er bekam es zu fassen und hielt es ans Licht. Es war ein Verschluss, aber nicht der Originalverschluss der Platte. Die waren schwarz und alle maschinell gefertigt. Der hier war von Hand aus einem blauen Stück Plastik geschnitten. Er hatte an einem Ende ein eckiges Loch, das über den Zapfen passte, und am anderen einen Haken. Der Haken war breiter ausgeschnitten als bei Standardverschlüssen und saß besser auf dem Verbindungsstück. Es war ein guter Ersatz, etwas, das auch der Junge hätte konstruieren können.

Im Turm ging kein Wind, dennoch spannte sich die Haut an den Armen und im Nacken des Jungen.

Er war gut im Reparieren von Dingen. Das hatte der Schiffsführer gesagt.

Der Junge setzte sich auf die Bodenplatte, hielt den Verschluss in der Hand und fuhr mit dem Daumen über seine Kanten. Nach einer Weile drückte er ihn auf den kaputten Zapfen und schloss die Platte, hob und senkte den Verschluss vorsichtig, bis er spürte, wie der Haken griff.

Am nächsten Tag störte es ihn nicht, als er hörte, wie der alte Mann im ersten Licht davonfuhr. Er ging in den Kontrollraum und setzte sich vor die Monitore. Aber er sah nicht auf die Kamerabilder oder checkte die Leistung des Parks. Stattdessen öffnete er das Archiv mit den Wartungsplänen und scrollte bis zu den Berichten aus der Zeit, bevor er in den Park gekommen war.

Es ließ sich nicht sagen, ob die einzelnen Arbeiten ausgeführt worden waren. Wie auch heute war keiner der Berichte ausgefüllt oder abgehakt worden. Genau wie heute waren sie wirr und ausufernd. Aber sie führten die Einzelheiten der benötigten Reparaturen auf, und der Junge sah sie aufmerksam durch und notierte sich die jeweiligen Standorte.

Als der alte Mann zurückkam, hatte der Junge Berichte von fast einem ganzen Jahr durchgearbeitet und sich die Orte sämtlicher Reparaturen aufgeschrieben. Er wartete, bis der alte Mann in seinem Zimmer war, dann nahm er das Boot und gab die Koordinaten des am nächsten gelegenen Windrads ein.

Die meisten Windräder verrieten nichts, oder sie waren zu verrostet, zu gefährlich, um hinaufzufahren. Über die folgenden Tage und Wochen gab es jedoch einige Entdeckungen. Er fand handgemachte Lager, die so gut gebaut waren, dass sie immer noch ihren Dienst taten, die raffinierteste Anbindung eines Windsensors, die er je gesehen hatte, und in einem von Löchern zerfressenen Maschinenraum mit fehlender Bodenplatte und salzverkrusteter Schalttafel ein Getriebe, das gewartet und so perfekt verschlossen war, dass alles darin noch sauber und rostfrei war.

Er musste plötzlich an eine Dreh-Knarre denken, die er nach seiner Ankunft im Park immer benutzt hatte. Er hatte sie hinten im Lagerraum gefunden und gern zur Hand genommen, weil der Griff so glatt und abgegriffen war und perfekt in seine Hand passte. Er hatte sie in einem der südlichen Felder verloren, eine Welle war über die Reling gekracht und hatte sie mit sich gezogen. Aber er erinnerte sich noch, wie gut mit ihr zu arbeiten war und wie sich der Griff in seine Hand eingefügt hatte.

Der Junge ging auch weiter durch alte Berichte, kartierte sie auf der Satellitenkarte und folgte ihrem Kurs durch den Park. Tagsüber besuchte er einzelne Reparaturorte immer wieder und studierte sie bis ins Detail, nachts lag er im Bett und überlegte, wie genau sie ausgeführt worden waren, mit welchen Werkzeugen und ob er es anders gemacht hätte.

Als er dann eines Tages einen alten Zeitplan durchsah, fand er einen Reparaturbericht für das Wartungsboot. Er sah ihn sich genau an und stellte fest, dass es um Arbeiten an zwei Booten ging.

Der Bildschirm flackerte vor seinen Augen, er lehnte sich zurück und schloss sie, öffnete sie wieder, beugte sich vor und las ein weiteres Mal. Es gab zwei verschiedene Boote, jedes mit einer eigenen Registrierungsnummer.

Wieder flackerte der Schirm. Seine Hände wurden sehr kalt, so kalt, dass er kaum tippen konnte. Er gab die Registrierungsnummer des zweiten Bootes in das System ein. Eine Liste ging auf. Er brauchte eine Weile, bis sein Blick klar genug war, dass er sie lesen konnte. Es war eine Reparaturliste. Alle Reparaturen, die er gefunden hatte, waren am zweiten Boot vorgenommen worden. Er lehnte sich zurück und sah lange auf den Bildschirm. Das war das Boot seines Vaters.

Der Monitor flackerte und ging aus. Alle Bildschirme wurden schwarz, das System ächzte und verstummte. Der Junge sprang von seinem Stuhl auf. »Scheiße«, rief er und schlug gegen die Seite des Monitors. Ein blaues Licht leuchtete auf und verblasste. Er schaltete den Monitor aus und wieder ein. Nichts. Er ging hinüber zum Hauptcomputer und schlug auch gegen ihn. Dann legte er den Hauptschalter um und fuhr das System neu hoch.

Es dauerte lange, bis der Computer wieder richtig lief. Als es so weit war, zitterten die Hände des Jungen. Er beugte sich vor und machte sich erneut an die Arbeit. Wenn er die alten Reparaturlisten mit der Registrierungsnummer des Bootes verknüpfte, würde er sämtliche Reparaturen seines Vaters finden. Er griff nach der Tastatur und hielt inne. Was, wenn er die Nummer mit dem Archiv der Satellitenkarte verknüpfte?

Er rief die Karte auf und gab die Ziffern ein. Der Prozessor grummelte und sirrte, der Bildschirm fror ein paar Sekunden lang ein, dann erschien ein Gitterwerk von Linien auf der Karte, baute sich weiter auf, überlagerte sich und wurde zu einem dichten Netz, das den Park bedeckte.

Es war eine vollständige Darstellung der Bewegungen seines Vaters. Mit allen Windrädern und Transformatoren, bei denen er angelegt hatte. Alle seine Fahrten durch den Windpark. Indem er den dichtesten Liniensträngen folgte, konnte der Junge die Routen ausmachen, die er am häufigsten genommen hatte, seine Lieblingsreihen, und auch dass er seine Wartungsfahrten immer im Uhrzeigersinn vorgenommen hatte. Fast jeden Tag hatte er einen Umweg zum westlichen Rand des Parks gemacht und war ihn kilometerweit entlanggefahren, bevor er zur Plattform zurückkehrte.

Der Junge ging die Daten der einzelnen Fahrten durch, arbeitete sich durch die Monate, die Jahre, und dann sah er es, unten in den südlichen Feldern: die letzte Meldung des Bootes, den Moment, in dem die Peilung aufhörte.

Er saß sehr still da und betrachtete den Bildschirm. Das war es. Da war es geschehen. Was immer es gewesen war.

Er nahm seine Uhr aus der Tasche und ließ den Blick über die Monitore gleiten. Seine Uhr war stehen geblieben und draußen war es fast dunkel. Der alte Mann war gerade erst zurückgekommen, und das Boot war nur halb aufgeladen. Vielleicht sollte er warten. Was würde es bringen, in die Nacht hinauszueilen? Er schaltete zurück zum aktuellen Wartungsbericht. Er sollte etwas arbeiten. Seine Schnur kontrollieren. Er musste das alles sorgfältig durchdenken.

Der Junge griff nach der Tastatur, dann schob er seinen Stuhl zurück und stand auf. Wenn er jetzt nicht ging, würde er es nie tun.

Als er auf die Treppe bog, wäre er fast mit dem alten Mann zusammengestoßen, der mit einem frischen Behälter Gebräu von der Transformatorenebene heraufkam.

»Am Arbeitsplatz solltest du nicht rennen«, sagte der alte Mann.

Der Junge ging eine Stufe weiter nach unten.

»Wo willst du hin?«, fragte der alte Mann.

»Es gibt ein paar Dinge zu tun.«

»Entspann dich. Du solltest lernen, das Leben ein wenig zu genießen.« Der alte Mann hob den Behälter. »Wenn du Glück hast, kriegst du vielleicht sogar was von der neuen Produktion ab.«

»Es gibt ein paar Dinge zu tun.«

»Erinnerst du dich an das erste Mal, als du etwas von dem Zeug probiert hast?«

Der Junge legte die Hand auf das Geländer und sah die Treppe hinunter.

»Ich wollte dir nichts geben, und du hast dich in meine Destille geschlichen und direkt aus dem Auffang getrunken.« Der alte Mann lachte. »Ich habe dich auf dem Rücken liegend im Gang gefunden. Musste dich in dein Bett ziehen und bei dir sitzen, während du mir Zeug erzählt hast über … was war das noch?«

»Ich kann mich nicht erinnern«, sagte der Junge. Seine Gedanken überschlugen sich, er hörte kaum, was der alte Mann sagte. Das Boot. Er konnte nur an das Boot denken. Der alte Mann hatte nie ein Wort darüber verloren.

»Doch, das musst du. Es war etwas über Fische, die das ganze Protein essen.«

»Was?«

»Das gewürzte Protein.« Der alte Mann nahm den Behälter in die andere Hand. »Ich weiß noch, dass du …«

»Ich erinnere mich nicht«, sagte der Junge.

Der alte Mann hielt inne. Er nickte langsam und seufzte.

Der Junge trat eine weitere Stufe nach unten.

»Warte«, sagte der alte Mann.

Der Junge blieb stehen.

Der alte Mann sah ihn an. Einer seiner Mundwinkel begann zu zucken. »Dann noch einen schönen Abend«, sagte er und ging nach oben.

Der Junge atmete tief aus und wollte weiter zum Dock. Aber seine Füße machten nicht mit. Er verlor das Gleichgewicht und musste sich am Geländer festhalten. Er versuchte es noch einmal, doch seine Füße steckten fest. Er blickte nach unten und sah, dass er auf der Stufe stand, die immer voller Klebstoff war.

Das Lachen des alten Mannes hallte über die Gänge der Plattform.

Der Junge schnürte seine Stiefel auf, ließ sie, wo sie waren, lief barfuß in den Vorratsraum und holte einen Meißel.

Halbdunkel breitete sich über dem Meer aus, machte es schlüpfrig und schwarz wie Öl. Der Junge fuhr Richtung Süden und ging auf volle Leistung. Irgendwann schob eine Wolkenbank von Südwesten heran und es begann zu regnen. Die Windräder verwischten und die Sicht reduzierte sich auf ein paar Reihen.

Die Batterieanzeige fiel, und er ging mit der Geschwindigkeit herunter. Er war ganz in der Nähe. Es waren nur noch ein paar Kilometer. Er spähte durch die Windschutzscheibe und nutzte die kurzen, klaren Lücken hinter den Wischblättern. Der Regen trommelte auf das Dach der Kabine.

Bald war das Licht vom Bildschirm des SatNav heller als der Himmel. Der Junge schaltete die Scheinwerfer ein und folgte weiter seinem Kurs. Er näherte sich der Stelle. Einhundert Meter, fünfzig Meter. Die Nacht senkte sich herab. Der Regen schnitt durch das Scheinwerferlicht und verkürzte dessen Reichweite. Der Junge vermochte kaum die nächsten Windräder auszumachen.

Er erreichte die Stelle und stellte den Motor aus. Draußen zeigten die Scheinwerfer nichts als Regen. Er schaltete sie aus, zog die Kapuze über den Kopf und ging an Deck.

Überall floss Wasser. Sobald sich das Boot leicht zur Seite

neigte, strömte es über das Deck. Der Junge trat an die Reling, hob eine Hand, um die Augen vor dem Regen zu schützen, und sah hinaus in die Nacht.

Langsam gewöhnten sich seine Augen an die Dunkelheit und er konnte die blassen Umrisse der Türme überall um sich herum ausmachen. Er drehte eine Runde über das Deck. Da war nichts. Das Meer schlug leise gegen das Boot. Natürlich war da nichts. Was hatte er erwartet? Der Regen wehte über seine Schultern. Wenn hier nichts war, war das Boot vielleicht weitergefahren, war vielleicht … Er unterbrach sich, bevor er den Gedanken zu Ende gedacht hatte. Die Batterien mussten versagt, der Motor ausgesetzt haben.

Er musste zurück. Er drehte sich um und ging in Richtung Kabine. Blieb stehen. Steuerbord war die gedrungene Form eines Transformatorengehäuses zu erkennen. Er blinzelte und wischte sich den Regen vom Gesicht. Mit dem Umriss stimmte was nicht.

Er ging nach drinnen, schaltete das Licht ein und drehte das Boot. Die Lichtkegel der Scheinwerfer schwangen durch den Regen, bis sie auf den Transformator trafen. Sie schälten seine Ecken aus der Dunkelheit, sein Gerüst und die Gitter, alles hervorgehoben durch das strömende Wasser. Als sich die Lichtkegel durch die Stützen bewegten, glommen sie auf; der Umriss einer Reling erschien, das Dach einer Kabine, die dunkle Masse eines Rumpfs.

Dosen

Das Deck vibrierte in einem dunklen Ton, als er an Bord sprang, eine einzelne tiefe Note, die vom Regen verschluckt wurde. Er schaltete seine Taschenlampe ein und leuchtete durch die wassergetränkte Luft. Dunkle Formen überall an Deck, die das Geräusch des Regens verzerrten. Das Prasseln auf zusammengelegten Planen, Plastikeimern, einem leeren Metallfass.

Er zögerte einen Moment und bewegte den Lichtkegel langsamer voran. Jedes neue dunkle Objekt versetzte seinem Herzen einen Stich. Am Ende zwang er sich, in die Kabine zu gehen.

Zunächst sah alles wie auf dem anderen Boot aus. Es gab das Bedienfeld und die Lenksäule. Aber auf der Seite der Kabine, wo die Einbauschränke sein sollten, lag eine ausrollbare Schaumstoffmatte mit modrigen Betttüchern.

Als er näher ans Bedienfeld herantrat, sah er, dass es hohl war. Durch eine Öffnung in der Verkleidung war zu erkennen, dass so gut wie die gesamte Elektrik und Verdrahtung entfernt worden war, das Gehäuse war leer. Der Junge ging in die Hocke und spähte in das Loch, wo der Schirm des SatNavs hätte sein sollen. Es gab überhaupt nur noch die Lenksäule, die Batterieanzeige und den Einschalter. Er betätigte ihn, aber nichts geschah.

Die Klappe zum Motorraum stand offen, und er konnte

geradeso den Motor ausmachen, oder besser: seine verkohlten Reste. Was noch von ihm übrig war, lag zusammen mit ein paar Werkzeugen im Rumpf verteilt. Der Satellitensender klebte oben auf dem Motorraum, verkohlt und halb geschmolzen. Der Junge leuchtete mit der Lampe tiefer in den Motorraum und sah den Umriss der Batterie, dann noch eine und noch eine. Da stand eine ganze Reihe Batterien entlang der Kiellinie.

Er schloss die Klappe und blieb lange in der Kabine hocken. Der Regen hämmerte auf Dach und Deck. Wasser rann ihm aus dem Haar das Kinn hinab.

Er wollte gerade aufstehen, als er ein Blatt Papier sah, das jemand hinter das leere Bedienfeld geklemmt hatte. Er nahm es und faltete es auseinander. Es war die Karte einer Küstenlinie. Der Junge betrachtete sie näher und schien einen Moment lang die Formen von Mündungen und Molen, die Konturen von Deichanlagen, Lagerhäusern und Anlegern wiederzuerkennen. Das war das östliche Festland. Er senkte die Taschenlampe und stand auf.

An Deck entdeckte er auf dem Dach der Kabine ein Rinnensystem, das in einen großen Plastikcontainer zum Auffangen von Regenwasser führte. Hinten im Heck lagen eine Menge Planen, Stangen und Leinen. Wahrscheinlich war das mal ein Dach für das Deck gewesen. Er öffnete den Laderaum, der voller Kisten stand. Er kletterte hinunter und sah nach, was darin war. Er war voll mit Vorräten. Konserven. Genug für Monate auf See.

Es war spät in der Nacht, als er das Boot schließlich wieder verließ. Wenn sich das Wetter weiter verschlechtert oder die

Strömungen zugenommen hätten, wäre er womöglich in Schwierigkeiten geraten. Aber daran dachte der Junge auf der Rückfahrt durchs Dunkel nicht.

Er dachte an die Karte, die Dosen und die Batterien unten im Rumpf. Auch am Motor waren Veränderungen vorgenommen worden. Es gab Teile, die vom Standardboot abwichen. Nach der schnellen Durchsicht, die er hatte machen können, sah es nach einer Nachrüstung mit einem Spannungswandler aus, um die Effizienz zu erhöhen. Hätte es funktioniert, hätte sich die Leistung der Batterien verdoppelt. Alle unwesentlichen Systeme waren entfernt worden. Licht, Heizung, Leckpumpe. Der gesamte Strom war direkt in den Motor gegangen. Mit den ganzen Batterien, voll geladen, und unter den richtigen Bedingungen hätte sich die Reichweite im Vergleich zu einem normalen Wartungsboot versieben- oder verachtfacht. Das Boot hätte die Grenzen des Parks weit hinter sich lassen können. Die gesamte Nordsee.

Der Junge hatte lange über die Karte des Festlands nachgedacht. Warum hatte er dorthin zurückgewollt? Wenn er weg konnte, warum dann nicht einfach alles hinter sich lassen? Dann hatte der Junge noch mal die Vorräte im Laderaum inspiziert. Es gab eine zusätzliche Schaumstoffmatte samt Decke, zweimal Kleidung zum Wechseln, zwei Handtücher, zwei Tassen, Teller und Gabeln. Alles doppelt.

»Ich komme zurück und hole dich«, hatte er gesagt. »Okay?«

Aber der Motor war heiß gelaufen. Der Junge hatte das Boot durchsucht, um herauszufinden, was dann passiert war. Er war hoch ins Transformatorhaus geklettert, die Klappe hing offen. Direkt hinter der Tür war eine Abdeckplatte entfernt worden, und es sah aus, als hätte jemand versucht, einzelne Teile auszubauen. Aber dann. Vielleicht war ein Kabel zerfasert gewesen, vielleicht war Wasser eingedrungen, vielleicht war es auch einfach ein Fehler gewesen, ein falscher Handgriff, denn da, wo mal die Elektrik war, klaffte nur noch ein gähnendes Loch, sämtliche Einzelteile waren herausgeschleudert worden, die Tür gegenüber war offen und ließ Wind und See herein.

Vielleicht war es so gewesen, vielleicht auch anders, der Junge hatte sich die letzten Momente seines Vater nie vorstellen wollen, hatte die Gedanken daran fast immer rechtzeitig abwehren können. Und er wollte sie sich auch jetzt nicht vorstellen. Sein ganzer Körper fühlte sich taub und zittrig an, als er durch den Regen zurückfuhr. Er glaubte nicht, dass ihm je in seinem Leben so kalt gewesen war.

Aber was auch passiert sein mochte, sein Vater hatte nicht aufgegeben. Hatte kein Versprechen gebrochen.

Auf dem Tisch in der Kantine stand eine halbe Flasche Gebräu. Der Junge setzte sich und goss sich etwas davon ein, leerte seine Tasse und schenkte noch einmal nach. Stand auf, zog die Kantinentür zu, setzte sich wieder und schloss die Augen.

In seinem Kopf ging es drunter und drüber. Er versuchte, seine Gedanken zu ordnen und richtig abzulegen, wurde aber die Bilder vom Bettzeug in der Kabine nicht los, den Planen und dem Leinenwirrwarr hinten, den im Bug verstreuten Motorenteilen.

Er holte tief Luft und begann sich vorzustellen, wie er alles wieder zusammensetzte.

Einiges war Schrott, aber anderes funktionierte vielleicht

noch. Die Batterien hatten noch ganz gut ausgesehen. Wenn er sie irgendwie laden konnte, ließ sich die Elektrik prüfen und dann … Er öffnete die Augen. Was dann?

Er hob seine Tasse, bekam den üblen Geruch des Gebräus in die Nase und stellte sie wieder ab. In den Wänden ächzte die Klimaanlage. Die Kontrollleuchte des Wasserfilters flackerte und wurde rot. Irgendwo hatte es wieder zu lecken begonnen. Ein weiterer Riss arbeitete sich durch die Decke.

Dann würde er verschwinden. Weg von all dem hier. Wie es sein Vater vorgehabt hatte.

Sein Vater war gut im Reparieren gewesen, das hatte der Schiffsführer gesagt. Nun, der Junge war auch nicht schlecht. Er kannte sich mit Motoren aus, und wenn er die richtigen Teile fand, brachte er das Boot vielleicht wieder in Gang.

Schritte auf dem Flur, der alte Mann kam in die Kantine. Er setzte sich dem Jungen gegenüber, legte drei rostige Metallklumpen auf den Tisch, betrachtete sie und schaute den Jungen an.

Der Junge achtete nicht weiter auf die Metallteile, sondern starrte den alten Mann an. Seine Brust schnürte sich zusammen. Der alte Mann musste Bescheid gewusst haben. Sie hatten zusammen auf der Plattform gelebt. Er musste gewusst haben, was der Vater des Jungen vorgehabt hatte.

Der alte Mann hob einen Finger, nahm eines der Objekte, hielt es nahe an sein Ohr, schüttelte es leicht und legte es rechts vor sich zurück auf den Tisch. Mit den verbliebenen beiden machte er es genauso, legte eines nach rechts, eines nach links. Lehnte sich zurück und verschränkte die Arme. »Mein Fang«, sagte er. »Ich habe laute und leise Dosen.«

Der Junge blinzelte und sah dann die Objekte an. Es waren Konservendosen, krumm, rostig, aufgebläht und mit einer schmierigen schwarzen Substanz umhüllt, aber offenbar noch dicht.

Warum war der alte Mann geblieben? Wenn sie es zusammen versucht hätten, wenn der alte Mann mitgeholfen hätte, vielleicht hätten sie den Motor dann wieder in Gang bekommen. Vielleicht hätten sie es dann beide hinaus geschafft.

Die Hand des alten Mannes schwebte über der Dose links, wechselte dann die Seite und nahm eine von rechts. Er holte ein Taschenmesser hervor, kratzte damit um den Rand und ließ Rost und Schmutz wegspritzen. Er blies die staubigen Reste weg, stand auf, ging zur Spüle und kam mit dem Dosenöffner zurück. Der alte Mann ließ sich zurück auf seinen Stuhl sinken, setzte den Öffner an und drückte und ruckte, bis sich das Rad in den Deckel biss.

Der Junge studierte den alten Mann genau: Er drehte den Griff zu schnell, sodass das Rad immer wieder abrutschte, worauf er etwas murmelte und noch mal neu ansetzte. Pudriger Rost bedeckte den Tisch und seine Hände.

Der alte Mann wollte den Griff drehen, doch er bewegte sich nicht. Er versuchte, den Öffner wieder von der Dose zu lösen, aber er steckte fest. »Das verdammte Ding ist kaputt.«

Der Junge sah weiter zu. Der alte Mann hätte lediglich das Rad in die Gegenrichtung drehen müssen, doch stattdessen trieb er es immer weiter ins Metall.

Der alte Mann drückte fester, und das Rad begann sich zu verbiegen.

»Du machst ihn kaputt«, sagte der Junge.

Der alte Mann drehte weiter. Rost blätterte von der Dose auf den Tisch.

Der Junge verfolgte, wie sich das Rad verbog, wie ein heißes Stück Zinn. Es verbog sich und begann wegzuknicken. »Du machst ihn kaputt«, sagte der Junge wieder.

Der alte Mann sah nicht auf. »Er muss nur …«

Der Junge schüttelte den Kopf. Der alte Mann machte einfach weiter. Er machte den Dosenöffner kaputt, und dann bekamen sie auch keine andere Dose mehr auf.

Der alte Mann packte den Griff noch fester. Seine Hände begannen zu zittern.

»Es ist dir egal, oder?«, sagte der Junge plötzlich.

Der alte Mann sah ihn an und zog die Brauen zusammen.

»Ein bisschen herumfischen«, sagte der Junge. »Im Meeresgrund herumbohren. Müll hochholen. Alles andere interessiert dich nicht.«

Der alte Mann saß sehr still da. Ein scharfer Rostgeruch breitete sich in der Kantine aus.

»Du machst einfach immer weiter«, sagte der Junge. Die Regenkälte in seinen Knochen ließ langsam nach. »Dir ist egal, was passiert, solange du deine Karten und deine Netze hast.«

Die Hand des alten Mannes hielt noch immer den Öffner umfasst, aber er drehte nicht weiter. »Und was genau«, sagte er, »ist mir egal?«

Der Junge zuckte mit den Schultern. »Ich weiß nicht. Alles. Du wärst glücklich, wenn wir hier einfach immer so bleiben. Aus Dosen essen und zusehen, wie der Park verfällt. Dir wäre es egal, wenn wir hier nie rauskommen.«

Der alte Mann rührte sich immer noch nicht. Rost blätterte auf den Tisch. »Raus«, sagte er.

»Weg von allem hier. Dem Park, der Firma.«

Der alte Mann riss den Öffner aus der Dose und legte ihn langsam ab. »Wer hat mit dir darüber geredet?«

»Was?«

»Wer hat mit dir darüber geredet?«

»Niemand hat mit mir geredet.« Der Junge hielt den Blick auf den alten Mann gerichtet. »Niemand hat mit mir über irgendwas geredet.«

Der alte Mann stellte die Ellbogen auf den Tisch und legte die Hände aneinander. Die Falten über seinen Knöcheln wurden tiefer. »Es gibt kein Raus.«

»Das weißt du nicht.«

»Es gibt kein Raus.«

»Du weißt nicht …«

»Nein.« Der alte Mann stand abrupt auf. »*Du* weißt nichts.« Er starrte mit seinen hellen Augen auf die Dose, den Mund angespannt, schwer atmend, drehte sich um und ging hinaus. »Du weißt rein gar nichts.«

Der Junge blieb, wo er war. Er lauschte den Schritten des alten Mannes, dem tropfenden Wasserhahn. Nach einer Weile spürte er, wie sich sein Puls beruhigte.

Er sah auf die Dose, nahm das Taschenmesser des alten Mannes, schob die Klinge unter den halb offenen Deckel und hebelte ihn knirschend auf.

Ein schwerer, berauschender Geruch breitete sich im Raum aus. Süß, aber nicht wie Kühlflüssigkeit oder frische Farbe. Durchdringend, aber nicht salzig oder metallisch. Er hing in der Luft, als wäre es unmöglich, dass er sich mit irgendeinem anderen Geruch auf der Plattform vermischen könnte.

Der Junge konnte nur dunkle Brocken in dunkler Flüssigkeit schwimmen sehen. Er beugte sich vor, fuhr mit der Klinge des Messers hinein und spießte einen der Brocken auf. Als er ihn ans Licht hielt, leuchtete er hellrot. In dem eintönigen Raum wirkte die Farbe so merkwürdig, dass der Junge einen Moment lang die Form nicht ganz erfasste. Das eine Ende war knollig und lief auf eine abgerundete Spitze zu. Aber so fremdartig dieses Ding auch wirkte, der Junge sah gleich, dass es nicht ein Teil von etwas anderem war, auch nichts künstlich Geformtes, sondern etwas Eigenständiges.

Er zögerte eine Sekunde und zog es von der Klinge. Es war weich, aber nicht geleeartig. Als er darauf drückte, tropfte eine sirupartige, rote Flüssigkeit mit demselben durchdringenden Geruch heraus. Er steckte es in den Mund, und die Süße war kaum zu ertragen. Er biss hinein, und einen Augenblick lang war es fast scharf. Er kaute, und kleine Körner, wie feine Steinchen, drückten zwischen seine Zähne. Er kaute langsam, weit länger als nötig, bevor er schluckte.

Flaschen

Es gab eine kleine Sammlung von Ersatzteilen im vollgepackten Lagerraum unten beim Dock, die der Junge hatte retten, zusammentragen und über die Jahre horten können.

Dort schlummerten ein paar Rollen Kabel, eine Kiste mit Motorenteilen, eine mit elektrischen Komponenten, ein einzelnes Getriebezahnrad und eine Handvoll Windmesser. Der Junge hatte das alles unter einer losen Bodenplatte versteckt, an die man nur herankam, wenn man ein Regal zur Seite schob.

Er hätte diese Teile schon hundertmal benutzen können, probierte aber immer erst alle anderen Optionen, bevor er sein dahinschmelzendes Lager plünderte.

Ganz unten in einer der Kisten lag ein kompletter Satz Steckschlüssel, immer noch eingeschweißt in mittlerweile sprödem, gelblichem Zellophan. Sosehr er es auch gewollt hatte, so schwierig einzelne Reparaturen auch gewesen waren, hatte er es doch nie über sich gebracht, den Satz zu öffnen. Als er jetzt durch seine verstaubten Vorräte sah, nahm er ihn behutsam hoch, drehte ihn in den Händen und legte ihn in seine Werkzeugtasche. Das Zellophan knisterte leise, wie Feuer. Dann öffnete er die Kiste mit den Motorenteilen.

Alles darin war alt, aber der Junge hatte die Teile sauber und geölt gehalten für den Fall, dass sie eines Tages gebraucht würden. Früher war er oft hergekommen, um alles in Ruhe zu ordnen und zu säubern. Er mochte den Geruch von Öl und Staub und die Reste alter Farbe an den Wänden. Wann immer ihm das Wetter zu schaffen gemacht hatte, bei endlosen Hagelstürmen oder wenn die Luft tagelang mies war, war er hergekommen. Wenn der Park übermächtig und bedrängend wurde, hatte er sich hingesetzt und sich vorgestellt, wie und wo sich die verschiedenen Teile einsetzen ließen. Hatte die endlosen Reihen der Windräder vor sich gesehen, die Zahnräder der Getriebe, die Muster auf den Platinen … Es schien zu helfen. Er schüttelte den Kopf. Eine gute Wahl, diesen winzigen, abgeschlossenen Raum dazu zu benutzen, um mit seiner Klaustrophobie fertigzuwerden.

Er hielt ein Lagerschloss in die Höhe, es glänzte im schwachen Licht. Jetzt wurden die Teile gebraucht. Eines nach dem anderen nahm er sie aus den Kisten und packte sie in seine Tasche.

Draußen vom Dock her hörte er, wie das Wartungsboot zurückkehrte. Schnell nahm er auch noch den Rest der Teile, schob die Bodenplatte und das Regal zurück und verließ den Lagerraum.

Der alte Mann trug eine Kiste und seine Stangen über das Deck. Am Dock blieb er stehen, stellte die Kiste ab, beugte sich vor und atmete pfeifend aus. Der Junge blieb, wo er war. Der alte Mann atmete immer noch aus, wie wenn die Luft aus einem Schlauch gepresst wird, bis keine mehr darin sein kann. Dann atmete er kurz keuchend ein, packte die Griffe der Kiste und schloss die Augen. Drei Mal schien sein Rücken von innen zu erbeben, aber er hielt Mund und Augen geschlossen.

Der Junge ging leise in seine Richtung. Der alte Mann blieb, wo er war, er lehnte auf seiner Kiste. Als der Junge näher kam, konnte er sehen, dass sie offen war. Darin standen sieben oder acht alte Plastikflaschen, in der Mitte aufgeschnitten und mit etwas gefüllt, das wie Schlick aussah.

Der alte Mann atmete langsam aus, hob eine Hand und wischte sich mit dem Handrücken über den Mund. Er blickte auf, sah den Jungen, knallte den Deckel der Kiste zu und trug sie hinauf zur Plattform.

Das wurde ihnen zur neuen Gewohnheit. Wenn sie sich auf den Gängen oder auf der Treppe zum Boot begegneten, wechselten sie kaum mehr als ein paar Worte. Sie waren nur selten gemeinsam auf der Plattform, und wenn, blieben sie in ihren Zimmern, mieden die Kantine und den Kontrollraum, wenn der andere darin war. An manchen Tagen gelang es dem Jungen, als Erster das Wartungsboot zu nehmen, an anderen musste er auf den alten Mann warten und dann weiter warten, bis die Batterie wieder genug aufgeladen war. Dann blieben ihm nur noch ein paar Stunden zur Arbeit an seinem Boot, bevor es dunkel wurde.

Aber die Reparaturen schritten voran. Er bekam das Wasser aus dem Rumpf, dichtete die Antriebswelle ab und schweißte einige kleinere Lecks in der Außenhülle zu. Er reinigte die Kabine, räumte das Deck auf und erstellte eine Liste mit den Vorräten im Laderaum. Eine nach der anderen nahm er die Batterien mit zur Plattform, prüfte sie durch und lud sie auf. Sie hielten ihre Ladung ziemlich gut. Eine nach der anderen brachte er sie zurück zum Boot und verband sie miteinander.

Die Ersatzteile für den Motor funktionierten gut, aber es gab noch einige, die ihm fehlten. Der Antriebsriemen war verkohlt und brüchig. Ein Generatorriemen hätte ihn ersetzen können, aber sie hatten keinen vorrätig. Er dachte lange darüber nach und ging seine Optionen durch. Abends studierte er in seinem Zimmer die technischen Handbücher und suchte nach Alternativen, aber er wusste, was er zu tun hatte.

Er stand im Maschinenraum und betrachtete den Generator, er hatte das Gehäuse entfernt und sein Inneres freigelegt. Die sich drehenden Räder, den sirrenden Antriebsriemen. Es war warm im Maschinenraum, doch der Junge zitterte. Wind schlug gegen die Außenverkleidung, die Rotorblätter sirrten.

Er griff nach dem Trennschalter. Der Generator wurde langsamer und blieb stehen.

Der Maschinenraum war sauber und trocken, alles ohne Rost, und lief nach Vorschrift. Er war den ganzen Tag durch den Park gefahren und hatte nach einem Windrad in gutem Zustand gesucht. Den ganzen Tag, und das hier war das einzige, das er gefunden hatte.

Er berührte den Riemen und drückte darauf, um die Elastizität des Gummis zu prüfen. Keine Risse, keine spröden Stellen. Der Riemen fühlte sich fast wie neu an. Er musste bereits einmal ausgetauscht worden sein. Vielleicht hatte er ihn ja selbst eingebaut.

Er ließ den Riemen los. Vielleicht sollte er einen anderen suchen.

Ein Windrad, das demnächst kaputtgehen würde, aber aus irgendeinem Grund noch einen guten Antriebsriemen hatte? Er schüttelte den Kopf. Nein, der hier musste es sein.

Seit Wochen hatte er die Reparaturlisten nicht mehr durchgesehen, aber jedes Mal, wenn er einen Blick auf das System warf, sah er, dass die Leistung weiter gesunken war. Bald würden sie unter fünfzig Prozent liegen. Was änderte da ein einzelnes Rad?

Er nahm das Brecheisen aus seiner Werkzeugtasche und machte sich daran, den Riemen von den Rädern zu hebeln.

Der alte Mann wartete im Dock, als der Junge das Boot hereinbrachte. Der Junge warf die Leine hinüber, doch der alte Mann stand nur da und starrte durch das Tor. Der Junge kletterte vom Boot und vertäute es selbst.

»Dann hast du ihn also wieder hinbekommen?«

Der Junge sah den alten Mann an. »Was?«

»Hast du ihn wieder hinbekommen?« Der alte Mann sah den Jungen an. »Den Transformator, zu dem du die ganze Zeit fährst.«

»Oh …« Der Junge nahm das Ladekabel und zog es hinüber zum Anschluss. »Ja.«

»Was war kaputt?«

»Was?«

Der alte Mann sah den Jungen immer noch an. »Was war kaputt?«

»Der Ventilator.«

»Muss eine große Sache gewesen sein.«

»Ja, würde ich sagen.«

»Du warst oft dort.«

»Es war eine große Sache.«

Der alte Mann nickte und sah wieder zum Tor hinüber. »Wie hast du ihn repariert?«

»Was?«

»Wie du ihn repariert hast?«

»Ich habe einen neuen Motor eingebaut.«

»Du hattest einen Ersatzmotor?«

»Ja.«

»Ich wusste nicht, dass wir einen hatten.«

»Hatten wir.« Der Junge nahm seine Sachen und wollte hoch zur Plattform.

Der alte Mann nickte. »Ich habe ihn nicht auf der Reparaturliste gefunden.«

Der Junge blieb stehen. Der alte Mann sah sich nie die Listen und Berichte an. Er bückte sich, öffnete seine Werkzeugtasche und schloss sie wieder.

Der alte Mann ging zum Ladeanschluss. »Die Batterie hier ist fast voll, oder?«

»Ich habe sie gerade erst eingesteckt.«

»Wie viel hat sie noch?«

»Dreißig Prozent.«

»Das wird reichen.« Der alte Mann zog das Kabel heraus und kletterte über die Reling aufs Boot.

Der Junge blieb am Dock. »Wofür reichen?«

Der alte Mann ging in die Kabine und schaltete den Motor ein. »Ich dachte, wir fahren raus und arbeiten was.«

»Was?«

»Arbeiten.« Der alte Mann kam an die Kabinentür. »Du weißt schon. Was du gerade gemacht hast.«

»Es wird dunkel.«

»Wir haben Licht.«

»Die Batterie hat nicht mehr viel Saft.«

»Es reicht.« Der alte Mann kletterte zurück aufs Dock und steuerte auf die Werkzeugtasche des Jungen zu. »Wir könnten noch mal zu den Rädern, bei denen du gerade warst. Mal sehen, ob wir ein paar wieder in Gang kriegen. Sie *yùnzhuān* machen können.«

Der Junge trat vor und versperrte ihm den Weg. »Warum jetzt?«

Der alte Mann zuckte mit den Schultern. »Weil mir danach ist.«

»Aber warum gerade jetzt?«

Der alte Mann war so nahe, dass der Junge den dunklen Fleck in seinem linken Augenwinkel sehen konnte. Er stammte aus einem der vergangenen Winter, als sie an einem Schwungrad gearbeitet hatten, das in der Kälte plötzlich zersplittert war und von dem Metallsplitter wegschossen. Drei Splitter hatte der Junge in den Arm bekommen, einen in den Hals. Er hatte sie gleich wieder herausgezogen, aber der alte Mann wollte sein Auge nicht anrühren und meinte, das Metall würde mit der Zeit auch so wieder herauskommen oder weiter nach innen wandern und verschwinden. Dann könne er es vergessen. Aber am Ende war es genau da geblieben, wo es war.

Der alte Mann legte die Stirn in Falten. »Warum willst du nicht, dass ich fahre?«

Der Junge trat einen Schritt zurück. »Das sage ich doch nicht …«

»Du meckerst verdammt noch mal seit Wochen, Monaten und Jahren herum. Und jetzt sage ich, lass uns rausfahren und arbeiten, und du willst nicht.« Der alte Mann ging am Jungen vorbei, nahm die Werkzeugtasche, machte das Boot los und schob es vom Dock weg.

»Okay, warte einen Moment. Ich will nur …«

»Ich warte nicht, verdammt noch mal.« Der alte Mann

drehte sich um und zeigte mit dem Finger auf den Jungen. »Ich fahre allein. Die bist ausgeladen.«

Der Junge sah zu, wie das Boot vom Dock ablegte, rannte nach oben in den Kontrollraum und schaltete die Karte ein. Das Symbol des Wartungsbootes bewegte sich nach Süden, direkt auf den Transformator zu, an dem das zweite Boot festgemacht war. Der Junge starrte auf den Bildschirm und verfolgte, wie das Symbol weiter vorankroch.

Endlich blieb es stehen. Der Junge hielt den Atem an und sah weiter zu, aber das Boot bewegte sich nicht mehr. Er ließ langsam etwas Luft entweichen, notierte sich die Koordinaten und schaltete einen der Monitore auf die nächste Kamera. Das Bild war tintenblau, aber er konnte das Boot gerade noch erkennen. Es hatte an einem stillstehenden Windrad festgemacht, und ein dunkler Fleck kletterte die Leiter an einer der Stützen hoch, mit einer großen Tasche am Arm.

Der Junge blieb vor dem Schirm sitzen. Nach etwa einer Stunde, als das Licht schon fast nicht mehr ausreichte, sah er, wie sich der Rotor des Windrads zu drehen begann.

Bei seiner nächsten Ausfahrt war das Erste, was der Junge tat, das zweite Boot zu verlegen. Das tat er jetzt alle paar Tage, zog es in verschiedene Zonen des Parks, machte es dort an Windrädern und Transformatoren fest und fuhr auf langen Umwegen zurück zur Plattform. Er durfte nicht riskieren, dass dem alten Mann erneut etwas auffiel.

Der neue Riemen passte perfekt, und der Motor war so gut wie wiederhergestellt. Das einzige Problem war der Spannungswandler. Der zusätzliche Input war zu viel gewesen, und das Ganze hatte sich überhitzt.

Der Junge saß unten im Rumpf, starrte auf den Motor und dachte nach. Er überlegte, was es an möglichen Alternativen in den Windrädern und Transformatoren des Parks gab. Nichts, was ihm helfen würde. Was war mit der Maschinerie der Plattform? Er ging alles durch, Ebene für Ebene, Gang für Gang. Die Docksteuerung, das Wassersystem, die Klimaanlage, die Kantine, sein Zimmer, das des alten Mannes. Er hielt inne. Das Boot schwankte, und der Schraubenzieher zu seinen Füßen rollte von einer Seite auf die andere. Eine Möglichkeit gab es, an das zu kommen, was er brauchte.

Alles, was du willst, hatte der Schiffsführer gesagt.

Er lauschte auf die Bewegungen des alten Mannes auf der Plattform. Hörte ihn in der Kantine, wie er seine Tasche packte, Essen und Trinken mitnahm. Der alte Mann würde den ganzen Tag wegbleiben. Er hörte ihn die Treppe zum Dock hinuntergehen und lauschte immer weiter, lange nachdem das Geräusch des Bootes in der Ferne verklungen war.

Er stand aus dem Bett auf und ging aus seinem Zimmer. Er hatte nicht geschlafen, fühlte sich aber nicht müde. Er wusste, was er brauchte, und dass es nicht vermisst werden würde, und er wusste auch, wo er es bis zum nächsten Besuch des Versorgungsschiffes verstecken konnte.

Auf Strümpfen ging er den Gang hinunter, der Stoff blieb am Boden kleben. Vor der Tür des alten Mannes blieb er stehen und ging ein weiteres Mal alles durch, was er die Nacht über in seinem Kopf hin und her gewendet hatte: Er tat es für sie beide. Wenn er das Boot wieder in Gang bekam, konnten sie beide hier weg. Wenn der alte Mann nicht wollte, war es seine Entscheidung. Aber der Junge musste es versuchen.

Er drückte die Klinke herunter und schob die Tür langsam auf, aber sie stieß gegen nichts. Er wartete einen Moment, machte sie ganz auf und stand auf der Schwelle. Das Zimmer des alten Mannes. Sein Bett, sein Stuhl, seine Kleider, seine Kisten. Aber anstelle der aus dem Meer gefischten Knochen, Steine und Holzstücke standen da jetzt Hunderte oben abgeschnittene Plastikflaschen voller Sand, Schlick und Schlamm.

20 000 Jahre vor der Gegenwart

So entstehen Landschaften: durch Zuwachs, durch sich ständig neu bildende Schichten.

Zuerst zieht sich das Eis zurück, sich windenden Fingern gleich, und hinterlässt nackten Fels und gefrorenen Boden – die Welt auf ihr Skelett reduziert.

Dann erscheinen blasse Flecken: nach Norden gewehte Pollenkörner. Sie landen und setzen sich fest, sammeln sich wie Schnee in Rissen. Warten auf genug Wärme, um aufzuplatzen, auf genug Feuchtigkeit, um Wurzeln zu schlagen. Sammeln sich in Rissen und warten darauf, dass der wirkliche Schnee schmilzt.

Mineralien kristallisieren.

Flechten wachsen, wie Fels aus Fels, weniger als einen Millimeter im Jahr.

Als Nächstes kommt Moos.

Dann ein Strang von Wildblumen. Sie haben in Spalten und Sprüngen gewartet, den Säumen tauender Erde folgend. Sie erblühen in plötzlicher Farbenpracht, dünn und zart wie Adern.

Ausreichend, um Käfer und winzige Fliegen anzulocken, die sich niederlassen, fortpflanzen und sterben, eine Schicht von Flügeln und Chitin zurücklassend.

Vögel und kleine Säugetiere kommen als Nächstes. Sie hinterlassen Fußabdrücke und Knochen im Lehm. Bringen Samen mit, die sich in Gefieder und Fell verfangen haben.

Die Samen fallen auf die Erde und wachsen, schicken Triebe in die Höhe und in den Wind, der sie verdreht und zur Seite biegt.

Alles breitet sich aus.

Bäume wachsen, breiten ihre Äste nur ein paar Zentimeter über dem Boden aus.

Meterhoher Wald wächst auf den Felsen.

Die ersten Rentierherden kommen und fressen die Triebe, die durch den Schnee brechen.

Und wie Geister folgen den Rentieren ihre eigenen Hufe, Geweihe und Häute, zugeschnitten und vernäht, um andere Körper zu umhüllen, die weiter nach Norden vordringen und ihre eigenen Spuren hinterlassen.

Fußabdrücke, Handabdrücke, die Überreste von Feuern.

Sie befinden sich tief im Landesinneren, aber ihre Taschen sind voll mit Kahnfüßerschalen. Während sie umherwandern, rollen sie Muschelgeld in ihren Händen.

Knoten

Wann hatte der alte Mann es getan? Wann hatte er all seine Sachen von der Plattform geschafft? Und wohin zum Teufel hatte er alles gebracht?

Der Junge versuchte sich an die Male zu erinnern, da er den alten Mann an Bord des Bootes hatte gehen sehen. Wann hatte er Kisten dabeigehabt? Wohin war er mit ihnen gefahren? Der Junge hatte nicht darauf geachtet. Er war so auf die Reparatur seines Bootes konzentriert gewesen, dass ihm nicht aufgefallen war, was der alte Mann tat.

Er überlegte, ob er dem Schiffsführer Windradteile anbieten sollte, doch das würde nicht funktionieren. Allein für die Kiste Stangen hatte der Schiffsführer fast einen ganzen Maschinenraum gewollt. Der Junge musste etwas finden, was er unbedingt haben wollte. Es gab keine andere Möglichkeit.

Er begann den alten Mann zu beobachten, verfolgte seine Ausfahrten auf der Satellitenkarte und schrieb die Koordinaten sämtlicher von ihm besuchter Windräder und Transformatoren auf. Wenn der alte Mann dann zur Plattform zurückkehrte, fuhr der Junge los, folgte seiner verschlungenen Route und prüfte jeden Ort, an dem er haltgemacht hatte. Aber er schien der Route nie genau folgen zu können. Er gab die Koordinaten ins SatNav ein, fand sich aber immer außerhalb der Route wieder. Laut Bildschirm fuhr er zu einem Transformator, doch der tauchte nie auf. Er verbrachte Stunden damit, nach einem Windrad zu suchen, das der alte Mann fünf verschiedene Male besucht hatte. Als er es endlich fand, nachdem er dieselbe Reihe dreimal auf und ab gefahren war, musste er feststellen, dass der Eingang komplett zugerostet war.

Dazu kam das Problem mit der Batterie. Ganz gleich, wie vorsichtig er fuhr, welche Route er auch nahm, er schien mit einer Ladung nie so weit zu kommen wie der alte Mann. Selbst, wenn er dem SatNav penibel folgte, selbst wenn er die kürzeste Verbindung nahm, er bekam es regelmäßig mit kabbeliger See zu tun oder verirrte sich zwischen den identischen Reihen.

Der alte Mann besuchte Windräder, zu denen es der Junge nie schaffte. Jedes Mal war er gezwungen, wieder umzukehren, weil die Batterie unter fünfzig Prozent fiel, bevor er auch nur in die Nähe der Räder kam. Der alte Mann fuhr regelmäßig zu ihnen hinaus, verbrachte den ganzen Tag dort und kam auf Umwegen zurück. Manchmal ging der Junge nach seiner Rückkehr nach unten und checkte den Ladestand der Batterie, der noch bei zwanzig, dreißig Prozent lag.

Er überlegte, ob er es aufgeben sollte, dem alten Mann zu folgen. Vielleicht war es besser, den Park systematisch zu durchsuchen. Sich Reihe um Reihe, Windrad um Windrad vorzuarbeiten. Aber es gab so viele Räder, so viele Reihen. Und was sollte den alten Mann davon abhalten, seine Sachen in eines der Räder zu verlegen, die der Junge bereits überprüft hatte? Die Suche endete womöglich nie.

Manchmal stieß er auf eines der Netze des alten Mannes, holte es ein und durchsuchte den Inhalt nach Dingen, wie er sie im Zimmer des alten Mannes gesehen hatte. Manchmal fand er etwas, das wie ein Anstecker, eine Perle oder eine kleine Figur aussah. Aber wenn er es mit in sein Zimmer nahm und zu säubern versuchte, löste es sich in Schmutz und Lehm auf.

Nördlich in Zone zwei gab es ein Windrad, das als einziges in einer komplett defekten Reihe noch funktionierte.

Dem Jungen war aufgefallen, dass der alte Mann das Rad mehrfach besucht hatte, aber immer nur ein paar Minuten dort geblieben war. Nicht lange genug, um etwas zu reparieren, ein Netz auszubringen, seine Stäbe zusammenzustecken oder sie wieder auseinanderzunehmen. Aber vielleicht lange genug, um nach etwas zu sehen, das er dort versteckt hatte.

Der alte Mann hatte am Vortag das Boot genommen und war erst spät zurückgekommen, sodass der Junge am Morgen, falls nötig, es mit Fug und Recht für sich beanspruchen konnte. Er ging in den Kontrollraum, um die Koordinaten des Rades ein letztes Mal zu prüfen, doch als er aufbrechen wollte, fiel sein Blick auf den Wetterbericht. Von Nordwesten zog ein Sturm heran, vor dem gewarnt wurde. Gegen Mittag sollte er den Park erreichen. Der Junge setzte sich hin und studierte die Karte. Er zentrierte sie auf das Windrad in Zone zwei. Die anderen Monitore zeigten die Bilder der nächstgelegenen Kameras. Es war zu weit. Er würde es niemals rechtzeitig hin und zurück schaffen.

»Willst du das Boot?«, fragte der alte Mann aus dem Gang.

Der Junge schaltete schnell zurück zum Wetterbericht. »Ein Sturm zieht auf«, sagte er.

»Also nein.« Der alte Mann kam in den Raum.

Der Junge drehte sich zu ihm und erstarrte. Der alte Mann trug die Pelzmütze. Er hatte sie auf einer Seite tiefer heruntergezogen, sodass er fast übermütig wirkte. Das dunkle Fell schimmerte im Licht der Leuchtstreifen.

Der alte Mann sah dem Jungen über die Schulter. Er las den Wetterbericht und ließ den Blick über die Monitore gleiten. Er zog die Brauen zusammen, sah noch einmal hin, drehte sich um und ging den Gang hinunter.

Der Junge blieb, wo er war, hob eine Hand und rieb sich das Kinn. Wo hatte er die Pelzmütze hingelegt? Er konnte sich nicht erinnern, was er mit ihr gemacht hatte, nachdem er sie vom Schiffsführer bekommen hatte – in der Kantine bei den Vorräten? Oder hatte er sie mit in sein Zimmer genommen? Wie auch immer, der alte Mann hatte sie gefunden und wusste jetzt … Wusste jetzt was? Da gab es nichts zu wissen. Es war eine Mütze. Mehr nicht.

Er wandte sich erneut den Bildschirmen zu und sah, dass der Sturm um eine Kategorie hochgestuft worden war. Er war heftig und breitete sich schnell aus.

Der Junge sprang auf und rannte hinter dem alten Mann her. »Hast du gehört, was ich gesagt habe?«

Der alte Mann ging weiter. »Dass es einen Sturm gibt.«

»Wohin willst du also?«

Der alte Mann nahm eine Tasche, die er vor seinem Zimmer abgestellt hatte. »Raus.«

»Aber …«

Der alte Mann drehte sich um. »Warum interessiert es dich so, wo ich hinwill?«

Der Junge blieb stehen. »Tut es nicht.«

Der alte Mann starrte ihn an. »Hast du in letzter Zeit viel repariert?«

Der Junge senkte den Blick. »Einiges.«

»Du warst viel unterwegs.«

»Du auch.«

Der alte Mann zog die Mütze zurecht. »Vor ein paar Tagen war ich in einem Windrad, in dem der Generatorriemen fehlte.«

Der Junge hielt den Blick weiter auf den Boden gerichtet. »Dann muss er gerissen sein.«

»Ist er nicht. Es war nichts mehr von ihm da. Er fehlte einfach.«

Der Junge hob den Kopf und erwiderte den Blick des alten Mannes. »Und was soll ich da machen?«

Der alte Mann sah den Jungen lange an. Dann seufzte er leise. »Was hat er dir gesagt?«

»Wer?«

»Der Dicke. Bei der letzten Lieferung. Was hat er dir da gesagt?«

Der Junge holte Luft. An einer Ohrenklappe der Mütze hatte sich die Naht gelöst. Sie musste geflickt werden, sonst gab es da ein Loch. »Nichts.«

»Er weiß nicht, wovon er redet. Er will an dich rankommen.«

Eine Lampe des Klimaanlagenthermostats an der Wand blinkte langsam. Der Junge betrachtete sie und dachte an die Antriebswelle, die er im Boot neu eingerichtet hatte. Sie drehte sich jetzt ganz geschmeidig. Fast wollte er dem alten Mann davon erzählen. Und von der ausgeklügelten Art, wie die Batterien miteinander verbunden waren. Und dass er bei der Arbeit auf dem Boot fast schon seinen Vater hinter sich hören konnte, seine Schritte und wie er sich bückte, um ein Teil einzubauen. Dass er ihn fast sehen konnte, über die Schulter hinweg. Den staubigen Rauch in seinem Atem riechen. Wieder blinkte die Lampe. »Nichts hat er gesagt.«

Der alte Mann ging einen Schritt auf ihn zu, blieb stehen. »Jem«, sagte er.

Der Junge rührte sich nicht.

Der alte Mann hängte sich seine Tasche über die Schulter. Mit einem Mal wirkte er müde. »Bis später.« Er drehte sich um und ging den Gang zum Dock hinunter, die Mütze in die Augen gezogen.

Der Junge atmete tief aus und wollte schon zurück in den Kontrollraum, als es ihm wieder einfiel. »Was ist mit dem Sturm?«, rief er den Gang hinunter, konnte aber bereits das laute Klacken des Tors am Dock unten hören.

Auf dem Monitor verfolgte er, wie der alte Mann das Boot aus dem Dock manövrierte, und schaltete zurück auf die Satellitenkarte. Laut Wetterbericht war der Sturm nur noch eine Stunde entfernt. Der Seegang schwoll bereits an, die Wellen schlugen immer höher gegen die Säulen der Plattform. Der alte Mann fuhr nach Norden, direkt zu dem Windrad, das sich der Junge gerade angesehen hatte, direkt in den Sturm.

Das Boot entfernte sich weiter von der Plattform. Der Wetterbericht zeigte, dass der Sturm sich dem Park näherte. Er kam vom nördlichen Ozean herunter und breitete sich wie etwas Dunkles aus, das jemand verschüttet hatte. Die Windgeschwindigkeit stieg und schob die Wolken hoch in die Atmosphäre. Schließlich machte das Boot am Windrad fest. Der Junge wartete und beobachtete die Wetterkarte. Der Sturm kam näher. Der alte Mann war immer noch am Windrad, nur Kilometer von der Stelle entfernt, wo der Sturm auf den Park treffen würde. Der Junge griff nach seiner Uhr. Er wechselte von der Wetterkarte zur Satellitenkarte und wieder zurück. Das Bootssymbol bewegte sich nicht. Er suchte nach verfügbaren Kameras, aber das Wetter störte das Signal. Es war genau Mittag, als der Computer zeigte, wie der Sturm in die nördlichen Felder des Parks eindrang.

Der Junge stand auf und ging hinaus auf die Gangway einer der oberen Ebenen der Plattform.

Die Wellen peitschten über die Stützen der Windräder. Gischt fegte über sie hinweg und schlug dem Jungen ins Gesicht. Ein Stück entfernt im Norden änderten die Rotoren ihre Blattwinkel, während sich am Horizont dahinter eine dicke, düstere Wand aufbaute. Sie war braun, leuchtete aber fast bronzefarben. Der Junge stand da, hielt sich am Geländer fest und sah zu, wie die Wellen immer höher schlugen, der Wind zunahm und dann … nichts.

Die Wolken kamen nicht näher. Sie trieben am Horizont entlang und verschwanden schließlich aus dem Blick. Bald schon ließ der Seegang wieder nach, und auch der Wind beruhigte sich. Überall im Umkreis richteten die Windräder ihre Rotoren auf die neuerlich geänderte Windrichtung ein. Der Junge ließ das Geländer los. Seine Finger waren ganz steif, die Knöchel wund. Er ballte die Fäuste und öffnete sie wieder, während er langsam nach drinnen ging.

Die Wetterkarte zeigte, dass die Sturmfront nach Osten abgedreht war, bevor sie den Park richtig erreicht hatte. Der Junge schaltete den Bildschirm ab und setzte sich. Schaltete den Schirm wieder an und rief die Satellitenkarte auf. Sie war immer noch auf das Windrad zentriert, aber das Versorgungsboot war nicht mehr da. Er vergrößerte den Ausschnitt, bis er das Boot wiederfand. Es war auf dem Weg zurück zur Plattform, kam allerdings aus einem anderen Bereich des Parks.

Am nächsten Tag fuhr der Junge hinaus und durchsuchte das Windrad. Aber er fand nur die Fellmütze, auf dem Boden mitten im leeren Turm.

Die Routen des alten Mannes änderten sich. Er fing an, dieselben Ziele immer wieder zu besuchen. Eines Tages sah der Junge ihn zu drei Windrädern hinausfahren, die er selbst erst Tage zuvor besucht hatte. Der Junge war dort gewesen und hatte nichts gefunden. Es sah so aus, als fahre der alte Mann ohne jeden Grund zu ihnen. Er brachte keine Netze aus und hantierte offenbar auch nicht mit seinen Stangen herum. Er schien nur hineinzugehen, wieder herauszukommen und aus der Tür aufs Meer hinauszusehen.

Erst, als der alte Mann zurück zur Plattform kam, begriff der Junge, was da vorging. Das Boot folgte exakt der Route, die er, der Junge, genommen hatte, als er von den Windrädern zurückgekommen war, einschließlich des Abstechers, den er dabei gemacht hatte.

Der Junge lehnte sich auf seinem Stuhl zurück und starrte auf den Bildschirm. Jetzt folgte der alte Mann ihm.

Von jetzt an musste der Junge vorsichtig sein. Er begann willkürlich durch den Park zu fahren, machte lange Umwege und mied die Kameras. Er achtete darauf, seine Werkzeugtasche mit in jeden Turm hinaufzunehmen, und saß dann im Maschinenraum, bis er dachte, der alte Mann würde es leid, ihn zu beobachten. Während er dort war, reparierte er immer etwas, selbst wenn nichts getan werden musste. Baute die Zahnräder aus einem Getriebe und setzte sie wieder ein. Ließ das Gehäuse offen, damit der alte Mann es sah, wenn er ihm nachspionierte.

Zu seinem Boot fuhr er nur, wenn es dunkel oder neblig war. Und dabei verwischte er seine Spuren, beschrieb große Bögen und ließ sich an anderen Windrädern sehen, um den alten Mann abzuschütteln.

In der Zwischenzeit beobachtete er sorgfältig, was der alte Mann unternahm, und verzeichnete jede neue oder geänderte Route, die er einschlug.

Und der alte Mann beobachtete den Jungen. Sie beschatteten sich gegenseitig, fuhren wieder und wieder zu denselben Windrädern und warteten darauf, dass der andere aufgab oder einen Fehler machte, während sie immer kompliziertere und weitschweifigere Fahrten durch den Park unternahmen.

Der Junge lag auf seinem Bett und sah zu, wie die Klimaanlage Staubteilchen in Schleifen und Spiralen durchs Zimmer trieb. Er atmete ruhig, reckte und beugte seine Zehen und beobachtete die winzigen Teilchen. Eigentlich war es überraschend, wie viele es davon gab. Die Klimaanlage hatte Filter und seine Zimmertür war immer geschlossen, also musste all der Staub letztlich von ihm kommen. Das war sein Körper in Teilchenform, wie er zerfiel, Zelle um Zelle, und den Raum füllte.

Der alte Mann war gerade zurückgekommen und lud das Boot aus. Es würde eine Weile dauern, bis die Batterie wieder aufgeladen war, und so blieb dem Jungen nichts als zu warten. Er drehte sich auf die Seite und holte eines der technischen Handbücher unter dem Nachttisch hervor.

Der Junge betrachtete die Textspalten, die Kurven und Tabellen. Es gab Lösungen für fast alle Fehler und Fehlfunktionen, zu denen es im Park kommen konnte, aber er konnte sich nicht darauf konzentrieren. Es hatte keinen Sinn, sich darauf zu konzentrieren. Der Staub bewegte sich langsam durch den Raum. Er legte das Buch zurück auf den Boden.

Schritte kamen den Gang herauf, jemand hustete dreimal scharf, und die Tür schwang auf. Der alte Mann kam ins Zimmer und hielt ein Stück Leine in der Hand.

Der Junge legte die Hände hinter den Kopf und sah zur Decke.

Der alte Mann hielt die Leine in die Höhe. »Weißt du, was das ist?«

Der Junge hielt den Blick zur Decke gerichtet. Wenn er nichts sagte, ging der alte Mann vielleicht wieder. Er wartete eine ganze Minute. »Das ist ein Stück Leine«, sagte er endlich.

»Nicht *das*. Das hier.«

Der Junge wandte den Blick zum alten Mann, der immer noch seine Leine in die Höhe hielt. Der Junge sah sie an, dann wieder den alten Mann.

»Ich benutze diesen Knoten nicht«, sagte der alte Mann.

Der Junge schloss die Augen.

»Ich benutze diesen Knoten nicht«, wiederholte der alte Mann. »Eines meiner Netze ist versetzt worden und war damit verknotet. Und ich benutze diesen Knoten nie.«

Der Junge öffnete die Augen und sah den Knoten an. »Warum nicht?«

Der Griff des alten Mannes um das Seil wurde fester. »Was?«

»Warum benutzt du ihn nicht?« Er sah aus wie ein Rundtörn mit zwei halben Schlägen. Ein guter, starker Knoten.

Der alte Mann verengte die Augen. »Weil ich einen Stopperstek nehme.«

»Der da ist besser als ein Stopperstek.«

»Er ist *nicht* besser als ein verdammter Stopperstek.« Der alte Mann warf die Leine aufs Bett und begann im Zimmer auf und ab zu laufen.

Der Junge setzte sich auf und griff nach dem Knoten. »Wie hast du ihn losbekommen?«

Der alte Mann blieb stehen. »Was?«

»Weil er noch zu ist. Wie hast du ihn losbekommen?«

»Ich habe ihn aufgeknotet, oder?«

»Und wer hat den hier geknotet?«

»Ich.«

»Ich dachte, du hast gesagt, du kannst ihn nicht.«

»Ich kann ihn nicht?« Der alte Mann machte einen Schritt auf den Jungen zu.

»Ich dachte, du hast gesagt …«

»Ich kenne mehr verdammte Knoten als du!«

Der Junge sah den alten Mann an. »Also benutzt du ihn.«

»Ich benutze ihn nie.«

»Aber du hast ihn doch grade gemacht.«

»Nur, um dir zu zeigen, dass ich ihn nicht benutze.«

Der Junge betrachtete die Leine und drehte sie langsam in seinen Händen. »Du willst also sagen, dass der, der diesen Knoten benutzt hat, dein Netz versetzt hat?«

»Genau.«

Der Junge warf dem alten Mann die Leine zu. »Du hast ihn geknotet.«

Der alte Mann stand reglos da. Sein Kinn zuckte. Er schloss die Faust um den Knoten und hielt ihn vor sich hin.

Dann drehte er sich um, lief hinaus und knallte die schwere Tür hinter sich zu.

Der Junge blieb noch einen Moment auf dem Bett liegen, stand dann auf, nahm einen Lappen aus dem Eimer unter dem Waschbecken und wischte die feuchten, braunen Fußabdrücke weg, die der alte Mann auf dem Boden hinterlassen hatte.

Er legte sich wieder hin. Jetzt war auch der Staub des alten Mannes mit im Zimmer. Vermischt mit seinem eigenen. Wenn er darüber nachdachte, konnte er sich vorstellen, wie beides hier herumwirbelte in der künstlichen Brise der Klimaanlage, durch ihre Kanäle und Gitter geblasen wurde, durch das gesamte Leitungssystem der Plattform und hinaus ins Freie. Fast konnte er den Wind draußen spüren, der es über die Felder trug, über das Kissen des Windes und hinaus aufs offene Wasser, das gesichtslose Meer, wo aller Lärm und alle Spuren des Parks verklangen.

Aber er versuchte, nicht zu viel darüber nachzudenken. Der ganze Staub blieb in den Filtern.

Kreisläufe

Mit jeder Erschütterung ruckten und wackelten die Kugeln. Sie mussten die Wellenabstände zählen und ihre Stöße danach timen. Das Wetter diktierte das Tempo ihres Spiels, bis der Rhythmus so verinnerlicht war, dass es den Anschein hatte, als sagte jeder Stoß mit dem Queue, jedes Abprallen von der Bande seinerseits das Muster des Sturms voraus.

Vier Kugeln des Billardtisches fehlten, einschließlich der weißen, der Tisch selbst hatte zwei krumme Beine, die aufgebockt werden mussten, damit er gerade stand. Die verbliebenen Kugeln waren angeschlagen und voller Haarrisse. Einige hatten Dellen, sodass sie Bögen beschrieben oder je nach Stoßstärke über das zerrissene Tuch rutschten. Deshalb waren den einzelnen Kugeln und Taschen eigene Werte zugeschrieben, und es gab Punkte, wenn bestimmte Kugeln in bestimmten Taschen landeten, oder wenn Kugeln aus Bereichen mit Kratzern, Rissen und Abschabungen ferngehalten wurden. Wenn Kugeln in Taschen landeten, die keine Führung mehr hatten, fielen sie auf den Boden und mussten dem gegnerischen Spieler gegeben werden. Einer der Queues war nur noch halb so lang wie der andere, und wer immer ihn benutzte, bekam Punkte gutgeschrieben, was von Spiel zu Spiel variierte, wie auch die Erinnerung an die Regeln und ihre Umsetzung.

Sie umkreisten den Tisch und blieben dabei auf gegenüberliegenden Seiten. Das war die erste Regel des Spiels. Die zweite war, dass man nicht sprechen durfte. Sie spielten ein Spiel nach dem anderen, Tag für Tag, Nacht für Nacht. Sie konnten die Plattform nicht verlassen. Alle Arbeiten, die hier erledigt werden konnten, waren getan, alle anderen Zerstreuungen ausgeschöpft. Sie hatten versucht, für sich zu bleiben, aber die Langeweile nicht mehr ertragen. Und so hatte es sie in den Freizeitraum gezogen, sie hatten ihre Queues genommen und zu spielen begonnen, genau wie sie es immer taten, wenn sie in den schlimmsten und längsten Stürmen festsaßen.

Sie umkreisten den Tisch, und der Junge versuchte, nicht zum Fenster hinaus zu den Wellen zu sehen, die bis in den Himmel hinaufreichten, als würden sie von einer enormen Kraft dort hinaufgezogen. Er versuchte, nicht zuzuhören, wie sie durch die Stützen der Plattform donnerten, versuchte, nicht an sein Boot an seinem Windrad da draußen zu denken, kilometerweit weg in den Feldern.

Er umkreiste den Tisch, bückte sich und ging für seinen nächsten Stoß in Stellung.

Es hatte keine Sturmwarnung gegeben, keinerlei Anzeichen. Der Wetterbericht hatte nichts als blauen Himmel vorhergesagt, vielleicht ein leichtes Anziehen des Winds. Dann hatte der Junge einen schattigen Fleck auf einem der Bildschirme entdeckt, hatte sich vorgebeugt, um ihn wegzuwischen, und festgestellt, dass er auch auf den anderen Bildschirmen zu sehen war. Er hatte zu den Kameras im Norden geschaltet und gesehen, wie sich der Himmel völlig verdunkelte und die Windräder, eines nach dem anderen, ihre Rotorblätter aus dem Wind drehten.

Er verfolgte, wie der Sturm den Windpark erfasste. Sah, wie die Kamerabilder verschwammen und weiß wurden, wie die Leistung wegsackte. Sah, wie sich der Himmel gelb, dann grün, dann düster rot verfärbte. Lauschte dem Heulen des Windes und spürte die wachsende Wucht, mit der die Wellen gegen die Stützen der Plattform schlugen. Schließlich war er zum Fenster gegangen und hatte zugesehen, wie die Welt zu Wasser wurde.

Haushoch türmten sich die Wellen, brachen gegen die Windräder und schickten Gischt in den niedergehenden Regen, der flach herangerast kam und ins Meer stieß. Das Wasser reichte über die Füße der Windräder bis an die Spitzen der Rotoren, die reglos die Blätter reckten, während alles um sie herum tobte. Alle, bis auf eine Reihe von sieben Windrädern ein Stück entfernt, die sich immer noch hektisch drehten, weil ihre Windsensoren oder Blattmotoren nicht richtig funktionierten.

Der Junge war lange am Fenster gestanden, unfähig, den Blick abzuwenden. Und erst dann, ganz plötzlich, dachte er an sein Boot.

Er rannte hinunter zum Dock, hörte die Kakofonie der dröhnenden Wände, sah, wie das normalerweise ruhige Wasser kabbelnd aufschäumte, und begriff, dass er nichts tun konnte. Er konnte nicht hinausfahren. Er konnte nirgendwohin. Er wandte sich wieder der Treppe zu und bemerkte, dass sich auf dem Deck des Wartungsbootes die Netze des alten Mannes türmten. Er musste in aller Frühe hinausgefahren sein und sie eingeholt haben, bevor der Junge überhaupt wach war.

Die Kameras fielen aus oder wurden aus ihren Halterungen gerissen. Die Verbindung zum zentralen System brach zusammen. Es gab keine Wetterberichte mehr, die Satellitenkarte war nur mehr ein graues Rauschen. Die Welt schrumpfte auf die Meter zwischen Bett und Waschraum, Waschraum und Kantine, Kantine und Billardtisch zusammen.

Tag und Nacht umkreisten sie den Tisch, spielten bis zur Erschöpfung, waren aber immer noch zu rastlos, um zu schlafen. Die Plattform schien die Energie des Sturms in sich aufzunehmen, sie in ihrem metallenen Mantel zu speichern. Wenn der Junge die engen Gänge hinablief, prickelte seine Haut, und seine Hände zuckten. Fuhr er mit dem Arm über eine Wand oder einen Türrahmen, richteten sich die Haare auf.

Die automatische Beleuchtung versagte, genau wie der morgendliche Weckruf. Der Junge versuchte, beides wieder zurückzusetzen, aber die Uhr schien kaputt zu sein. Das Licht dimmte mitten am Tag herunter, und geweckt wurde abends bei Einbruch der Dunkelheit.

Wobei die Tage draußen fast so dunkel waren wie die Nächte. Aber sie spielten weiter. Zwischendurch sah der Junge aus dem Fenster und versuchte, je nach Düsternis zu erraten, ob es Morgen oder Abend, Mittag oder Nacht war. Doch die Veränderung des Lichts stand in keinem Bezug zur Tageszeit.

Manchmal war der Himmel einfach nur tiefschwarz, aber das Meer leuchtete silbern und gelb. Dann wieder war das Meer finster und der Himmel fast gischtweiß. Und plötzlich zuckten Blitze bis an den Horizont, erleuchteten das ungeheure Ausmaß des Unwetters und fluteten den Raum mit einem so klaren Licht, dass selbst die Neonröhren klarkantige Schatten warfen.

Eines Tages, vielleicht war es auch Nacht, blickte er aus dem Fenster und sah ein Licht. Ein einzelnes Licht, das im Dunkel flackerte. Dann erschien noch eins und noch eins, bis es sieben waren, in einer Reihe. Er starrte zu ihnen hinaus und begriff schließlich, was er da sah. Die Windräder, die ihre Rotorblätter nicht aus dem Wind hatten drehen können, waren am Ende so heiß gelaufen, dass sie in Flammen aufgegangen waren. Die Lichter leuchteten minutenlang, vielleicht auch stundenlang, bevor sie nacheinander vom Regen gelöscht wurden.

Während des Spiels stellten sie zusätzliche neue Regeln auf. Dass eine Kugel nur über die Bande eingelocht werden durfte. Aber vor Berühren der Bande eine andere Kugel getroffen haben musste. So zogen sie die Spiele in die Länge und komplizierten sie zunehmend, bis kein Ende mehr in Sicht war.

Aber wie die Regeln auch lauteten, beide spielten so, wie sie immer schon gespielt hatten – der alte Mann über die Bande, der Junge favorisierte lange direkte Stöße, beide wussten genau, was der andere als Nächstes tun würde.

Manchmal verlor einer von ihnen die Konzentration, oder der andere lochte in einem Anflug von Inspiration drei Bälle nacheinander ein. Sofort änderte sich das Spiel. Der Führende spielte schneller und versuchte, den anderen dazu zu bringen, seine Stöße zu überhasten. Der im Rückstand spielte vorsichtig, defensiv. Wurde stur. Zwang das Spiel zurück in die Stagnation.

Irgendwann schlief der alte Mann ein. Trank den Rest einer Flasche seines Gebräus und sank noch stehend auf den Tisch, das Gesicht auf der Tischbespannung. Seine Hand zuckte am Queue. Der Junge holte eine Decke und breitete sie über ihn. Als der alte Mann erwachte, fiel die Decke zu Boden, und sie spielten weiter.

Wasser drang durch Röhren und Kanäle, durch Klappen und Luken, durch Nieten in den Wänden und die Dichtungen am Fenster. Wasser tropfte aus Lüftungsschlitzen und lief an Gittern hinunter.

Der Junge stellte Dosen auf, um es aufzufangen. Wenn sie voll waren, machte er die Runde und schüttete alles in eine Kiste, die er nach unten trug und ins Dock leerte. Wasser zu Wasser.

Das war die einzige Möglichkeit, festzustellen, wie viele Tage vergingen. Der Wasserstand in den Dosen, die Anzahl von Kisten, die ins Dock geleert wurden.

Eines Nachts, als der alte Mann gerade seinen Stoß ausführen wollte, dröhnte ein tiefes, schleifendes Geräusch durch die Wände. Er und der Junge traten vom Tisch zurück und hielten sich fest. Die Plattform erzitterte, schien zu wanken, und sämtliche Kugeln rollten langsam zu einer Bande.

Der Junge stand aufrecht, neigte den Kopf in die eine, dann in die andere Richtung. Er ging zum Tisch, nahm eine Kugel und legte sie auf den Boden. Einen Moment lang blieb sie liegen, dann rollte sie langsam durch den Raum und traf auf den Stiefel des alten Mannes. Der alte Mann sah die Kugel an, dann den Jungen. Beide standen da und warteten, lauerten mit jedem neuen Wellenschlag auf mögliche Bewegungen.

So blieben sie, bis sich das Fenster aufhellte, ein Licht wie verzinkter Stahl. Die Plattform neigte sich nicht weiter.

Nach ein paar Tagen fiel ihnen die Neigung nicht mehr auf. Der einzige Unterschied war, dass sie die krummen Beine des Billardtisches nicht länger unterlegen mussten.

Systeme

Der Junge erwachte von einem sehr merkwürdigen Geräusch, einer Art Zischen, als entweiche Luft aus einem kaputten Kompressor. Er lag im Bett und lauschte lange, bis er begriff, dass es sein eigener Atem war – ein Geräusch, das er seit Beginn des Sturms nicht mehr gehört hatte. Er bewegte die Hände und hörte sie über das Bettzeug reiben. Nach und nach konnte er auch die Klimaanlage ausmachen, das Wassersystem, und wie zwei Ebenen tiefer der Computer hochfuhr. Er sprang aus dem Bett, sammelte sein Werkzeug ein, ein Abschleppseil und lief zur Treppe.

Das Wartungsboot war auslauffertig. Er hatte die Batterie während des Sturms aufgeladen gehalten, damit er bei erster Gelegenheit hinaus und nach seinem Boot sehen konnte. Er rannte die Stufen hinunter, der Klang seiner Stiefel auf dem Metall hallte ihm voraus. Aber als er unten ankam, lief der Motor bereits, das Tor war auf, und der alte Mann stand am Steuer.

Der Junge blieb in der Luke stehen. »Fährst du raus?«, rief er.

»Ich dachte, vielleicht.«

Der Junge verfluchte sich dafür, dass er nicht eher aufgewacht war.

»Ich dachte, wir könnten einen kleinen Ausflug machen«, sagte der alte Mann.

»Wohin?«

»Ich dachte, das könntest du mir sagen.«

Der Junge spürte, wie sein Mund trocken wurde. »Es wird viel zu tun geben. Ich glaube, Zone zwei hat es am schlimmsten erwischt.«

Der alte Mann sah auf das Abschleppseil. »Arbeiten? Wolltest du arbeiten?«

Der Junge senkte den Blick auf das Seil. Der alte Mann würde es sowieso herausfinden. Wenn der Junge das Boot zur Plattform holte, würde er es selbst sehen. Das hieß, wenn noch was vom Boot übrig war. Der Junge kletterte an Bord, warf das Seil in die Ecke der Kabine und ging in Richtung Steuer.

Der alte Mann starrte den Jungen an, trat aber nicht zur Seite.

Der Junge blieb stehen. »Wenn du willst, dass ich dich hinbringe, fahre ich.«

Der alte Mann rührte sich zunächst nicht und starrte den Jungen weiter an. Dann überließ er ihm das Steuer.

Sie fuhren schweigend dahin. Das Meer war ruhig, der Himmel milchig weiß. Vom Sturm zeugte allein, dass sich ein paar Rotoren weniger drehten und sich ein paar mehr Türme gefährlich zur Seite neigten. Ein Turm hatte einen Riss in der Seite, ein anderer war eingedrückt, die Delle etwa halb so groß wie das Wartungsboot.

»Warum hast du es mir nicht erzählt?«, fragte der Junge.

Der alte Mann sagte nichts.

»Ich habe sein Boot gefunden.« Der Junge sah im Spiegel, wie sich der alte Mann zum Fenster drehte.

»Warum hast du mir nicht erzählt, dass er wegwollte?«

Der alte Mann sagte immer noch nichts.

Der Junge stellte den Motor aus und wandte sich vom Steuerruder ab. »Warum hast du mir überhaupt nichts erzählt?«

Der alte Mann sah weiter aus dem Fenster. »Was hätte es genützt?«, sagte er leise.

»Dann hätte ich es gewusst.« Der Junge machte einen Schritt vor. »Er hat nicht einfach aufgegeben.«

»Er hat aufgegeben.«

»Er war gut im Reparieren. Er hatte einen Plan. Ich hätte …«

»Was hättest du?« Der alte Mann wandte sich vom Fenster ab und machte einen Schritt auf den Jungen zu. »Du hättest genau das getan, was er getan hat. Er ist mit dieser wahnsinnigen Idee herumgelaufen. Jahrelang, wie besessen davon, statt den Kopf unten zu halten. Und dann, als es nicht funktioniert hat …« Er hielt inne, sah am Jungen vorbei aus dem Fenster und zog die Brauen zusammen.

Der Junge folgte seinem Blick. Da war nichts als der Park, Meer und Himmel, so ruhig wie zuvor. Er wollte etwas sagen, aber der alte Mann war schon an ihm vorbei und griff nach dem Ruder, fuhr den Motor hoch und wendete das Boot auf engstem Raum.

Der Junge verlor das Gleichgewicht und prallte gegen das Seitenfenster. »Was zum Teufel machst du da?«

»Der Sturm kommt zurück.«

»Da ist kein Sturm.«

»Schnell.« Der alte Mann beschleunigte, und das Boot schoss über die Wellen.

»Warte.« Der Junge stolperte vor. »Wir müssen das Boot holen. Es ist vielleicht noch da.«

Der alte Mann antwortete nicht. Er starrte nach vorn und sah zwischendurch immer wieder in den Spiegel.

Der Junge griff hinüber und schaltete den Motor aus.

»Was soll das?«, rief der alte Mann.

Der Junge legte eine Hand auf das Steuer. »Ich kann es reparieren. Ich weiß wie. Wir können beide hier weg.«

Der alte Mann hielt das Steuer mit beiden Händen und versuchte, den Jungen wegzudrängen. »Dafür haben wir keine Zeit.«

Der Junge verstärkte seinen Griff und blieb, wo er war. Hitze stieg in seiner Brust auf, stieg durch den Hals bis hinter seine Augen. Der alte Mann hatte den Kopf im Schlick, im Matsch und Lehm des Meeresbodens. Er würde dafür sorgen, dass sie auf ewig hier festsaßen.

Der alte Mann drückte, sah zum Jungen auf und der Junge auf ihn herunter, und so standen sie schweigend da und rangen um das Ruder, während das Boot zwischen den Türmen tanzte und weit im Westen die Wellen zu wachsen begannen.

Die Arme des alten Mannes fingen an zu zittern, auf seinen Handrücken traten die Adern hervor. Der Junge drehte das Steuer langsam zu sich und knirschte mit den Zähnen. »Er wollte kommen und mich holen.« Ein paar Zentimeter mehr. »Er hatte einen Plan. Er wollte zum Festland und uns beide rausholen.« Er schob einen Fuß vor und drängte sich zwischen den alten Mann und das Steuer. »Und du hast mir nichts davon gesagt. Du hast mich denken lassen, dass er …«

Plötzlich ließ der alte Mann los, holte aus und traf den Jungen mit der Faust am Ohr.

Der Junge wich zurück. Er hob eine Hand an den Kopf.

»Nun, ist er auch, oder?« Der alte Mann stand da, die Hände auf den Knien, und keuchte: »Wenn du das Boot gesehen hast, weißt du, dass es nie hätte funktionieren können. Er wusste es auch und ist trotzdem damit los. Er wusste genau, was er tat.« Der alte Mann wischte sich über den Mund und wandte sich wieder dem Ruder zu. »Und er wusste, was passiert, wenn er nicht zurückkommt. Dass du dann hier endest. Dass du seinen Platz einnehmen musst. Ich habe es ihm gesagt. Du denkst, dass er dabei an dich gedacht hat? Du bist genauso naiv wie er.«

Der Junge stand da. Sein Ohr schmerzte. Er reckte das Kinn. Dann packte er den alten Mann und versuchte, ihn vom Ruder wegzuzerren. Der alte Mann ging aufs Gas, und das Boot machte einen Satz nach vorn. Der Junge strauchelte, fiel und schlug dabei mit dem Ellbogen gegen die Brust des alten Mannes. Der ging zu Boden und krümmte sich zusammen. Einen Moment lang lag er still da, reglos, die Beine an den Körper gezogen, dann atmete er lang und ächzend aus. Seine Brust erschauderte, seine Beine zuckten. Und dann begann er zu husten.

Der Junge richtete sich auf und versuchte, im geneigten Boot das Gleichgewicht zu halten. Es raste in einem engen Kreis. Der Himmel wirbelte um die Kabine.

Er wankte zum Bedienfeld und stellte den Motor ab. Das Boot wurde langsamer und beruhigte sich. Hob und senkte sich mit der Dünung.

Er beugte sich zum alten Mann hinunter und streckte die Hand aus, berührte ihn dann aber doch nicht. »Ich …« Er atmete schwer und schluckte.

Er stand auf, ging zum Navigationsgerät und schaltete es ein; er gab die Koordinaten des Turms ein, an dem er sein Boot zuletzt festgemacht hatte. Der Bildschirm flackerte. Er schlug seitlich gegen das Bedienfeld, das Bild wurde klar. Der Junge drehte das Steuer und beschleunigte.

Die Wellen wurden größer. Hinter ihm am Horizont wuchs ein schwarzer Streifen. Nur ein paar Meter entfernt lag der alte Mann an die Wand der Kabine gelehnt, die Augen fest zugekniffen, und hustete und zitterte noch immer. Der Junge versuchte, nicht weiter darüber nachzudenken. Er blickte auf das SatNav und suchte die Reihen ab. Er wusste, sie mussten schon ganz nahe sein, aber der Bildschirm blieb immer wieder hängen, und die Symbole sprangen darauf herum.

Dann sah er es zwei Reihen weiter vorn lose am Fuß des Turms hängen. Eine der Leinen war gerissen, und das Boot lag tief im Wasser, aber es war noch da.

Es brauchte Zeit, gegen die Wellen anzumanövrieren, doch am Ende schaffte er es in den Windschatten des Turms, lief aufs Deck hinaus, verknotete das Abschleppseil am Heck, zog das andere Boot mit einem Haken längsseits und sprang hinüber. Er löste das verbleibende Seil, und beide Boote trieben frei neben dem Turm. Der Junge befestigte das Abschleppseil am Bug, sprang zurück auf das Wartungsboot, lief in die Kabine und stand einen Moment lang da, um zu Atem zu kommen.

Erst jetzt wurde ihm bewusst, wie dunkel es geworden war.

In einem riesigen, im Westen beginnenden Halbkreis türmten sich die Wolken auf. Die Windräder hatten sich gedreht, zu den Wolken hin, und rotierten heftig.

Die Plattform war dort drüben, irgendwo in Richtung des anschwellenden Sturms. Das SatNav rauschte und verpixelte.

Der alte Mann lag immer noch am Boden. Es war nur der Wind zu hören, der Motor und das Husten des alten Mannes. Dann blitzte es, gefolgt von einem Grollen, das alles erschütterte. Als wäre etwas zu eng Umwickeltes geplatzt.

Der Junge machte einen Schritt auf das Fenster zu, dann zum Bedienfeld. Checkte die Batterie und das SatNav. Stellte das SatNav aus, sah zum alten Mann hinunter und dann aus dem Fenster. Er stand mitten in der Kabine, schloss die Augen und versuchte, seine Gedanken zu ordnen.

Was er wusste:

Sie waren eine Stunde von der Plattform entfernt, aber auch nur, wenn er mit voller Geschwindigkeit fahren konnte. Das andere Boot im Schlepptau würde sie verlangsamen.

Der Sturm kam schnell heran, trieb am Himmel und schluckte Feld um Feld.

Er würde die Plattform vor ihnen erreichen.

Wenn sie versuchten, zur Plattform zurückzukommen, erwischte er sie mitten in den Feldern.

Der Sturm würde sie erwischen, das war sicher.

Die einzige Wahl, die ihm blieb, war, wo das geschehen würde.

Er öffnete die Augen. Es gab nur eine Möglichkeit.

Eine schwere Woge kam heran und traf sie längsseits, aber er nutzte sie, um das Boot zu wenden, beschleunigte im letzten Moment gerade genug, um es zu stabilisieren und in den Kanal mitten zwischen die Türme zu bringen. Das Entscheidende war, den Stromverbrauch niedrig zu halten und die Strömung zu nutzen, wann immer es ging. Sich von der Front nach Osten treiben zu lassen, auf das offene Wasser zwischen den Zonen zu.

Er überlegte, wie der alte Mann das Boot steuern würde, wie er das Ruder halten und die von den Türmen abprallenden Wellen nutzen würde, um sich weitertragen zu lassen. Er versuchte, nicht daran zu denken, dass der alte Mann auf dem Boden lag, hustete und sich mit jedem Atemzug verkrampfte.

Der Sturm kam immer näher. Der Seegang nahm zu. Überall um sie herum fuhren die Windräder ihre Rotorblätter zurück und wurden langsamer, da der Sturm die zulässige Stärke überschritt. Dann plötzlich dünnten sich die Türme zum offenen Wasser hin aus. Der Junge ließ sich von den Wellen weiter vorantragen. Jetzt, wo sie aus den Feldern raus waren, ließ er das Ruder los, überprüfte, ob die Fenster sicher geschlossen waren, und verriegelte die Tür. Der alte Mann hatte aufgehört zu husten, lag aber immer noch zitternd am Boden und atmete schwer. Der Junge lief zum Schrank, nahm einen Gurt aus einer der Werkzeugtaschen, band ihn an einen Griff an der Kabinenwand und legte ihn um einen Arm des alten Mannes, der die Augen geschlossen hielt, den Gurt jedoch packte. Der Junge ging zurück ans Steuer und drehte das Boot gegen die Wellen. Die letzten Windräder des Feldes wurden von den Wolken geschluckt.

Er fragte sich, wie groß der Sturm war. Die Ränder der Front waren nicht mehr zu erkennen, der Sturm erfüllte den gesamten Himmel. Wie lang würde er anhalten? Stunden? Tage? Es war eigentlich egal. Die Batterie lag bei sechzig Prozent. Wenn sie leer war, nahmen die Dinge ihren Lauf. Er zog seine Uhr aus der Tasche, und erst jetzt stellte er fest, dass seine Hände zitterten.

Der alte Mann hatte die Augen geöffnet, saß an die Kabinenwand gelehnt da und hielt sich an seinem Gurt fest. Der

Junge glaubte ihn nicken zu sehen, doch es war schwer, das bei der Bewegung des Boots sicher zu sagen.

Er fragte sich, ob es der Sturm war, der sie vorher bereits getroffen hatte. Konnte man ihn denselben Sturm nennen, wenn er doch aus völlig neuen Wasser- und Luftmolekülen bestand? In einem der technischen Handbücher hatte er gelesen, dass sich alle Flüssigkeitssysteme letztlich glichen, da ihnen ein gemeinsames Muster von Chaos und Komplexität zugrunde lag. Darüber hatte er lange nachgedacht. Wie der Zufall ein Muster auszubilden vermochte, das doch nie wirklich eines war, da es immer anders aussah. Wenn also zwei Stürme aus exakt den gleichen Molekülen bestanden, in genau den gleichen Proportionen, und auf genau den gleichen Ort trafen, war es doch trotzdem nicht derselbe Sturm.

Er war fast froh, als der erste Brecher gegen den Bug schlug, weil er ab jetzt für nichts anderes mehr einen Gedanken hatte.

Das Boot hob und senkte sich wie ein von den Wellen angetriebener Zylinder. Der Sturm drückte und zerrte in alle Richtungen. Der Junge gab mehr Schub und beruhigte das Boot. Der einzige Nachweis der vergehenden Zeit bestand im gesunkenen Ladezustand der Batterie, und irgendwann verband sich die Finsternis des Sturms mit der Finsternis der Nacht.

Alles schrumpfte auf die vagen Grenzen der Bootsbeleuchtung, eine Blase heller Turbulenz, die das Boot umgab. Wasser drückte unter den Dichtungen herein. Wasser rauschte über das Deck. Eine Wasserfaust schlug auf die Scheibe, und als sich die Sicht wieder etwas klärte, sah er, dass sie ein Netz feiner Risse im Glas hinterlassen hatte. Es roch schwach nach Rauch, dann wurden die Scheibenwischer langsamer und blieben stehen. Die herankommenden Wellen waren nur noch kurz zwischen den Wassermassen zu erkennen, die über die Windschutzscheibe wuschen.

Der Junge klammerte sich ans Ruder und mühte sich, den Halt nicht zu verlieren. Der Schrank sprang auf und sein Inhalt flog durch die Kabine. Der alte Mann saß steif in der Ecke, hielt sich verbissen fest und starrte ausdruckslos vor sich hin. Vom Deck war ein Krachen zu hören, und durch das hintere Fenster sah der Junge, dass sich die Klampe, an der das andere Boot vertäut war, gelockert hatte und fast abgerissen war.

Er arretierte das Ruder, öffnete die Tür und wurde von den Füßen geholt, als der Wind sie nach innen stieß. Er meinte die Stimme des alten Mannes zu hören, doch sie wurde vom Lärm verschluckt. Er kroch zurück zur Tür, hinaus auf Deck, und hielt sich an allem fest, was ihn vor dem Abrutschen bewahrte. Eine Welle schlug über ihm zusammen, die ihn von Kopf bis Fuß durchnässte. Er erreichte die Schleppleine und bekam ihr loses Ende zu fassen, sah sich nach etwas Sichererem um, woran er sie befestigen konnte, und eine weitere Ladung Gischt traf ihn voll ins Gesicht. Er stand auf, hustete, wischte sich über die Augen und hielt die Leine in einer Hand. Es ruckte, als die Klampe schließlich wirklich abriss. Das Seil lockerte sich einen Moment lang, der Junge öffnete die Augen und sah gerade noch die herannahende Wellenfront, eine im Licht des Bootes glitzernde Wand, bevor sie unter den Rumpf griff, ihn nach hinten kippen ließ und seine Füße vom Deck hob.

14 000 Jahre vor der Gegenwart

Das Meer war nie so weit weg.

Irgendwann ließ der Wind genug nach, dass sich Stängel aufrichten konnten. Irgendwann erwärmte sich der Boden so weit, dass sich Wurzeln in ihn hineinfressen und die sich wiegenden Bäume verankern konnten.

Die Landschaft wächst in drei Stufen – aus Pfahlwurzeln zu Stämmen, zwischen denen Dickicht wuchert, das Dickicht wird zu einem Gehölz und dann zu Wald. Alles ist stabil, alles behauptet sich. Nichts wird unterhöhlt, nichts rutscht weg.

Aber das ist alles noch die Leistung des Wassers.

Aus Wasser wird feste Masse, es nimmt seine flüssigen Formen – Wellen, Wirbel, Strudel – und übersetzt sie in Ranken, Blumen, Blätter. Wasser reckt sich zum Himmel, wölbt sich und hält die Form.

Wasser setzt sich fort. Zellen teilen sich wie Schaum, Rinde verformt sich zu Tälern und Kämmen.

Wasser strebt nach Zirkularität. Blüten winden sich, geflügelte Samen wirbeln der Erde zu. Strömungen kreisen durch Xylem und Phloem. Bäume wachsen und fallen in Wellen.

Das Meer war nie so weit weg.

Und doch gibt es im tiefsten Wald so etwas wie die Ruhe eines Priels, so etwas wie die Stille versunkener Dinge.

Abwärts

Bei seinem ersten Sturz ins Wasser war es sehr ruhig und still gewesen. Sie waren gerade von einem langen Tag in den Feldern zurückgekommen. Von Sonnenaufgang bis Sonnenuntergang in Maschinenhäusern, wo sie Getriebeäder und Bodenplatten wechselten. Der alte Mann hatte ihn hart rangenommen, früh geweckt und eine Reparatur nach der anderen machen lassen, ohne Zeit, um innezuhalten, nachzudenken oder etwas anderes zu tun, als zu klettern, zu wechseln, zu reparieren und aufs Boot zurückzukehren. Die ganze Rückfahrt über hatten Arme und Beine des Jungen gezittert. Er war noch kleiner gewesen, nicht viel größer als der alte Mann, noch nicht lange im Park.

Sie waren ins Dock gefahren, und der alte Mann war als Erster von Bord gegangen, um das Ladekabel zu holen, während der Junge die Werkzeugtasche zurück in den Lagerraum bringen wollte. Er konnte nicht genau sagen, wie es passiert war, jedenfalls war er die Bewegungen des Bootes noch nicht gewohnt, und als er auf den Steg trat, schien der sich zur Seite zu neigen. Er stolperte und fiel mit der Werkzeugtasche ins Dock.

Das Gewicht zog ihn nach unten, doch er ließ nicht los. Es waren ihre einzigen Werkzeuge, wie ihm der alte Mann immer wieder gesagt hatte. Wenn er sie verlor oder ruinierte, hatten sie nichts mehr, und so kam es dem Jungen nicht mal in den

Sinn, sie loszulassen. Er ruderte, strampelte und sank tiefer. Das Wasser wurde kälter, und es war völlig still. Er hatte das Gefühl, sich sehr langsam zu bewegen und dass das Wasser sehr dickflüssig war. Die trübe Düsternis schloss sich über ihm, die Lichter des Docks verschwanden.

Er kämpfte. Das Gewicht der Tasche zog an ihm, aber da war auch noch etwas anderes. Selbst im geschützten Wasser des Docks konnte er die Strömung spüren, die durch die Gitter unter dem Tor zog. Es war nicht viel, kaum mehr als ein Gefühl von Energie, gebrochen, diffus, aber es war das erste Mal, dass der Junge die Kraft des Meeres spürte.

Einen Moment lang verstummte der Sturm, das Wasser schloss sich um ihn wie eine Decke. Dann wurde er hochgetrieben, brach durch die Oberfläche, und in seinen Ohren knisterte es unter der vollen Wucht des Windes.

Alles war dunkel. Alles war dunkel, und er glitt über den Hang eines Wellenbergs. Aber statt hinunterzurutschen, wurde er hochgehoben. Je steiler die Welle wurde, desto höher stieg er, bis er knapp unter dem Kamm war. Er hatte immer noch das Seil in der Hand, schlang es um seine Hand und hielt es gepackt, so fest er konnte. Die Welle brach und krachte mit der ganzen Macht des Sturmes in sich zusammen.

Diesmal war das Wasser nicht still, sondern eine dröhnende Masse. Der Junge drehte sich und versuchte, den Kopf nach oben zu bekommen, doch die Welle trieb ihn immer tiefer. Alles um ihn herum war weiß, unmöglich zu sagen, wo oben und unten war. Er trat mit den Beinen, versuchte Schwimmbewegungen, drehte sich dabei aber wieder und wieder um die eigene Achse. Unter ihm schien sich ein Raum zu öffnen, und er fiel, als stürzte er einen Unterwasser-Wasserfall hinab. Das Gewicht über ihm war so groß, dass er seinen Körper nicht gerade bekam. Blasen drückten ihm aus Nase und Mund, seine Brust brannte, aber er wurde noch tiefer gedrückt, durch Schichten aus Licht und Finsternis, bis sein Rücken auf eine feste Oberfläche traf und er wusste, dass es nicht mehr weiterging. Er trat mit den Füßen unter sich, und sie versanken im weichen Meeresgrund. Er versuchte, sich am Seil hochzuziehen, doch die Kraft des Wassers war zu groß. Kurz dachte er, wie komisch es wäre, mit den Füßen auf festem Grund zu ertrinken. Und dann, gerade als er glaubte, nach Luft schnappen und seine Lunge mit Wasser füllen zu müssen, ließ der Druck nach, und er spürte einen Luftzug.

Er schlug um sich, kam keuchend an die Oberfläche, sog Atemzug um Atemzug Luft in sich hinein, schüttelte sich das Wasser aus den Augen und versuchte, sich zu orientieren. Vom Wartungsboot war nichts zu sehen, überall nur Wind und Regen. Die Leine führte ins Dunkel. Er zog daran und spürte Widerstand. Seine Hände waren taub und zu Fäusten geballt. Er zwang sie auf und zog sich an der Leine entlang.

Rechts von ihm wuchs das Wasser wieder an. Er holte Luft und tauchte unter, schwamm so weit durch die Welle, wie er konnte, bevor er wieder hochkam und sich wieder an der Leine entlangzog. Sein Kopf war taub, und er begann unkontrollierbar zu zittern. Er musste sich bewegen, musste sein Blut weiter durch den Körper pumpen. Er versuchte, mit den Füßen zu treten, doch er spürte sie nicht und konnte nicht sagen, ob sie sich bewegten, vermochte sich nur auf seine Hände zu konzentrieren, um sich weiter voranzuziehen.

Er musste zum Boot, konnte durch den Regen jedoch

nichts erkennen. Plötzlich spannte sich die Leine und wurde ihm durch die Hände gerissen. Er ruderte, bekam sie neu zu fassen und zwang seine Finger, sich darum zu schließen, kaum einen halben Meter vor ihrem Ende. Er schloss die Augen, holte tief Luft und zog sich aufs Neue voran.

Die Kälte biss tief in seine Muskeln, die dumpf schmerzend pochten, und alles, woran er denken konnte, war, sich stückchenweise, Arm um Arm, weiterzuziehen. Die Wellen hoben ihn in die Höhe und ließen ihn fallen, zerrten ihn nach links und rechts, als wollten sie ihn zerreißen. Es wurde immer schwerer, den Halt nicht zu verlieren und die Hände zu öffnen und zu schließen. Seine Gedanken zogen sich in die letzten warmen Höhlungen seines Schädels zurück. Er hatte kaum noch die Kraft weiterzuziehen, als er den Rumpf des Bootes auf sich niedergehen sah.

Er drehte sich im Wasser, hob die Arme, um den Kopf zu schützen, und spürte, wie das raue Metall auf ihn drückte. Er trat um sich und versuchte, sich an der Leine hochzuziehen, kam aber nicht unter der Masse Metall hervor. Die Strömung drückte, seine Lunge brannte. Er konnte nichts mehr tun. Er ließ die Leine los, die Strömung saugte ihn weg, und er kam seitlich vom Boot wieder hoch.

Er streckte die Arme aus, suchte nach einem Halt, aber schlug mit den tauben Fingern nur gegen das Metall, bevor er weggezogen wurde. Er trieb dahin, holte Luft und versuchte, zurückzuschwimmen, aber eine Welle hob das Boot an, und er musste kämpfen, um nicht wieder unter den Rumpf gezogen zu werden. Er spürte, wie sich die Bordwand zu ihm herunterneigte, reckte den Arm und wurde in diesem Moment auch selbst hochgehoben. Er knallte gegen den Rumpf. Sein

Körper wurde schlaff, sein Blickfeld verengte sich auf einen knisternden, grauen Tunnel. Die Welle zog ihn zurück, warf ihn ein weiteres Mal in die Höhe, und er landete so hart mit dem Bauch auf der Reling, dass ihm alle Luft aus dem Körper wich. Gerade rutschte er zurück ins Meer, als seine Hand über eine Klampe strich. Seine Finger schlossen sich, und irgendwie gelang es ihm, sich festzuhalten.

Das Boot kippte wieder, seine Füße tauchten ins Wasser. Er hielt sich mit aller Kraft fest, und als sich das Boot auf die andere Seite neigte, zog er sich hoch und an Deck.

Er öffnete die Augen und sah nur Regen und dunkle Umrisse. Der Wind heulte und trieb wie ein Schleppnetz über den Himmel. Sich immer noch an der Klampe festhaltend, streckte er den anderen Arm aus und ertastete die Ecke der Kabine. Er schob sich auf dem Bauch kriechend vor, wagte nicht einmal, auf die Knie zu gehen, und arbeitete sich weiter voran, bis er die Tür fand. Sie stand offen und knallte mit jeder Bewegung des Bootes auf und zu. Er packte den unteren Türrahmen, zog sich nach drinnen und trat die Tür hinter sich zu.

Er schleppte sich zum Ruder, schlang die Arme darum und schloss die Augen.

Irgendwann in der Nacht hörte der Wind auf zu heulen. Irgendwann in der Nacht hörten die Wellen auf, das Boot von einer Seite auf die andere zu werfen. Irgendwann in der Nacht musste der Junge eingeschlafen sein, denn als er die Augen öffnete, war es Tag.

Er versuchte, den Kopf zu heben, vermochte ihn aber nur zur Seite zu drehen. Er kniff die Augen zusammen, rollte auf den Bauch und drückte sich hoch auf die Knie. Sein ganzer

Körper tat weh, und rechts in seiner Brust flammte mit jedem Atemzug ein stechender Schmerz auf. Seine Handflächen pulsierten. An einzelnen Stellen war die Haut abgerieben, und man sah das rohe Fleisch darunter. Er griff vorsichtig in seine Tasche, um nach seiner Uhr zu sehen, aber sie war weg.

Zitternd stand er auf, ging ans nächste Fenster und wich gleich einen Schritt zurück; das Boot trieb ein paar Meter neben dem größten Windrad, das er je gesehen hatte.

Er beugte sich vor und sah nach oben. Bis zum Maschinenraum mussten es gut hundertfünfzig Meter sein. Die Hülle des Turms war fast so breit, wie das Boot lang war, der Rundgang mit dem Eingang zum Turm und das Geländer oben schwebten hoch über dem Deck. Und überall rundherum standen Windräder gleicher Größe, wie Felstürme ragten sie in den Himmel, ihre enormen Rotoren beschrieben Kreise von zweihundert und mehr Metern Durchmesser. Die Wolken hingen nicht tief, doch die Spitzen der Rotorblätter verschwanden dennoch im Nebel, bevor sie ihren höchsten Punkt erreichten.

Der Junge hatte in seinen technischen Handbüchern über solche Räder gelesen, aber nie gedacht, einmal eines zu sehen zu bekommen. Diese Felder hier waren dem Park als letzte hinzugefügt worden, damals, als noch Windparks gebaut wurden. Man hatte sie jedoch nie ganz fertiggestellt. Sie hingen mit am Netz, waren aber nicht mit dem Wartungssystem verbunden, und es gab auch keine Kameras. Der Junge hatte sie oft auf der Karte betrachtet und sich gefragt, wie sie wohl aussahen, aber sie waren gut hundertdreißig Kilometer von der Plattform entfernt und lagen damit völlig außer Reichweite des Wartungsboots.

Es war ein klarer Tag, der Wind blies ruhig und beständig. Die Windräder fuhren mit ihren schimmernden Rotoren durch die Wolken. Der Junge konnte den Blick nicht von ihnen abwenden.

Eine Welle kam vom nächsten Windrad zurückgeschwappt und traf auf das Boot. Unten aus dem Rumpf erklang ein hohler Schlag. Das Boot neigte sich leicht zur Seite und blieb so.

Der Junge blickte aufs Deck hinaus, das voller Taue und Planen lag, sah sich in der Kabine um, betrachtete das Steuerruder, die nutzlosen Stromschalter, die leere Öffnung, wo das SatNav und der Peilsender sein sollten. Noch ein Schlag aus dem Rumpf. Er war über hundertdreißig Kilometer von der Plattform entfernt, in einem Boot mit Schlagseite und ohne funktionierenden Motor. Er hob den Blick, als er an einem weiteren Windrad vorbeitrieb. Er musste irgendwo festmachen.

Der Junge testete die Steuerung. Sie funktionierte. Das Boot reagierte nur träge, aber es reagierte. Das hieß, er konnte sich an einen der Türme heranmanövrieren, brauchte allerdings etwas, womit er sich an die Stützen heranziehen konnte. Dann sah er die Abschleppleine, die immer noch am Bug des Bootes festgemacht war.

Er nahm den Haken von einer der Festmacherleinen und knotete ihn an das Ende seiner Abschleppleine. Er konnte nur mit den Fingern arbeiten, um jeden Druck auf die wunden Handflächen zu vermeiden. Wieder und wieder fiel ihm beim Aufwickeln die Leine aus den Händen, irgendwann war jedoch alles bereit.

Er ging zurück in die Kabine und richtete das Boot so aus, dass es auf das nächste Windrad zutrieb, arretierte das Ruder und ging wieder an Deck. Das Windrad kam näher. Er bereitete sich auf seinen Wurf vor, wog den Haken in den Händen und warf ihn an den Fuß des Turms.

Der Haken flog direkt auf das Geländer zu, sackte im letzten Moment jedoch weg und fiel zurück ins Wasser. Die Leine hatte sich verheddert und war an der Reling hängen geblieben. Der Junge nahm sie und holte sie ein. Das grobe Gewebe kratzte über seine Handflächen, die zu bluten begannen, und er zog die Ärmel herunter, um sie zu bedecken, und machte weiter. Das Boot trieb langsam weg. Als der Junge den Haken wieder an Deck hatte, entwirrte er die Leine. Das Boot trieb jetzt an der hinteren Stütze des mächtigen Fußes vorbei. Der Junge nahm den Haken, zielte rasch und warf ihn, so fest er konnte. Der Haken flog über das Geländer, knallte gegen den Turm und landete auf der Zugangsebene. Das Boot trieb weiter, und die Leine rollte sich langsam vom Deck auf. Als sie ihr Ende erreicht hatte, hob sich der Haken vom Boden und kratzte oben am Geländer entlang. Der Junge sah zu, das Boot trieb weiter, der Haken kratzte über den Handlauf, wackelte und blieb an einer der senkrechten Streben hängen. Die Leine spannte sich. Das Boot beschrieb einen langsamen Bogen. Die Leine erzitterte. Das Boot blieb stehen.

Der Junge sackte aufs Deck. Er spürte, wie sich seine Muskeln zu verkrampfen begannen. Er musste in den Turm hinauf. Er musste das Boot richtig vertäuen. Er musste den Motor durchchecken, er musste … Er sah sich auf seinem unbrauchbaren Boot um, sah auf seine unbrauchbaren, blutigen Hände. Ging die Liste noch einmal durch. Er musste das Boot richtig vertäuen, musste irgendwas durchchecken, musste … Er ballte die Fäuste und der Schmerz ließ ihn nach Luft schnappen, was ihn wegen des Stechens in seinen Rippen zusammenzucken ließ.

Wieder das Gedankenkarussell. Er musste Dinge checken, Dinge sichern, musste ... Das andere Boot. Der Junge starrte über das Deck. Der alte Mann. Der alte Mann war immer noch auf dem anderen Boot. Was war geschehen? Er versuchte sich zu erinnern. Sie hatten gestritten. Der Sturm hatte sie erwischt. Als er die Kabine verließ, hatte der alte Mann auf dem Boden gesessen und sich an seinem Gurt festgehalten. Hatte den Jungen angesehen. Hatte etwas gesagt. Was? Der Junge versuchte sich zu erinnern, aber da war nur der Wind, der in die Kabine blies, und die auf- und zuschlagende Tür. Er spürte ein Ziehen in Brust und Kehle und hätte sich fast übergeben. Spuckte aber nur einen Mundvoll Seewasser aus.

Wie voll war die Batterie am Ende noch gewesen? Er schloss die Augen und versuchte sich an die Anzeige zu erinnern, die Zahl im Fenster. Sah stattdessen aber nur den Sturm, die brechenden Wellen, die Gischt von allen Seiten. Er spürte, wie das Wasser an ihm zerrte, spürte das Gewicht, den Druck.

Er öffnete die Augen und versuchte zu denken, aber er war so müde. Er musste sich ausruhen, schloss die Augen wieder. Die Wellen türmten sich vor ihm auf. Ihr Gewicht, ihr Druck zerrte an ihm. Er legte sich aufs Deck. Vielleicht sollte er einfach eine Weile so liegen bleiben. Es war leichter, einfach so liegen zu bleiben und sich auszuruhen. Er musste die Augen nicht öffnen. Das Deck war fast schon bequem. Ihm war fast schon warm. Vielleicht musste er sich nicht mehr bewegen.

Er versuchte, die Werkzeugtasche über sich zu heben, sie durch das trübe Wasser des Docks zurück nach oben zu drücken, aber er war zu schwach. Er sank tiefer. Die Strömung, die unter dem Tor durchzog, griff nach seinen Füßen.

Ein Schatten schwebte über ihm, ein dunkler Umriss, der sich kräuselnd formte und wieder auflöste. Der Junge griff nach oben, griff ein letztes Mal nach der Oberfläche und spürte das harte Metall eines Bootshakens. Er umfasste ihn, klammerte sich daran und wurde nach oben gezogen.

Würgend und spuckend kam er an die Oberfläche, trat unter sich und schaffte es mit letzter Kraft zur Leiter.

Grobe Hände nahmen ihm die Werkzeugtasche ab, griffen erneut zu, packten ihn beim Kragen und zogen ihn auf den Steg.

»Warum zum Teufel hast du die Werkzeugtasche festgehalten?« Die Stimme des alten Mannes war heiser.

Der Junge antwortete nicht. Er lag auf dem Steg und rührte sich nicht. Ihm war fast warm. Er war so müde. Die Tage waren so lang, die Arbeit so hart. Vielleicht war es leichter, einfach dort liegen zu bleiben und sich auszuruhen. Er schloss die Augen. Wasser lief aus seinen Kleidern und tropfte wie Regen durch das Gitter.

»Steh auf.«

Der Junge öffnete langsam die Augen. Der alte Mann stand über ihm und hatte die Arme verschränkt, seine Stimme hallte von den Wänden des Docks wider. Der Junge wünschte, er würde nicht so laut reden und ihn einen Moment lang in Ruhe lassen. Ihn ausruhen lassen. Nicht lange. Es war nur so bequem. Das Wasser da unten war so ruhig und still gewesen.

Der alte Mann bückte sich nicht zu ihm nach unten. Er hielt die Arme fest vor der Brust verschränkt. »Steh jetzt auf«, sagte er.

Hoch

Innen kam ihm das Windrad sogar noch größer vor. Von unten war nicht mal die Brücke zu sehen, wo der Turm den Maschinenraum erreichte. Die fahlen Wandleuchten wurden kleiner und verschwanden aus dem Blick. Es war, als sähe er in einen Minenschacht, der in den Himmel hineingeschnitten war. Jedes Geräusch hallte durch den Turm und kam Augenblicke später seltsam verzerrt zurück.

Der Wind blies durch die offene Tür. Der Junge war noch immer klatschnass und fing wieder an zu zittern. Er hatte lange gebraucht, um das Boot heranzuziehen. Er hatte Stücke aus den Bettlaken gerissen und sie sich um die Hände gewickelt, aber sie pochten noch immer. Es war später Nachmittag, bald würde es wieder kalt werden. Er musste hoch in den Maschinenraum, sich trocknen, aufwärmen und versuchen, herauszufinden, wo er war und was er tun sollte.

Er drückte den Knopf für den Aufzug, aber nichts geschah. Er drückte noch einmal. Nichts. Das Windrad hatte Strom, die Lichter leuchteten, und der Rotor drehte sich. Nur der Aufzug funktionierte nicht. Der Junge schloss die Augen und versuchte sich etwas Leben zurück in die frierenden Glieder zu reiben. Von allen Windrädern, die er sich hatte aussuchen können … Er versuchte, Ordnung in seine Gedanken zu bekommen, die wie Meereis durch seinen Schädel kratzten. Er durfte es nicht riskieren, wieder abzulegen. Und selbst wenn es ihm gelänge, an einem anderen Windrad festzumachen, gab es keine Garantie, dass dort der Aufzug funktionierte. Er überlegte, ob er zurück aufs Boot oder hier unten im Turm bleiben sollte. Nein, wenn er vor Einbruch der Nacht nicht oben in den Maschinenraum kam, würde er erfrieren. Er sah in den Turm hoch und auf die schmale Betriebsleiter, die parallel zum Aufzugschacht in die Höhe führte, die nackte Wand des sich nach oben verjüngenden Turms hinauf. Wenigstens würde ihm warm werden.

Der Junge war schon öfter Windräder hochgestiegen, aber keines von dieser Größe. Die Leiter war Standard, das hieß, vier Sprossen pro Meter. Das hieß … das hieß, eine Menge Sprossen. Wenn er in die Höhe sah, fingen die horizontalen Linien an zu zittern, also sah er nicht mehr hoch. Er streckte einen Arm aus und griff nach einer Sprosse. Neben der Leiter gab ein leuchtend gelbes Schild genaue Anweisung, wie ein Sicherheitsgeschirr mit Reiter zu nutzen war. Der Junge sah auf seine mit Stofffetzen verbundenen Hände, hielt einen Moment inne, reckte den Nacken und machte sich an den Aufstieg.

Nach den ersten zwanzig Sprossen verkrampften sich seine Hände. Blut rann die Handgelenke hinunter in seine Ärmel. Er konnte nicht mehr richtig greifen, also begann er einen Unterarm über die Sprosse vor sich zu legen und mit nur einer Hand nach oben zu greifen. Das verlangsamte den Aufstieg, verschaffte ihm aber den nötigen Halt. Stückweise stieg er höher, griff nach oben, hakte den Arm ein und brachte die Füße auf die nächste Sprosse. Zehn Sprossen mit dem einen Arm, zehn mit dem anderen.

Fünfzig Sprossen. Sechzig. Der Boden des Turms unter

ihm wurde zu einer kleinen Scheibe, aber der Maschinenraum über ihm schien dennoch nicht näher zu kommen.

Nach hundert Sprossen begannen seine Beine zu zittern, der Arm, mit dem er sich einhakte, verkrampfte immer schneller, die Hände waren schweißnass und glitschig, und die Binden lösten sich links wie rechts. Zweimal war er schon abgerutscht, ein Arm und ein Bein frei in der Luft schwingend. Der Turm verjüngte sich nur um ein paar Grad, doch je höher der Junge kam, umso mehr fühlte es sich an, als hinge er kopfüber. Er wurde langsamer, versicherte sich seines Griffs und stieg weiter.

Sein Genick schmerzte vom Nach-oben-Sehen, und so starrte er gerade vor sich auf die Wand. Es gab keine horizontalen Nietenstreifen, was hieß, dass die Seiten des Turms jeweils aus einem einzigen Stück gefertigt waren. Normalerweise hätte den Jungen so etwas interessiert.

Etwa bei zweihundert Sprossen hörte er auf zu zählen, aber stieß schließlich mit der Hand an das Brückengitter. Er war so erleichtert, dass er kaum die Kraft aufbrachte, sich hinaufzuziehen. Er blieb bäuchlings auf dem Gitter liegen und schloss die Augen. Seine Muskeln brannten, und sein Mund und sein Hals waren so trocken, dass er kaum zu schlucken vermochte. Er hatte nur wenig von dem brackigen Wasser aus dem Behälter auf dem Boot getrunken. Er hätte sich noch mehr holen sollen, bevor er sich an den Aufstieg machte. Warum hatte er sich nicht noch was geholt?

Es war okay. Er würde den Aufzug reparieren und nach unten fahren. Er war sicher, dass er den Aufzug wieder in Gang brachte. Es gab Strom, also konnte es nur die Verbindung sein. Er holte tief Luft und drückte sich hoch. Aber da war keine Luke zum Maschinenraum. Stattdessen ging die Leiter weiter, so weit er sehen konnte, hinein in die Düsternis. An der Wand vor ihm hing ein Querschnitt des Windrads, auf dem die erste von zwei in gleichen Abständen installierten Betriebsplattformen hervorgehoben war, die als Ausruhmöglichkeit für die Arbeiter während des Aufstiegs diente.

Der Junge saß oben im Turm. Seine Beine zitterten, seine Hände waren taub, Arme und Rücken brannten. Er war schweißgebadet, und die Kälte kroch zurück in seine Knochen.

Während der letzten hundert Sprossen hatte er in seinen Bewegungen, seinem Atem, dem Pochen in seinen Händen nichts als den Rhythmus der Worte des alten Mannes gehört: »Der Sturm ... kommt ... zurück ... Du bist ... genauso ... naiv ... wie er.«

Wie sehr er auch versuchte, seine Bewegungen zu variieren, der Rhythmus blieb der gleiche, und er konnte nur zuhören und klettern und, als er endlich oben angekommen war, darauf warten, dass sich sein Puls beruhigte.

Das Schlucken schmerzte, und er kämpfte sich auf die Beine, wankte und hielt sich am Geländer fest. Er sah zur Luke hinauf. Wenigstens war sie nicht zugerostet. Er hob die Arme, auch wenn er das Gefühl hatte, sie gar nicht heben zu können, und drückte, obwohl auch das ausgeschlossen schien. Die Luke öffnete sich, und er kletterte in den Maschinenraum.

Das Licht ging automatisch an, und der Junge fand sich mitten in einem großen Raum wieder, der rundum voller weiß verkleideter Komponenten war. Erst dachte er, die Maschinerie arbeite nicht, doch dann begriff er, dass sie es so leise tat, dass man es kaum hören konnte. Auf der gegenüberliegenden Seite des Raums gab es ein schimmerndes Kontroll- und Bedienungsfeld, und an den einzelnen Komponenten hingen mehrfarbige Schilder mit den jeweiligen Einzelheiten, mit den Effizienzstufen und Sicherheitshinweisen.

Der Junge ging zu der Stelle, wo das Getriebe sein sollte, doch die Welle führte direkt in den Generator. »Direct Drive«, sagte er. Er hatte bereits darüber gelesen. Ein Direktantrieb benötigte weniger bewegliche Teile und hatte einen höheren Effizienzgrad. Er wollte schon die Verkleidung öffnen und sich ansehen, wie es funktionierte, doch dann hielt er inne und sah sich um. Einen Moment lang hatte er vergessen, wo er sich befand und was geschehen war. Er rieb sich über die Wange. Was sollte er jetzt tun? Er brauchte eine Weile, bis ihm das Kontrollfeld wieder einfiel. Er musste den Aufzug in Gang setzen, zurück nach unten fahren und Wasser holen.

Der Aufzug war leicht zu reparieren. Das heißt, er musste gar nicht repariert, sondern nur eingeschaltet werden. So wie es aussah, hatte hier niemand etwas angerührt, seit das Windrad gebaut worden war. Auf den Knöpfen klebten noch Schutzfolien, und neben den einzelnen Maschinenteilen jeder Komponente gab es Bedienungsanleitungen in Plastikhaltern. Der Junge nahm eine von ihnen in die Hand und strich über die unberührten Seiten und den geraden, steifen Rücken. Dann sah er hinter dem Kontroll- und Bedienungsfeld eine weitere Tür.

Sie war nicht schwer wie die Luke. Es war eine ganz normale Tür. Der Junge griff nach der Klinke und öffnete sie langsam, halb in der Erwartung, dahinter nichts als die Luft des Himmels vorzufinden. Aber es war ein weiterer Raum, so groß wie der mit der Maschinerie des Windrads.

Automatisches Licht ging an und fiel auf einen langen Tisch mit sechs in Plastik gehüllten Stühlen. An einer Wand hing ein großer Bildschirm, eingepackt in Luftpolsterfolie, an den anderen Wänden gab es gerahmte Plakate: technische Zeichnungen von Windrädern und Getrieben, Bilder des Windparks an einem hellen, klaren Tag, auf denen »Zukunft«, »Stabilität« und »Sicherheit« stand. In der hinteren Ecke des Raums gab es noch mehr Plakate. Aufgerollt lehnten sie an der Wand, neben einem Stapel Pappkartons.

Der Junge trat einen Schritt vor, blieb stehen, hob einen Fuß, dann den anderen. Der Boden sah komisch aus. Er beugte sich langsam vor, lockerte die steifen Schnürsenkel, zog Stiefel und Socken aus und drückte die nackten Füße in den Flor des sauberen grauen Teppichs.

Er ging in den Raum hinein und drehte sich um. Hinter der Tür stand eine große, eckige Maschine, die aussah wie ein Wasserfilter. An ihrer Seite hing ein durchsichtiges Plastikrohr mit Pappbechern. Der Junge ging hin, zog einen Becher heraus und stellte ihn unter den Ausguss. Er fand einen Schalter auf der Seite und drückte ihn. Die Maschine surrte und ächzte, man hörte ein Zischen und ein Rucken, eine Reihe Knöpfe leuchtete auf, und die Maschine ließ ein leises elektrisches Summen hören. Der Junge drückte den obersten Knopf.

Es rumpelte und zischte, Dampf trat aus der Maschine. Der Junge drückte den Knopf noch einmal, aber die Maschine machte weiter. Er wich einen Schritt zurück. Es begann verbrannt zu riechen, und er wollte schon den Stecker aus der Wand ziehen, als die Maschine endlich Ruhe gab und die Knöpfe wieder aufleuchteten. Er trat vor und sah in seinen Becher. Er war voller dampfender, schwarzer Flüssigkeit.

Neben den Knöpfen klebten dunkle Folienstreifen. Er pellte den neben dem Knopf, den er gedrückt hatte, herunter, und ein Schild kam zum Vorschein.

»Kaffee?«, sagte er.

Er nahm den Becher und trank einen winzigen Schluck. Die Flüssigkeit war brühheiß und stach auf seinen vom Salz aufgesprungenen Lippen. Es schmeckte fast bitter, fast verbrannt. Er wartete, nahm einen weiteren Schluck und spürte, wie sich die heiße Flüssigkeit in seinem Körper ausbreitete. Ihm kam der Gedanke, dass der alte Mann das mögen würde. Er hatte einmal von etwas gesprochen, das er früher getrunken hatte und das bitter und stark schmeckte. Vielleicht war das Kaffee gewesen. Er hatte es dem Jungen zu erklären versucht, doch der war gerade damit beschäftigt gewesen, eine Sicherung zu wechseln, und hatte nur halb zugehört.

Er sah sich um, betrachtete den Tisch, die Stühle und die Bilder dieses merkwürdigen, makellosen Windparks an der Wand. Alles strahlte. Alles war viel zu hell.

Der Junge schloss die Augen. Wellen brandeten vor ihm auf, die Tür der Kabine schwang im Sturm. Die Batterieanzeige leuchtete, doch es waren keine Zahlen zu erkennen. Er öffnete die Augen und drängte die Bilder tief hinunter in seine Brust. Er durfte an das alles jetzt nicht denken.

So stand er lange da, stellte schließlich seinen Becher auf den Tisch und ging hinüber in den anderen Raum zur Dachluke. Er drückte einen Knopf, und die Luke öffnete sich und flutete den Maschinenraum mit Wind und Lärm. Er stieg die Leiter hinauf und blickte hinaus. Der Wind brüllte um ihn herum und zerrte an der Luke, die ein wenig Schutz bot. Das Dach des Maschinenraums war riesig, und vor der Luke gab es einen kleinen Hubschrauberlandeplatz. Der Junge brauchte eine Weile, um zu Atem zu kommen und die Augen richtig öffnen zu können. Er war so weit oben. Es fühlte sich an, als balanciere er mitten auf einer großen Wasserscheibe. Hinter ihm und nach links und rechts breiteten sich die Windräder in geraden Reihen aus, schrumpften und verschwanden hinter der Krümmung des Horizonts. Aber direkt vor ihm, in Richtung Osten, waren nur noch zehn Reihen und dann nichts mehr. Der Junge schloss die Augen und öffnete sie wieder. Der Wind dröhnte über das Wasser. Das war das Ende des Parks. Dahinter das offene Meer.

11 000 Jahre vor der Gegenwart

Eines Tages erscheint eine Küste – ein silbernes Band, das sich am Horizont entlangzieht –, und plötzlich hat alles eine Grenze.

Der Wald dünnt aus und wird zu einer Salzmarsch, dann zu einer Watt- und Hafflandschaft. Flüsse werden brackig, ihr Wasser ungenießbar. Sie weiten sich in Mündungsdeltas, die mit den Gezeiten zu einem Netz aus Gräben, Sandbänken und Kanälen werden.

Was gestern noch fester Grund war, ist nun unsicheres Terrain.

Sandkrusten lösen sich und rutschen weg. Aus Dürre wird Flut, aus Hitze schneidende Kälte, aus Stille eine Kakofonie. Pflanzen treiben wie Tiere von Lache zu Lache. Tiere schlagen Wurzeln und erblühen wie Blumen. Im Wasser wimmelt es vor zerbrechlichen Muscheln, und in jeder Muschel ein weicher, wässriger Körper.

Die Flut drängt herein und zieht sich zurück. Drängt ein wenig weiter vor, zieht sich etwas weniger zurück, jeden Tag. Niedrige Klippen gebären Felsblöcke. Felsblöcke zerfallen zu

Steinen. Steine werden zu Kieseln zerrieben. Das Meer steigt Jahr für Jahr um eine Kieselbreite.

Plötzlich hat alles eine Grenze. Was gestern noch fester Grund war, ist nun unsicheres Terrain.

Pappbecher

Der Junge stand mit einem Arm voller Pappbecher in der Dachluke. Er hatte gedacht, es wäre längst Tag, doch als er die Luke öffnete, war es noch dunkel. Am Himmel begann gerade erst ein trübes Rot fern über das Meer zu sickern. Er musste die ganze Nacht über wach gewesen sein. Er sah nach unten. Alles im Maschinenraum war mit Pappbechern bedeckt, auch der Boden lag voll. Er hatte keine Ahnung, wie lange er schon hier war.

Der Himmel färbte sich rostrot, dann grau und blieb schließlich bei einem Gelbton, der durch die dünneren Wolkenteile hindurchschien wie eine Taschenlampe durch ein Laken. Er warf die Becher über den Rand des Maschinenraums, einen nach dem anderen.

Am ersten Tag war er oben im Turm geblieben. Er hatte sich nicht überwinden können, nach unten zu fahren und nach dem Boot zu sehen.

Er prüfte, ob das Bedienfeld und der Bildschirm im hinteren Raum mit dem System verbunden waren. Wenn er Zugang zur Karte des Parks bekam, fand er vielleicht heraus, wo genau er sich befand. Aber obwohl alles im Windrad funktionierte, war es nicht mit dem System verbunden.

Er setzte sich an den Tisch auf einen der in Plastik verpackten Stühle und verband sich die Hände neu. Er war zu müde, um sich zu bewegen oder zu schlafen. Er sah in die Kartons in der Ecke des Raumes.

Drei davon waren voller Broschüren und Prospekte, Unmengen von ihnen, alles die gleichen, mit denselben Bildern, die an der Wand hingen, den gleichen Beschreibungen, nur mehr davon. Die letzte Kiste war viel leichter. Erst dachte der Junge, sie sei leer, aber als er sie öffnete, stellte er fest, dass sie Hunderte weiterer Pappbecher für die Kaffeemaschine enthielt. Auf eine Seite war etwas aufgedruckt. Es war nicht das Logo der Firma, kam ihm aber bekannt vor. Der Junge saß da und starrte es lange an, konnte es jedoch nicht zuordnen.

In jener ersten Nacht versuchte er zu schlafen, aber sobald er die Augen schloss, sah er wieder die aufwachsenden Wellen, die leere Kabine und die im Wind auf- und zuschlagende Tür. Er stand auf, trank Kaffee, konnte aber wieder nicht einschlafen.

Das Boot war so schwer beschädigt wie erwartet. Der Motor hatte sich im Sturm aus seinem Gehäuse gelöst, war im Rumpf hin- und hergeworfen und zerschlagen worden. Die schwersten Teile und drei der Batterien waren schließlich auf der Backbordseite hängen geblieben und hatten so für die Schlagseite gesorgt. Wenigstens schien der Schiffskörper unbeschädigt, auch wenn die Einzelteile des Motors in zwei Handbreit Wasser lagen, das im Kiel herumschwappte.

Der Junge schöpfte es von Hand aus, wofür er fast den ganzen Tag brauchte. Hin und her lief er mit einem kleinen Plastikeimer, und als er endlich fertig war, brach die Dunkelheit herein. Nicht, dass er Licht gebraucht hätte, um zu sehen, was er längst wusste. Der Motor war nicht mehr zu reparieren.

Im Maschinenraum gab es nichts, was ihm hätte helfen können. Die Komponenten des Windrads waren versiegelte Module und damit laut den Plakaten leichter auszutauschen. Was aber auch bedeutete, dass der Junge keine Ahnung hatte, wie sie funktionierten.

Er saß am Tisch und faltete die Hände. Der Wind rüttelte an den Wänden des Maschinenraums. Er war endlos weit von der Plattform entfernt. Endlos weit von überall. Mit einem nicht zu reparierenden Boot an ein Windrad gefesselt. Genau wie sein Vater.

Nur dass das, was der Junge getan hatte, schlimmer war.

Der Wind schlug und stöhnte. Manchmal klang es wie Schritte unten im Turm, manchmal wie das Knarzen von Stiefeln auf dem Deck des Bootes.

Er holte die Matte und das Bettzeug aus der Kabine, sammelte die paar Werkzeuge ein, die er im Motorraum zurückgelassen hatte, holte die Kisten aus dem Laderaum und brachte alles mit dem winzigen Wartungsaufzug nach oben in den Turm.

Die Matte legte er in einer Ecke des inneren Raumes aus, die Kisten packte er vor die hintere Wand. Die Vorräte würden monatelang reichten. Der Inhalt der Konserven war in Ordnung, aber die Feuchtigkeit im Laderaum hatte fast alle Etiketten gelöst und sie in einen braunen Brei unten in den Kisten verwandelt.

Die Dosen waren so lange auf dem Boot gewesen, dass

ihre Ränder mit einer Rostrinde bedeckt waren. Das Bettzeug war voller hellbrauner Flecken von der Feuchtigkeit, und als er die Matte ausrollte, bröselten am Rand Schaumstoffstücke ab und blieben an den feuchten Händen des Jungen kleben.

Er aß etwas, das sich beim Schütteln wie Obst anhörte, aber den bitteren Geschmack von geschmolzenem Plastik hatte. Etwas, das wie Plastik klapperte, aber ekelhaft süß war.

Stundenlang saß er auf den zellophanverpackten Stühlen und stellte fest, dass ein Tag, wenn er zu lange so dasaß, verstreichen konnte, ohne dass es ihm wirklich bewusst wurde.

An manchen Tagen fuhr er nach unten, um nach dem Boot zu sehen. Überprüfte die Vertäuung, inspizierte die Außenhülle und maß ab, wie viel Wasser über Nacht hineingesickert war.

An anderen Tagen blieb er im Maschinenraum, las jeden der identischen Prospekte und trank einen Becher Kaffee nach dem anderen.

Immer wenn er das Logo auf den Bechern betrachtete, begann er eine Melodie zu summen. Er versuchte sie genauer zu fassen zu bekommen, doch sowie er sich darauf konzentrierte, verflüchtigte sie sich. Es versuchte, mit dem Summen aufzuhören, aber ehe er sich dessen bewusst wurde, war sie wieder da, die Melodie.

Das Boot schaukelte mit Schlagseite auf dem Wasser und wurde vom Regen gesäubert. Es sah fast so aus wie an dem Abend, als er es gefunden hatte. Der gleiche kaputte Motor, die gleichen auf Deck verstreuten Dinge. Er dachte an die

Werkzeuge seines Vaters, die er um den Motor herum gefunden hatte, und an das durchgebrannte Schaltfeld des Transformators. Bis zuletzt hatte sein Vater versucht, das Boot wieder in Gang zu bekommen.

Einen Moment lang fragte er sich, was sie einmal von *ihm* finden würden. Nichts, bis auf ein verkrumpeltes Bett oben im Turm, ein paar leere Dosen und einen Haufen Pappbecher.

Er räumte das Deck auf, ging in den Motorraum und sammelte die Werkzeuge seines Vaters zusammen, kletterte auf den Fuß des Windrads, saß da und blickte aufs Meer hinaus. Hielt Ausschau nach allem, was vorbeitreiben mochte, allem, was er gebrauchen könnte. Allem.

Der Wasser wölbte und kräuselte sich, und ein Schatten bewegte sich darüber, als wäre da jemand hinter ihm. Er drehte sich nicht um. Nach einer Weile spürte er, wie die schmale Plattform ein wenig nachgab, als hätte jemand sein Gewicht verlagert.

Er saß schon so lange da und starrte aufs Wasser hinaus, dass er es fast nicht merkte, als er tatsächlich etwas sah. Erst erschien es ihm wie ein langer Pfahl, aber als es näher kam, sah er, dass ein Ende breit und flach war. Es war ein Paddel, halb vom Meerwasser aufgefressen, aber dennoch ein Paddel.

Er lief zurück aufs Boot, holte die Abschleppleine, kletterte zurück auf die Stelzenkonstruktion und ließ den Blick über das Wasser schweifen. Er wartete, bis das Paddel so nahe war, wie es dem Windrad kommen würde, und warf den Haken. Er traf den Griff, aber da war nichts, woran er Halt finden konnte, und so rutschte er einfach herunter. Der Junge holte die Leine ein und versuchte es noch einmal, wieder mit dem gleichen Ergebnis.

Einen Moment lang stand er da und sah das Paddel weitertreiben, doch dann zog er die Stiefel aus, knotete das eine Ende der Leine an das Geländer, das andere um seine Hüfte und sprang ins Wasser.

Er schwamm, so schnell er konnte, aber die Strömung war stark und das Paddel wurde schnell davongetragen. Noch drei Züge. Es war fast in Reichweite. Dann spannte sich die Leine und hielt ihn zurück. Er zog an ihr und streckte den Arm noch einmal aus, doch das Paddel war Meter entfernt. Er zerrte an der Leine und spürte, wie der Knoten nachgab. Er erstarrte. Die Strömung griff nach seinen Beinen und versuchte, ihn weiterzuziehen. Langsam und vorsichtig, bereits zitternd, umfasste er die Leine und zog sich zurück zum Turm.

Jeden Abend kletterte er zur Dachluke hinauf und sah hinaus, suchte nach Licht oder einem Anzeichen von irgendwas. Stundenlang stand er da, geschützt vom Deckel der Luke, und hielt einen Kaffee gegen die Kälte in der Hand.

Manchmal glaubte er einen Schimmer zu erkennen, doch es war nur das Licht aus dem Maschinenraum, das sich in der Tränenflüssigkeit spiegelte, die ihm der Wind in die Augen trieb.

Dann, einmal, sah er etwas, gerade als er wieder hineingehen wollte, ein winziges Licht, das sich weit draußen langsam über das Meer bewegte. Sein Herz begann wild zu schlagen. Er winkte mit beiden Armen und schrie, bis ihm die Stimme versagte. Aber die Dunkelheit drängte herein, und der Wind trug jedes Geräusch davon.

So stand er da, die Hände auf dem Lukenrand, und während sich die Kälte des Metalls in ihn hineinfraß, erinnerte er sich daran, was es mit dem Licht auf sich hatte. Sein Vater hatte es ihm einmal erklärt, vor langer Zeit. Er hatte den Jungen an ein winziges Fenster gehoben, der Junge hatte die Hände auf die metallene Fensterbank gelegt, und gemeinsam hatten sie ein durch die Dunkelheit wanderndes Licht verfolgt. Es war ein Frachtschiff, ein Schiff so groß wie eine Stadt, das Unmengen von Vorräten um die Welt trug. Sein Vater hatte aus dem Fenster gezeigt und ihm erklärt, dass sie früher in großen Konvois gefahren und die Häfen das ganze Jahr über voll von ihnen gewesen waren. Heute gab es kaum mehr welche, vielleicht noch ein oder zwei im Jahr, die entlang der Schifffahrtsrouten unterwegs waren. Wie die letzten Exemplare einer Art, die nach wie vor ihren alten Wanderrouten folgten.

Der Junge entfernte eines der Lichter von der Wand im Maschinenraum, verlängerte das Kabel und stellte sich damit in die Dachluke. Hielt es hoch in die Dunkelheit. Abend für Abend stand er dort, sah das vorbeiziehende Licht aber nicht wieder.

Er las jede einzelne technische Anleitung im Maschinenraum. Zwar waren ihm die einzelnen Module und Systeme nicht vertraut, aber wenn er die richtigen Teile daraus entfernte, konnte er vielleicht, so seine Überlegung, einen ganz neuen Motor für das Boot bauen.

Er blieb drei Tage wach, trank Kaffee und machte Pläne, notierte sich wichtige Zahlen, rechnete und legte auf den Rückseiten der Plakate Skizzen an. Erst als er fast fertig war, wurde ihm bewusst, dass er den Maßstab der Originalzeichnungen nicht geprüft hatte. Die Komponenten aus den Handbüchern waren nur ein paar Zentimeter groß.

Er baute den Motor trotzdem, verband ihn mit dem Hauptstromkreis und sah zu, wie er langsam verglühte und einen kleinen schwarzen Fleck auf dem Tisch zurückließ.

Er stellte fest: Wenn er drei Kaffee trank, begannen seine Hände zu zittern. Trank er vier, zuckten seine Lider. Nach dem fünften wurde alles wieder normal.

Er nahm das Schaltfeld des Windrads auseinander und baute es wieder zusammen. Durch den modulartigen Aufbau ging das sehr schnell. Also nahm er eines der Module heraus, brach es auf und verteilte den Inhalt auf dem Tisch.

Aus dem anderen Raum hörte er das Heulen der Blattkontrollen, das klang, als würde jemand eine Verkleidung öffnen, dazu das stetige Klicken des Kühlgenerators, das auch die einzelnen, auf dem Boden verteilten Maschinenteile sein konnten.

Er brauchte den ganzen Tag, um das Modul wieder zusammenzusetzen, aber als er es wieder einbaute, funktionierte es nicht mehr.

Der Boden des Maschinenraums lag voller kaputter, ausgebauter Teile. Der Junge saß zwischen ihnen, einen Becher Kaffee rechts von sich, einen Haufen leerer Dosen links. Er nahm eine der Dosen und legte sie vor sich hin, griff zu seinem Messer und schnitt einen Schlitz in ihre Seite.

Er schnitt langsam und sorgfältig und bearbeitete jedes

Stück, bis er einen Fuß und eine Art Turm hatte. Er verband beides miteinander, nahm den Rest der Dose und schnitt drei lange, gebogene Formen heraus.

Er gab sich große Mühe, die Kanten so weich wie möglich zu machen. Als sie fertig waren, verdrehte er die Enden zu einer schmalen Spindel.

Die drückte er in ein Loch seines Turms, hielt das Windrad in die Höhe und blies. Die Rotorblätter drehten sich. Ihre Kanten waren scharf und funkelten im Licht.

Er stand auf, stellte das Windrad vorsichtig auf den Tisch und holte sich noch einen Kaffee. Auf dem Weg zum Automaten summte er den Beginn einer Melodie. Er versuchte sich an den Rest zu erinnern, doch der entzog sich ihm.

Wie sich herausstellte, konnte der Kaffeeautomat auch Wasser ausgeben, was der Junge herausfand, als seine Hand so sehr zitterte, dass er den falschen Knopf drückte.

Endlich kam der Schlaf. Ein tiefer, absoluter Schlaf, zäh wie Schmierfett, der alle Geräusche und Wahrnehmungen ausschloss.

Der Junge träumte nicht von Wellen. Er träumte, dass er sich in einen Tunnel hinabbewegte. Nein, keinen Tunnel, einen Flur, den Hauptflur der Plattform. Weiter vorn lag der Freizeitraum. Er ging bis zur Tür und blieb stehen. Alles war neu. Es gab Sofas und Bilder an der Wand, auf dem Pooltisch lagen zwei Queues, und alle Taschen waren intakt. Er drehte sich um und sah in den Konferenzraum. An der Wandhalterung hing ein großer Bildschirm, und um den Tisch herum standen Stühle. Er konnte den Wind außen an die Wände schlagen hören, begriff dann aber, dass es sein eigenes Herz war, das da sehr langsam und fern pochte. So langsam, dass er zwischen den einzelnen Schlägen jede Ebene der Plattform abschreiten konnte.

Alles funktionierte. Es gab keine Löcher in den Bodenplatten, keine Lecks, keine Rostflecken. Als er am Kontrollraum vorbeikam, sah er brandneue, sanft summende Computer.

Unten im Dock lag ein Boot. Es war sauber und frisch gestrichen. Der Junge ging an Bord, schaltete den Motor ein und fuhr hinaus.

Er fuhr durch den Park, passierte Reihe um Reihe, bis er in der Ferne das offene Meer erkennen konnte. Er drückte auf das Gas, und der Motor beschleunigte stumm. Und erst jetzt hörte er es, ein Tropfgeräusch, das von unten heraufdrang.

Er fuhr den Motor herunter, öffnete die Klappe und kletterte ins Dunkel hinunter. Ruhig stieg er über die Batterie und die Antriebswelle. Dann spürte er, wie es auf seine Schulter tropfte, und er hob den Blick: Da war ein Riss im Rumpf. Wieder tropfte es. Er griff hinauf und berührte den Riss, der sich weitete, aus dem Tropfen wurde ein Rinnen, ein stetiger Strom. Er hob beide Hände, versuchte, das Loch zu verstopfen, aber das Wasser floss weiter.

Innerhalb von Sekunden war er völlig durchnässt. Wasser in seinen Augen, in seinem Mund. Er senkte den Blick. Seine Werkzeugtasche stand auf der anderen Seite. Er nahm eine Hand vom Riss, und das Metall knarzte. Schnell legte er die Hand zurück und versuchte, die Tasche mit dem Fuß zu erreichen, aber sie war zu weit weg. Das Wasser war jetzt überall. Er spuckte es aus und wollte um Hilfe rufen, doch da sah er durch die Trübung des Wassers, dass dort jemand stand und durch die Klappe heruntersah.

Die Gestalt flackerte, verschwand in den kabbeligen Wellen und tauchte wieder auf. Gesicht und Ausdruck waren nicht zu erkennen, nur die Gestalt, der Umriss. Er war groß, stand sehr aufrecht und still. Stand da und sah hinunter.

Der Junge versuchte zu rufen, etwas zu sagen, doch da kam nur Geblubber, eine Art Gurgeln. Er hielt das Leck zu, blinzelte durch den spritzenden Strahl, während sich das Wasser ausbreitete und weiter anstieg.

Die Gestalt stand einfach da, hob die Hand und rieb sich am Kinn.

Als der Junge schließlich aufwachte, hatte er keine Ahnung, wie viele Tage er weg gewesen war. Und es war ihm egal, er konnte an nichts anderes als seinen pochenden Kopfschmerz denken, konnte nur zur Maschine wanken, den Knopf für Kaffee drücken und darauf warten, dass der Schmerz nachließ.

Er blies auf das blecherne Windrad, aber die Flügel verkeilten sich. Er versuchte, sie zu lösen, doch sie schlossen sich wie eine Hand, deren Finger die Luft fassen wollten.

Er setzte sich an den Tisch, umgeben von Windradteilen, leeren Dosen, Broschüren, Plakaten und benutzten Pappbechern.

Unter ihm klackte und brummte das Windnachführungssystem. Über ihm dröhnte der Wind gegen den Turm.

Einen Moment lang glaubte er Schritte zu hören, er setzte sich auf und lauschte. Aber während er lauschte, wurden sie leiser und verschwanden wie das Licht des Frachters, das hinter den Horizont geglitten war. Wie in dem kleinen Raum mit den orangen Stuhlreihen, als er etwas sagen wollte, rufen wollte, aber sein Vater hatte sich bereits umgedreht und war gegangen. Seine Schritte verhallten im Korridor.

Vielleicht verhielt es sich auch wie mit den Gebilden, die er aus dem Netz des alten Mannes geholt hatte, und die sich in Schlick und Schmutz auflösten und ihm die Arme herunterrannen. Die nie wirklich etwas gewesen waren. Die es nie wirklich gegeben hatte.

Die Melodie kam ihm wieder in den Kopf, blechern und monoton. Der Junge sah zu den Pappbechern hinunter, stand auf, sammelte einen Armvoll von ihnen ein und trug sie zur Dachluke.

Er warf den letzten Becher von der Spitze des Turms. Der Becher verschwand, und dann kamen sie, einer nach dem anderen, mit einem Aufwind wieder hoch und verteilten sich am Himmel. Er beobachtete einen Moment, wie sie davontrieben, dann schloss er die Luke und stieg zurück in den Maschinenraum.

Fisch

Der Junge hob die Dose und hielt sie ins Licht. Sie war genau wie alle anderen, nur dass unten am Rand noch ein kleines Stück Etikett hing. Etwas Winziges stand darauf geschrieben, das er nicht entziffern konnte, daneben das verblichene Bild eines Fischs. Er stellte die Dose auf den Tisch vor sich und lehnte sich zurück.

Der Zellophanüberzug seines Stuhls knarzte. Es war ein knirschendes Greinen, die glänzenden Oberflächen um ihn herum knirschten, aber er bewegte sich nicht, stand nicht auf. Er hatte aufgehört, rauszugehen. Er hatte aufgehört, das Wasser nach vorbeitreibenden Dingen abzusuchen. Nach Lichtern. Er sah nicht mehr nach dem Boot unten. Lange schon hatte er nichts anderes mehr getan, als den Horizont anzustarren, seine lange ununterbrochene Linie. Die offene Weite machte ihn fast schwindlig. Es gab nichts, was den Blick anzog, nichts, um Halt zu finden, nur die vorbeiwandernden Wolken und die dahinziehenden Strömungen. Alles da draußen bewegte sich von ihm weg. Sobald er zu erkennen versuchte, was die Wolken machten, verschoben sie sich und änderten die Form. Die Strömungen wechselten und zogen sich zurück. Es gab nur den Horizont. So lang stand er da und starrte ihn an, dass seine Augen zu schmerzen begannen und die dünne, endlose Linie auftauchte, wohin er auch blickte. Also sah er nicht mehr hin.

Er studierte das winzige Bild des Fisches. In den letzten neun Dosen, aus denen er gegessen hatte, war exakt das Gleiche gewesen, eine Art blasses Gelee mit darin verteilten Stücken einer schaumigen Substanz. Er hatte keine Ahnung, was es war oder wonach es tatsächlich schmeckte.

Er versuchte es mit Dosen aus anderen Kisten, Dosen, die anders klangen, mit anderem Gewicht. Aber immer, wenn er eine öffnete, erwartete ihn darin das blasse Gelee mit den schaumigen Stücken.

Er nahm den Dosenöffner und drückte ihn in den Deckel der Dose. Es war kein Gelee, aber dennoch nichts, was er hätte identifizieren können. Der Junge fuhr mit dem Ende des Dosenöffners hinein und nahm einen vorsichtigen Mundvoll. Er dachte nicht, dass es wie Fisch schmeckte, aber er konnte sich auch nicht erinnern, wie Fisch schmeckte. Vielleicht war in all diesen Dosen Fisch, vielleicht hatte er das die ganze Zeit über gegessen.

Er dachte an die Tage, die Jahre, die er damit verbracht hatte, seine Schnur auszubringen. Nicht einen einzigen Fisch hatte er gefangen. Nicht mal einen gesehen. Trotzdem war er jeden Tag zu den Stützen der Plattform gestiegen und hatte nach seiner Schnur gesehen. Warum? Er musste geglaubt haben, dass er irgendwann etwas fangen würde. Wie nannte man das Gefühl noch? Er erinnerte sich nicht.

Es war das erste Mal, dass sich das Versorgungsschiff verspätete. Da hatte er angefangen.

Die Vorräte waren immer weiter geschrumpft. Tage vergingen, und kein Anzeichen des Schiffs auf den Bildschirmen.

Der alte Mann hatte ihm gesagt, er solle sich keine Sorgen

machen. »Weißt du, wie viele Stufen es in der Versorgungskette gibt?«, sagte er. »Weißt du, welche Strecke eine Dose zurücklegen muss, bis sie hier bei uns ankommt?« Er lag auf dem Sofa im Freizeitraum und warf Billardkugeln in einen leeren Krug auf dem Tisch vor sich, verfehlte ihn aber immer wieder, und die Kugeln landeten mit einem harten Klacken auf dem Tisch und hinterließen winzige Dellen in der Beschichtung. »Überleg mal.« *Klack.* »Das Essen wird in den Fässern gezogen, muss dann durchs Innere in die Verarbeitung und ...«, *klack*, »an die Küste, um abgefüllt zu werden. Die Dosen werden geprüft«, *klack*, »gehen ins Distributionszentrum und werden verschifft.« *Klack.* »Und an jeder Station wandert alles durch die Hände von jemandem wie dem Dicken, der oder die einen Anteil will.«

Eine Kugel traf den Krug seitlich, worauf er ins Taumeln geriet, sich drehte und immer weiter ausschlug, bis er umkippte und vom Tisch rollte. »Die zählt«, sagte der alte Mann und lehnte sich aufs Sofa zurück. »Wir sollten also froh sein«, sagte er, »dass hier überhaupt noch was ankommt.«

»Ja«, hatte der Junge gesagt, war losgegangen und hatte ein paar alte, verbogene Schrauben zusammengesucht, sie an eine Schnur geknotet und zu fischen begonnen.

Es waren immer noch fast hundert Dosen übrig. Irgendwo musste es doch eine geben, die nach etwas schmeckte. Der Junge griff in die Kiste, fischte eine heraus, öffnete sie, probierte und stellte sie neben die andere auf den Tisch. Nahm noch eine und wiederholte das Ganze.

Bald standen sechs Dosen auf dem Tisch. Er hatte sich nicht mal dazu bringen können zu probieren, was in den letzten war. Er lehnte sich zurück, das Plastik knirschte wieder, lauter jetzt, und er versuchte, sich nicht weiter zu bewegen. Er hatte gerade das Essen von sechs Tagen verschwendet. Damit würde er sechs Tage weniger hier aushalten können.

Er beugte sich vor und öffnete noch eine Dose. Konnte er ebenso gut eine volle Woche daraus machen. Er könnte gleich alle Dosen öffnen. Könnte die Kisten nehmen und oben aus der Luke werfen. Damit wäre wenigstens alles geklärt.

Was, wenn das Versorgungsschiff nicht kam? Das hatte der Junge wissen wollen. Sie hatten nur noch eine Kiste Konserven, und Nachschub war nicht in Sicht. Jeden Tag checkte er die Bildschirme, ob jemand kam. Er gab die Verspätung in das System ein, bekam aber nur eine automatisierte Antwort, die ihm für seine Eingabe dankte.

Was, wenn das Schiff gesunken war? Was, wenn ihre Vorräte aus Versehen an jemand anderen geliefert worden waren? Was, wenn das System einen Fehler machte und man sie vergessen hatte? Was würde passieren …?

»Was denkst du, was passieren wird?«, war alles, was der alte Mann sagte.

Also versuchte der Junge, über Rationierung zu reden. Wenn sie täglich nur eine halbe Dose aßen, verschaffte ihnen das ein paar zusätzliche Wochen. Bei einem Drittel war es über ein Monat.

Am Ende war der alte Mann so genervt, dass er in die Kantine ging, sämtliche Dosen aus der Kiste nahm und sie zwischen ihnen aufteilte. »So«, sagte er. »Mach mit deinen verdammt noch mal, was du willst.«

Ein paar Tage später überraschte ihn der Junge dabei, wie

er einen Riss in einem der Lüftungskanäle mit einer Dose Gemüse verklebte. »Habe den Kitt nicht finden können«, war alles, was der alte Mann sagte.

Ein dumpfer Schmerz meldete sich in seinem Kopf und drückte vorn gegen den Schädel. Er schloss die Augen und rieb sich die Schläfen. Er brauchte einen Kaffee. Hätte es im Maschinenraum eine Uhr gegeben, hätte er sie nach der Regelmäßigkeit seiner Kopfschmerzen stellen können.

Er stand auf und ging hinüber zur Maschine. Stellte einen Becher in die Ausgabe und drückte den Knopf. Die Maschine gurgelte, zischte und gab eine leicht verfärbte Flüssigkeit von sich, wie Wasser aus einer rostigen Leitung. Der Junge nahm den Becher, roch daran, stellte ihn auf den Boden und nahm einen neuen. Das Gleiche. Er schlug seitlich gegen den Kasten und stach mit dem Finger auf den Knopf ein. Ein kleines rotes Licht ging an. Der Junge stand lange vor der Maschine und sah sie an, dann verließ er das Zimmer.

Er ging zur Dachluke und kletterte hinaus. Die Luft war seltsam schwül, wie angedickt. Klumpig und stumpf wie alte Matratzen waren die Wolken über ihm. Es war nicht warm, er konnte sich nicht mal erinnern, wie sich warme Luft anfühlte, aber ihre Schwere, ihre Trägheit ließ sie fast warm wirken. Selbst der Wind schien schwerer, ganz so, als legte er sich um die Windräder und dämpfte das Geräusch der Rotoren.

Hinter ihm beschrieb eines der Rotorblätter einen enormen Bogen, hob sich steil in die Höhe und begann langsam wieder zu sinken. Der Junge kletterte auf das Dach des Maschinenraums, hielt sich an der Luke fest und schob die Füße an den Rand vor. So stand er da und schwankte im Wind. Die

Rotorblätter hinter ihm hoben und senkten sich. Er setzte sich, zog die Knie an die Brust und legte den Kopf auf die Arme.

Jeden Tag hatte er die Satellitenkarte studiert und stundenlang auf den Bildschirm gestarrt, um das Versorgungsschiff mit bloßer Willenskraft herbeizurufen. Er saß im Kontrollraum und blinzelte sich wach. Er wusste, er sollte aufstehen und etwas anderes tun, aber wann immer er das dachte, flackerte der Monitor vor ihm, und er beugte sich vor und war sicher, eine Bewegung gesehen zu haben. Dann senkte sich sein Kopf, und er blinzelte sich ein weiteres Mal wach. Er aß pro Tag kaum noch eine Vierteldose.

Der alte Mann schien immer noch zu denken, dass alles in Ordnung war. Verschwendete weiterhin Essen und ließ halb geleerte Dosen in der Kantine stehen, bis sich der Inhalt dunkel verfärbte und verkrustete und der Junge sie nur noch wegwerfen konnte. Er hatte sich sogar den Scherz erlaubt, dem Jungen eine Dose an seine Schnur zu hängen. Der hatte sie gleich eingeholt, als er das Gewicht spürte, dann aber gesehen, was er da gefangen hatte, und die Dose kommentarlos zu den anderen des alten Mannes zurückgestellt.

Der alte Mann fing an, um ihr verbliebenes Essen zu spielen. Er wettete eine Dose darauf, mit dem abgebrochenen Queue jede einzelne Kugel auf dem Tisch einlochen zu können. Oder dass er den Löschschlauch schneller aus- und wieder einrollen könne als der Junge. Es war immer etwas Albernes, und wenn sich der Junge auf die Wette einließ, gewann er sie in aller Regel.

Als die Verbindung zum zentralen System ausfiel, wettete der alte Mann drei Dosen, dass der Junge es nicht schaffte, es wieder in Ordnung zu bringen, bevor das Versorgungsschiff kam. Das Signal kam auf der Plattform an, also musste es mit der Verkabelung zusammenhängen. Der Junge wollte nicht wetten, aber ohne Zugang zum System konnte er die Satellitenkarte nicht checken. Was ihm jede Möglichkeit nahm, zu sehen, ob das Versorgungsschiff endlich kam.

Am Ende dauerte es sieben Tage. Eine Woche, in der er Bodenplatten löste, Verbindungen testete und den Kabeln durch die Innereien der Plattform folgte. Wie sich herausstellte, war eines der Kabel gerissen. Es war ein klarer Bruch, der sich leicht mit einer Klemme reparieren ließ. Aber es war seltsam, dass die Verbindung auf diese Weise unterbrochen war. Der Junge hatte so etwas noch nicht erlebt. Jedenfalls nahm er die Dosen vom alten Mann, dem das nichts auszumachen schien.

Es hatte etwas Merkwürdiges, die Haut seines Gesichts auf der Haut seiner Arme zu spüren. Er hatte kein Bild von sich, konnte seine Person nicht von der Schwere der Luft trennen. Seine Müdigkeit war so tief, dass der Junge sein Gehirn knirschen hörte wie das Plastik, in dem die Stühle eingepackt waren. Seine Hände und Arme fühlten sich weit weg an, obwohl er die Dosen an seinen Fingern riechen konnte und die Einbuchtung in der Handfläche spürte, die vom Druck auf den Griff des Dosenöffners stammen musste.

Er versuchte, seine Augen zu öffnen, doch sie waren zu schwer, um sie ganz aufzubekommen, und so ließ er sie halb geschlossen. Die Rotorblätter hoben und senkten sich hinter ihm. Sie klangen sehr weit weg.

Als das Versorgungsschiff schließlich kam, hatte der Junge so viele Wetten gewonnen, dass sein Schrank immer noch voller Dosen war und er wieder eine ganze pro Tag aß.

Das hatte er ganz vergessen. Er hatte nur seine Erleichterung darüber, dass das Schiff schließlich kam und sein Symbol über die Karte blinkte, in Erinnerung behalten. Aber wie leicht er die Dosen gewonnen hatte, das hatte er vergessen. Und auch das Kabel, und wie klar es zertrennt gewesen war, als hätte es jemand mit einem Messer zerschnitten.

Und noch etwas hatte er vergessen: Nachdem der Schiffsführer wieder gefahren war, kam er in die Kantine und sah den alten Mann eine Dose Protein in sich hineinschaufeln. Mit geschlossenen Augen lehnte er über der Arbeitsfläche und wartete darauf, dass seine Magenkrämpfe nachließen.

Der Junge setzte sich auf. Er dachte an das Kabel, und wie sauber zerschnitten es gewesen war. Absolut glatt und gerade, so wie die Seiten der Türme, wie das Wasser. Er rieb sich die Augen. Da war eine Linie im Wasser. Ein paar Reihen weiter nördlich. Während er hinsah, ruckte sie, wand sich und schien näher zu kommen. Er schloss die Augen und öffnete sie wieder.

»Wer hat das Meer entzweigeschnitten«, sagte er. Seine eigene Stimme überraschte ihn.

Etwas war anders mit dem Wasser. Es lag nicht einfach an seinen Augen. Er stand schnell auf, zu schnell, wankte und hielt sich am Deckel der Luke fest. Sein Herz schlug ihm bis zum Hals. Da, ein paar Reihen weiter nördlich, verlief eine Linie, die sich von Osten nach Westen erstreckte und das ganze Meer teilte. Südlich davon war das Wasser trüb grau wie immer, aber im Norden sah es anders aus. Er verfolgte, wie sich die Linie weiter voranbewegte, bis sie auch sein Windrad passierte und das klarste Wasser mit sich brachte, das er je gesehen hatte. Es war so klar, dass er sogar oben von seinem Windrad aus bis auf den Meeresgrund sehen konnte. Er sah das Fundament der Stützen, die Unterwasserkabel und dann auch zahllose dahintreibende Umrisse.

Es sah aus wie Plastiktüten, eine ganze Containerladung Plastiktüten. Sie hatten alle dieselbe Farbe und hoben und senkten sich auf die gleiche typische Weise wie Plastiktüten. Aber sie waren von unterschiedlicher Größe, und als er genauer hinsah, konnte der Junge erkennen, dass sie gemeinsam die Richtung hielten, ein Schwarm, und im Vorbeitreiben an keinem der Windräder hängen blieben. Sie ließen das Wasser dicht aussehen, fast wie das Gelee in den Dosen. Es waren so viele, sie waren überall, so weit er sehen konnte.

Er rannte zum Aufzug, fuhr den Turm hinab und lief nach draußen ans Geländer, lehnte sich vor und sah in das merkwürdig klare Wasser. Erst war noch nichts zu erkennen, nur wie das trübe Licht bis auf den Meeresboden hinunter zu schimmern schien. Etwas Plastik trieb vorbei, ein orangefarbenes Netz. Er wartete. Immer noch nichts. Dann noch ein Fetzen Plastik. Er drehte sich um und dachte, dass er sich verrechnet haben und alles verpasst haben musste, doch da kamen sie.

Riesige durchsichtige Kugeln, wie Planeten, mit blassen Stängeln, Füßen oder so, die aus ihnen heraushingen. Er konnte ihre Adern sehen, lila Ringe, die nach unten reichten, als hätte jemand Farbe vergossen. Man sah die gesamten Innereien, die seltsamen lila und orangefarbenen Drähte, ihre

Schaltkreise, das gesamte System, das für diese mächtigen, stumm dahintreibenden Körper viel zu zart schien. Erst kamen sie einzeln, dann waren es zehn und mehr, dann Hunderte, die dicht gedrängt wie Öltropfen durch das Wasser zogen. Am Ende hatte es den Anschein, dass das Wasser fast nur noch aus ihnen bestand. Sie pulsierten wie Herzen, während sie sich langsam mit der Strömung voranbewegten.

Eine traf gegen den Rumpf des Bootes. Der Junge hastete die Leiter hinunter, nahm einen Eimer und knotete eine der Leinen los, mit denen er die zusammengerollte Plane festgezurrt hatte. Er schlang sie unter dem Griff des Eimers durch und lief zur Reling, aber die Kugel beim Boot war nicht mehr da. Sie musste abgesunken und unter dem Kiel mit den anderen weitergeschwommen sein.

Der Junge sah zu, wie sie vorbeitrieben. Es war verblüffend, wie leicht sie sich bewegten, die Strömung nutzten, pulsierten und sich neigten, als würden sie von einer Unterwasserbrise angetrieben.

Wieder kam eine näher, und er wollte schon den Eimer ins Wasser werfen, hielt jedoch inne. Aus dem Augenwinkel sah er die lose Plane auf dem Deck flattern. Er senkte den Arm und sah zu, wie sich die Plane aufblähte und wieder in sich zusammensackte. Wandte sich erneut den Wesen im Wasser zu, ihren an- und abschwellenden dahintreibenden Körpern. Ging zur Plane, hob eine Ecke an und spürte den Zug des Windes.

Westliche Winde

Alles lag auf Deck ausgebreitet. Stangen, Seile, Werkzeuge und die Plane. Der Junge stand bei der Kabine und betrachtete die Dinge. Er ging zur Plane, hob eine Seite an und breitete sie aus. Sofort fing sich der Wind darunter, sie flatterte, bockte, wurde ihm unversehens von einer Böe aus der Hand gerissen und fast über Bord geweht. Er packte sie, faltete sie sorgfältig zusammen, legte die Stangen darüber, um sie zu beschweren, und ging zurück zur Kabine.

Die Plane musste an den Ecken festgebunden werden, damit sich der Wind darin fangen konnte. Sie hatte verstärkte Ösen entlang zweier Ränder. Wenn er die Leinen durch sie fädelte, konnte er sie zusammenziehen oder weiter öffnen, um ihre Fläche zu verändern. Er brauchte nur eine Art Rahmen, um das Ganze aufzuspannen und ihm Halt zu geben.

Er nahm eine der Stangen. Sie schienen stabil genug.

Er würde sie an der Kabine befestigen müssen. Von dort konnte die Plane nach vorne gespannt werden, indem er die Leinen an die Reling knotete. So konnte er am Steuer stehen und war schnell draußen, wenn die Plane justiert werden musste.

Das war die Theorie. Alles ganz einfach. Wenn er es so hinbekam.

Er sah auf die Rotorblätter, die sich über seinem Kopf

drehten, und schien zum ersten Mal die Luftströmungen wahrzunehmen, die sie antrieben.

Er setzte sich auf den mächtigen Stützen auf und nutzte den oberen Rand, um eine Seite des Motorengehäuses zurechtzubiegen. Er hatte nur genug Leine, um die Plane oben an die Pfosten zu binden und von dort aus durch die Ösen mit der Reling zu verknoten. Deshalb brauchte er Klammern, mit denen er die Pfosten an der Kabine festmachen konnte. Er drückte einen Teil des Metalls hinunter, bis er spürte, wie es das Ende seiner Flexibilität erreichte und ein paar Millimeter nachgab, hob es an und inspizierte sein Werk.

Zuvor hatte er unten im Maschinenraum bereits das auseinandergenommen, was vom Motor noch übrig war. Er hatte die Batterien und die schwersten Teile entlang des Kiels befestigt und das Boot so wieder ins Gleichgewicht gebracht. Die Hauptteile des Motors hatte er in einer alten Kiste gesammelt und nur das Gehäuse, und was es an Befestigungen gab, mit nach oben genommen.

So weit war es gekommen. All die Jahre hatte er gelernt, schwierige technische und mechanische Probleme zu lösen, und alles, was er jetzt brauchte, waren Metallplatten, Muttern, Bolzen und Schrauben. Wie oft hatte er die Antriebswelle gesäubert und geschmiert, und jetzt benutzte er sie als provisorischen Hammer, um Führungslöcher in die Wände der Kabine zu stanzen.

All die Jahre, die sein Vater damit zugebracht hatte, den Motor umzubauen und zusätzliche Batterien zu installieren, und am Ende war es genau das gewesen, was ihm die Flucht verwehrt hatte.

Er blickte zum Rand des Parks hinüber und zurück zu den Windrädern. Das Wasser gurgelte rastlos. Wellen platzten auf und trieben in alle Richtungen, die Kämme dunkel und zackig.

Eine erhob sich, schlug gegen den Sockel des Turms und löste sich gleich wieder. Er drückte mit aller Kraft auf das Metall und spürte, wie es noch ein Stück nachgab.

Der Junge zog an der Leine, und die Plane hob und senkte sich. Er rüttelte am Rahmen. Alles wirkte sicher. Es hatte Tage gedauert, das so hinzubekommen. Er hatte alle möglichen Positionen für die Stangen ausprobiert, sie befestigt, losgemacht und neu befestigt, um so viel Stabilität wie möglich zu erzielen. Hatte dafür gesorgt, dass die Leinen reichten und die Plane genug Raum hatte, sich ganz auszubreiten. Aber jetzt war endlich alles fertig.

Er hatte alle Vorräte auf das Boot geschafft, den Regenkollektor und das Rinnensystem repariert und den Wasserfilter aus dem Kaffeeautomaten im Laderaum installiert. Auch die Matratze hatte er aus dem Turm wieder heruntergeholt und sich in der Kabine ein Bett gebaut.

Er testete die Leinen ein letztes Mal. Der Wind blies stark und stetig aus Westen. Wenn er jetzt losfuhr, trieb er ihn direkt aus dem Park. Er ging vor zum Bug und blickte hinter die letzten Reihen. Vorräte hatte er genug. Er konnte das Boot losmachen, über den Horizont hinausfahren und würde den Windpark nie wiedersehen. Er versuchte, es sich vorzustellen. Keine Windräder, keine wogenden Felder, nur Wasser, überall um ihn herum. Keine zusammenbrechenden Systeme, keine verspäteten Versorgungslieferungen. Kein Instandhalten von Maschinen, bis sie zerbröselten und endgültig den Geist aufgaben.

Er hatte keine Vorstellung davon, was sich dort draußen befand. Selbst die Karte seines Vaters zeigte nichts jenseits von Nordsee und Festland. Aber es gab Wind und Strömungen, und das alles musste irgendwohin führen.

Er blickte aufs offene Meer hinaus. Seine Hand lag auf der Festmacherleine. Er spürte jede einzelne ihrer Fasern auf seiner Haut.

Der Wind blies stetig. Er sollte jetzt losfahren. Die Strömungen verliefen in der richtigen Richtung, und es würde noch Stunden hell sein. Er hätte längst ablegen sollen.

Der Wind kam so klar, dass er spürte, wie sich jedes seiner Haare hob. Langsam schob er die Hand über die Leine.

Aber er legte nicht ab. Er sah zur Kabine hinüber, auf die Lücke, wo die Ladeanzeige gewesen war, und versuchte sich an die Nacht des Sturms zu erinnern. Er hatte sich so lange gezwungen, nicht daran zurückzudenken, dass die Erinnerung zu etwas Hartem, Dunklem tief in seinem Bewusstsein geworden war. Ein Astknoten in einem Stück Treibholz.

Seine Brust schnürte sich zusammen, als er an die Wellen dachte, das Geräusch des Windes und das Gesicht des alten Mannes, der den Gurt gepackt hielt. Was, wenn …? Der Junge schüttelte den Kopf. Wie groß war die Wahrscheinlichkeit, dass das Wartungsboot den Sturm überstanden hatte und die Batterie noch genug geladen war, um damit zur Plattform zurückzukehren? Fast gleich null. Er atmete langsam aus. Fast gleich null.

Der alte Mann würde sagen, dass er losmachen sollte. Er würde sagen, dass dem Jungen keine andere Möglichkeit blieb. Dass es nichts gab, zu dem er zurückkehren konnte. Dass er mit dem Wind im Rücken losfahren sollte, und wenn er die verdammte, idiotische Vorstellung im Kopf hätte, in die andere Richtung zu wollen, müsse er gegen den Wind segeln, was praktisch unmöglich sei. Es könnte Wochen dauern, bis der Wind sich drehte. Und all die Zeit würde er nur warten, seine Vorräte aufbrauchen und riskieren, in einen weiteren Sturm zu geraten. Jeder Tag, den er hier bleiben würde, vermindere seine Chancen. Der alte Mann würde sagen, dass der Junge diese Chance kein zweites Mal bekäme.

Der Junge prüfte die Leine ein weiteres Mal. Sie war stark und elastisch. Der Wind drückte ihm in den Rücken und trieb die Oberfläche des Wassers dem Horizont zu.

Wieder dachte er an die Verspätung des Versorgungsschiffes und die Wetten des alten Mannes, mit denen er ihn die Dosen hatte gewinnen lassen. Er dachte an das Kabel, das der alte Mann durchgeschnitten hatte, und wie er für den Jungen immer die verzwicktesten Jobs gefunden hatte, um ihm die Zeit zu vertreiben. Wie er Witze gemacht, ihn drangsaliert und ihm gut zugeredet hatte, wenn er niedergeschlagen war. Wie er ihn gezwungen hatte, mit ihm zu wetten, Billard zu spielen oder einen weiten Umweg durch die Felder zu machen, um nach seinen Netzen zu sehen. Wie er in dem langen Winter, als der Junge die Düsternis im Park nicht mehr ertrug, die Leuchtfeuer entzündet hatte. Wie er den Jungen in jenen ersten Jahren so hart rangenommen und erschöpft hatte, dass er nachts nicht wach liegen und grübeln konnte. Wie er ihn die Wartungslisten hatte entziffern lassen, ihm die schwierigsten Reparaturen aufgetragen und auf der Plattform so eine Schweinerei veranstaltet hatte, dass ständig geputzt und aufgeräumt werden musste. Der alte Mann hatte dafür gesorgt, dass der Junge sich auf den Job konzentrierte, und ihn so in Schwung gehalten.

Er dachte daran, wie ihm der alte Mann, als er ins Dock gefallen war, gesagt hatte, er solle aufstehen. Steh jetzt auf, hatte er nur gesagt, und seine Stimme hatte dabei Funken geschlagen wie ein Feuerstein. Er hatte sich nicht bewegt, sich nicht zu ihm heruntergebeugt, um zu helfen. Denn wenn der Junge nicht von selbst aufgestanden wäre, dann wahrscheinlich nie wieder.

Auf dem Deck lag ein kurzes Stück Leine, das übrig geblieben war. Der Junge ging hinüber, hob es auf und begann es aufzudröseln. Es würde eine brauchbare Angelschnur abgeben, und eine Beschäftigung konnte er gebrauchen, während er darauf wartete, dass sich der Wind drehte.

Der Himmel war dunkel, aber es musste bald Morgen sein. In der Ferne wurde ein schwacher Lichtstreifen sichtbar, als würde dort langsam eine Schicht Farbe weggekratzt. Der Junge saß in einem der lederbezogenen Stühle, den er nach unten gebracht und auf Deck festgeschraubt hatte, direkt hinter dem Steuerruder. Er hatte sogar ein Stück aus dem Teppich oben herausgeschnitten und unter seine Matte in der Ecke der Kabine gelegt.

Er verbrachte jetzt einen Großteil seiner Zeit auf dem Boot, schlief auch dort und saß den Tag über im Windschatten des Turms. Das Wetter konnte sich plötzlich ändern, und er musste bereit sein.

Überall in der Kabine lagen Plakate, deren Rückseiten mit Zeichnungen und Diagrammen des Jungen gefüllt waren. Sie zeigten das Boot, die Plane, die Windwirkung. Er hatte die Plane Hunderte Male gehisst und gerefft, zusammengelegt und wieder aufgebaut. Er war davon überzeugt, zu wissen, wie alles funktionierte, auch wenn er das Boot kein einziges Mal vom Turm losgemacht hatte, um es zu testen. So nahe am Rand des Parks konnte er leicht aufs offene Meer hinausgetrieben werden.

Zwischendurch jedoch dachte er, dass er nicht länger warten konnte. Wenn er aufwachte und die gleichen Westwinde bliesen, wenn er sah, wie die Vorräte langsam schwanden. Aber er verdrängte derlei Gedanken, setzte sich auf seinen Stuhl und schnitt ein paar neue Haken für seine Angelschnur.

Er wartete und fand Wege, sich die Tage zu vertreiben. Er säuberte das Boot, überprüfte die Leinen, die Plane, saß bis spät in die Nacht da und fügte den Skizzen auf den Plakaten weitere hinzu. Er aß täglich nur eine halbe Dose.

Manchmal glaubte er, ein andersfarbiges Wolkenband am Horizont entlangziehen zu sehen. Manchmal sah es aus, als richteten die Windräder weit im Süden ihre Rotoren neu aus. Es gab Tage mit heftiger Dünung, die das Boot an seinen Leinen zerren ließ, und andere, an denen der Wind abflaute und die Rotorblätter kaum eine Runde pro Stunde beschrieben. Einmal war er oben im Turm, hörte die Windnachführungsmotoren und spürte, wie sich der Maschinenraum zu drehen begann. Er fuhr eiligst mit dem Aufzug nach unten und stieg ins Boot, doch das Windrad hatte sich nur um ein paar Grad gedreht und dann wieder seine ursprüngliche Position eingenommen.

Nach und nach wurde es heller, das Licht traf auf die Spitzen der Rotoren, die Naben, die Türme, bis alle Windräder zu schweben schienen. Das Meer unten war noch dunkel. Der Junge stand auf und ging zum Heck, um nach seiner Schnur zu sehen. Er hatte sie an eine überschüssige Stange gebunden, damit sie weiter oben hing und er sehen konnte, wenn sie sich bewegte. Er hatte sogar Köder an den Haken befestigt, etwas Essen aus den Dosen, aber es hatte keinerlei Hinweise auf Fische mehr gegeben, seit der Schwarm hier durchgezogen war. Das Wasser war einen Tag lang klar geblieben und hatte sich dann wieder wie gewohnt eingetrübt. Die Fische mussten weitergezogen sein. Entweder das, oder sie mochten das Dosenessen auch nicht.

Der Junge ging zurück in die Kabine, setzte sich auf seinen Stuhl, beobachtete seine Schnur und wartete.

Sie bewegte sich. Die Schnur bewegte sich, wurde nach rechts gezogen. Der Junge stand auf, rieb sich die Augen und trat aus der Kabine. Er musste eingeschlafen sein. Das Deck draußen war nass. Wann hatte es geregnet? Er erinnerte sich an einen Traum über ein Leck. Er träumte ihn immer wieder. Er drückte auf einen Riss, durch den Wasser drang und den Schiffskörper flutete. Er versuchte, das Leck mit etwas Leine und einem aufgerollten Stück Plane abzudichten. Dann erschien jemand und sah zu, aber der Junge wachte immer in genau diesem Moment auf, in kalten Schweiß gebadet.

Die Schnur bewegte sich. Er trat ein paar Schritte näher und stellte fest, dass sie sich nicht bewegte – sie war vollkommen still. Es war das Boot, das sich bewegte, von der sich ändernden Strömung geschoben.

Die Festmacherleinen spannten sich, die Slider verschoben

sich, und das Boot schwang langsam um hundertachtzig Grad herum zur gegenüberliegenden Seite des Turms. Der Junge stand an Deck und wartete. Der Wind kam immer noch von Westen und schob die Wellen zu schmalen Kämmen hoch. Das Boot schaukelte und schwankte hin und her. Der Junge hielt sich an der Reling fest und sah zu den Rotoren hinauf, die weit über ihm die Luft durchschnitten.

Er beobachtete und wartete. Die Rotoren blieben auch weiter nach Westen gerichtet. Aber dann, gerade als er spürte, wie sich sein Nacken zu verkrampfen begann, hörte er ein tiefes Knarzen, und der Maschinenraum drehte sich. Die Blätter richteten sich nach Norden, nach Nordosten und dann schließlich aufs offene Meer hin aus.

Der Junge lief zum Heck und holte seine Schnur ein, lief zum Bug und griff nach den Festmacherleinen. Wieder und wieder war er durchgegangen, was er tun würde, hatte Skizzen angelegt, Winkel ausgerechnet und jede Einzelheit durchdacht. Er sah zur Plane hinüber, dem zurechtgebogenen Stangenrahmen, den selbst gemachten Halterungen und uralten Leinen, die alles zusammenhielten. Was hatte er sich nur dabei gedacht? Was zum Teufel hatte er sich dabei gedacht?

Instinktiv fühlte er in seiner Tasche nach der Uhr, erinnerte sich dann aber, dass sie nicht mehr da war. Sah zu den Rotorblättern hinauf, die auch weiter nach Osten zeigten und sich stetig drehten.

Er holte tief Luft, löste die Festmacherleinen, stieß das Boot vom Turm ab, rollte die Plane auf, zurrte sie fest und lief in die Kabine. Umfasste das Steuerruder und wartete.

Nichts passierte.

Das Boot tauchte in die Dünung, schaukelte hin und her und drehte sich langsam. Der Junge hielt das Ruder und wartete. Nichts geschah. Er ließ das Ruder los und ging hinaus. Die Plane hing nur da und flatterte im Wind. Das Boot schlingerte und drehte sich. Der Junge zog an den Leinen, spannte und lockerte die Plane. Er griff an den Rahmen und rüttelte daran. Das Boot drehte sich. Dann plötzlich strafften sich die Leinen, die Plane schlug und bauschte sich, das Boot ruckte vor und neigte sich heftig nach Backbord. Der Junge stolperte und hörte den Rahmen laut knarzen. Das Deck neigte sich weiter, das Boot wurde schneller. Der Junge wankte in die Kabine, griff nach dem Ruder und versuchte, nach Backbord zu steuern.

Er stand in der sich zur Seite neigenden Kabine und rang mit dem Steuer. Endlich bekam er das Boot aus seiner Schieflage und sah gerade noch rechtzeitig ein Windrad direkt vor sich aufragen. Er ließ das Ruder los, und das Boot schwang weg, geriet ins Schlingern. Das Backbordfenster hob sich und gab den Blick auf die volle Höhe des Turms frei, an dem das Boot vorbeitrieb.

Der Junge griff nach dem Ruder und zog wieder daran, wendete es zentimeterweise gegen den Druck des Wassers. Langsam richtete sich das Boot wieder auf und schien sich mit einem Mal auf die andere Seite neigen zu wollen. Das Heck schwang herum, der Bug zeigte in den Wind, und genauso schnell, wie die Plane sich gefüllt hatte, fiel sie auch wieder in sich zusammen.

Der Junge stand da, hielt das Steuer und keuchte. Von dem Windrad, von dem er aufgebrochen war, war nichts mehr zu sehen. Genauso wenig wie vom Rand des Parks. Fast wäre er gekentert, fast gegen ein Windrad gekracht, und er hatte keine Ahnung, wie sich das Boot steuern ließ. Aber es ließ sich steuern.

Er hielt das Ruder und wartete. Langsam begann sich das Boot wieder zu drehen.

9500 Jahre vor der Gegenwart

Ein Boot treibt über einem Tal, über Gras- und Heideland, über den Stümpfen alter toter Bäume.

Das Tal erblüht mit Muscheln und Wellhornschnecken. Das Wasser ist klar und ruhig. Vögel stoßen hinein, um Gräser zwischen den Ästen herauszuziehen und schwammige Holzkrusten abzubrechen. Die früheren Flüsse sind jetzt Gräben auf dem Meeresboden – füllen sich mit Schlick, bis sie kaum mehr sichtbar sind, wie alte Pfade, die niemand mehr benutzt.

Das Boot fährt weiter, auf die weite Mündung zu, und folgt einer Route, wo sich bei der letzten Springflut ein neuer Kanal gebildet hat.

Die Bäume verschwanden als Erstes, Eichen und Linden ertranken im steigenden Grundwasser, bereits als die Küste noch außer Sicht war. Es war eine langsame, ruhige Art zu verschwinden. Verhältnismäßig schmerzlos. Der Boden wurde aufgeweicht. Sümpfe und Marschen bildeten sich. Wasser sammelte sich in Senken und wurde zu Seen. Flüsse weiteten sich und fassten sich an den Händen. Fast über Nacht wurde aus Grasland Schilf. Beim nächsten Vollmond wurde das Schilf von der Flut geschluckt.

Unten in der Marsch gibt es einen Unterschlupf aus Schilf, auf einem Floß aus Schilf. Das Boot schiebt sich hinein. Das Floß knirscht und sinkt tiefer unter Wasser.

Es gibt keinen Wald mehr, kaum genug trockenes Gesträuch, um ein Feuer anzufachen. Salz hat sich in die Erde vorgearbeitet und die Wurzeln von allem bis auf Meerfenchel und Spartgras erstickt. Alles ist von einer brackigen Feuchte durchdrungen. Wenn sich der Wind legt, ist die Luft voller Fliegen.

Die Hütte füllt sich mit Rauch. Drinnen liegen in geschwärzten Körben aus Tierknochen geschnitzte Tiere, die seit Menschengedenken keiner mehr gesehen hat.

Jäger haben die letzten Dickichte angezündet, um sie ins Freie zu treiben. Jetzt werden die Jäger rausgetrieben. Es ist eine langsame, sehr ruhige Art zu verschwinden. Verhältnismäßig schmerzlos. Die einzigen Menschen, die übrig bleiben, sind die, die die Nässe, die Kälte und die Fliegen ertragen. Denen rohe Schalentiere schmecken und das stinkende Fleisch von Seevögeln.

Das Boot hebt sich mit der hereinkommenden Flut. Sie zerrt an den Leinen. Die Flut kommt und geht nicht wieder. Im nächsten Jahr wird es weniger Land und mehr Fliegen geben. Im nächsten Jahr wird der Unterschlupf verschwunden sein.

Östliche Winde

Er hatte gedacht, sich mit dem Wind auszukennen. Wie er sich verhielt, sich bewegte, seine Tücken und sein Temperament. Aber ohne Getriebe und Rotorblattkontrolle dazwischengeschaltet, war er unvorhersehbar und launisch. Betrachtete man die Windräder, schien er stetig zu wehen, aber unten über dem Wasser schnitten Böen in jede Richtung, ließen die Plane flattern oder zusammenfallen, brachten das Boot unversehens vom Kurs ab und trieben es zwischen die Reihen.

Manchmal stürmte es tagelang, das Ruder drückte, und die Plane hatte nie die richtige Spannung. Der Junge rannte vom Steuer zu den Leinen zum Steuer. Musste auf das Dach der Kabine klettern und eine verhedderte Ecke befreien. Manchmal kam er gut voran, dann lockerte sich eine Befestigung, und er musste die Plane einrollen und eine hastige Reparatur vornehmen. Und wenn er fertig und alles wieder bereit war, flaute der Wind ab.

Auf die Schwierigkeiten mit der Plane, mit der Navigation war er vorbereitet gewesen, aber nicht auf die körperliche Anstrengung. All die Wochen oben im Windrad hatten ihm viel von seiner Kraft genommen. Es fehlte ihm an Ausdauer, sein Körper war träge, die Gelenke schwach. An manchen Tagen musste er ständig hin- und herlaufen, um die Leinen zu justieren, es war so anstrengend, die Plane unter Spannung zu halten, dass ihm, wenn sich der Wind plötzlich drehte, die Kraft fehlte, darauf zu reagieren. Dann wurde das Boot die ganze an diesem Tag geschaffte Strecke zurückgetrieben, bevor er es schaffte, die Plane einzuholen und irgendwo festzumachen.

Er fuhr jeden Tag so lange, wie der Wind hielt und er sich auf den Beinen halten konnte, dann suchte er sich ein Windrad aus, wo er die Nacht verbringen wollte. Er bekam Übung darin, das Boot heranzusteuern, die Leine auszuwerfen und die Plane im genau richtigen Moment einzuholen, um rechtzeitig zu stoppen. Bis auf die ein, zwei Mal, als er sich verkalkulierte und mit einer Stange den sich schnell nähernden Fuß des Windrads abwehren musste. Bis auf die ein, zwei Mal, da ein fürchterliches Knirschen vom Bug herüberschallte.

Wenn das Boot vertäut war, fuhr er immer als Erstes hoch in das Windrad, fand aber kein weiteres mit Tisch und Stühlen und einem zweiten Raum. Fand nie wieder eine Kaffeemaschine. Also fuhr er wieder hinunter und verbrachte die Nacht auf dem Boot. Er setzte sich auf seinen Stuhl, wickelte sich in eine Decke, aß ein wenig, trank etwas Wasser und ließ seine Schnur vom Heck ins Wasser. Er fing jedoch immer nur Müll: Stücke von Gummischläuchen, Fetzen alter, glänzender Verpackungen. Trotzdem saß er bis zum letzten Licht da, beobachtete seine Schnur und versuchte, nicht darüber nachzudenken, was ihn auf der Plattform erwartete, wenn er je wieder hingelangte; dachte stattdessen über den riesigen Schwarm Fische nach und überlegte, wo er sein mochte.

Nach und nach gewöhnte sich sein Körper an die Arbeit. Sein Rücken schmerzte weniger, und auf seinen Händen wuchsen dicke Schwielen vom Hantieren mit den rauen Leinen. Jeden

Tag hielt er etwas länger durch, und manchmal, wenn der Wind gut war, segelte er die Nacht hindurch. Ohne Motorenlärm konnte er dem Brechen der Wellen an den Türmen lauschen und so auch im Dunkeln navigieren. Manchmal barg der Himmel etwas Licht, manchmal riss die Wolkendecke auf und ein mit hellen Spritzern bestäubtes Stück Dunkelheit kam dahinter zum Vorschein.

Wenn sich das Wetter wendete, musste er seine Fahrt unterbrechen und abwarten. Manchmal wurde es plötzlich stürmisch, und er brauchte zwanzig oder dreißig Anläufe, bevor er an einem Windrad festmachen konnte. Wenn die See zu hoch ging und es gefährlich wurde, sich den Türmen zu nähern, manövrierte er das Boot ins offene Wasser zwischen den Feldern, holte die Plane ein und wartete dort ab. Wobei er mitunter nichts dagegen tun konnte, kilometerweit zurückgeweht zu werden.

Aber er lernte, am Wind entlangzufahren, und fand heraus, wie er mit einer Zickzackroute sogar gegen ihn vorankommen konnte. Am Anfang orientierte er sich am Rostbefall der Türme, fand aber nach und nach heraus, wie sich die Strömungen durch den Park bewegten. Die aus südlicher Richtung waren schwächer, gegen sie war leicht anzukommen, die aus dem Norden brachten mächtige Wellen mit sich, die über den Bug krachten. Es war besser, ihnen das Boot zu überlassen und den alten Kurs erst wieder aufzunehmen, wenn sie nachließen.

Manchmal schien das Boot über das Wasser dahinzufliegen, dann wieder kam er nur mit Mühe voran. Meist versuchte er nicht daran zu denken, ob er es je zurückschaffen würde, versuchte, sich nicht die Größe des Parks vorzustellen, die endlosen, identischen Reihen. Stattdessen konzentrierte er sich auf die Spannung der Leinen, den Winkel des Ruders und wie lange eine stetige Brise wohl anhalten würde.

Eines Tages kam er an einem Windrad mit einem Brandfleck etwa auf halber Höhe des Turms vorbei. Er drehte sich um und sah zu, wie es hinter ihm zurückblieb. Er war an diesem Rad schon vor einigen Tagen vorbeigefahren, er erinnerte sich an die dunkle, abblätternde Farbe – wie sie sich kleinen Flaggen gleich im Wind bog. Ein paar Tage später sah er das Rad ein weiteres Mal, und von da an alle paar Tage. Er begann fast, danach Ausschau zu halten, und wie sehr er sich auch mühte, seine Route zu ändern, wie viel weiter er nach Norden kreuzte, nach Westen, er kam immer wieder an dem Windrad mit der verbrannten Farbe vorbei.

Einmal war er sicher, den verbrannten Anstrich zu riechen, bevor er ihn sah. Ein anderes Mal kam er ihm so nahe, dass er die Blasen erkennen konnte, die sich durch die graue Haut drückten.

Seine Augen brannten von Wind und Salz. Er konnte sich nicht erinnern, wie das offene Meer ausgesehen hatte.

Tage vergingen, Wochen, vielleicht Monate. Schließlich wurden die Räder irgendwann kleiner und die Felder kamen ihm vertrauter vor. Dann machte er eines Abends an einem Windrad fest, fuhr hinauf und sah, dass es repariert worden war. Sah sich alles genau an und versuchte, herauszufinden, ob er selbst es repariert hatte.

Meist fuhr er nach Westen, sah jedoch manchmal eine Reihe, die er wiederzuerkennen glaubte, oder einen speziellen Transformator, bog nach Norden oder Süden und folgte einer halb erinnerten Route, bis die Nacht anbrach. Oder er begriff, dass er sich doch nicht erinnerte.

Dann, eines Tages, blickte er an einer Reihe entlang und sah am Ende den gedrungenen Umriss der Plattform.

Die Tore des Docks standen offen, drinnen war es dunkel. Der Junge holte tief Luft, steuerte das Boot so langsam heran, wie er konnte, und spähte in die Düsternis. Als er sich dem Tor näherte, arretierte er das Steuer, trat aus der Kabine und holte die Plane ein. Das Boot wurde langsamer. Er griff nach einer Stange, stellte sich in den Bug und manövrierte es ins Dock.

Im Inneren war es still. Seine Augen gewöhnten sich gerade rechtzeitig an das Dunkel, um nicht gegen den Steg zu fahren und das Boot ordentlich festmachen zu können. Er stand im Bug und sah sich um. Der Sturm hatte dem Dock übel mitgespielt. Der Steg war verbogen und etliche Platten fehlten. Die seitlich aufgestapelten Kisten hatte es ins Wasser gespült, und in einer Ecke trieb Müll. Zwei der Leuchtstreifen hingen lose an ihren Kabeln, die anderen beiden waren komplett abgerissen.

Vom Wartungsboot keine Spur.

Lange stand der Junge so da. Sah zu, wie ein Stück Netz hereintrieb und im dunklen Wasser versank. Die Sturmwellen brachen in seinem Kopf, und die Kabinentür schwang auf und zu. Endlich kletterte er über die Reling, vertäute das Boot und stieg hinauf zur Plattform. Das Licht auf der Treppe flackerte, auf den Stufen war eine Flutlinie von Dreck und Plastikteilen zu erkennen. So hoch musste das Wasser während des Sturms gestiegen sein. Die Gänge waren feucht und kalt, die Lüftung gab keine Geräusche von sich, die Computer im Kontrollraum hatten sich abgeschaltet. Nur die blinkenden Stand-by-Lämpchen deuteten darauf hin, dass sie noch funktionierten.

Die schiefen Beine des Billardtisches im Freizeitraum hatten endgültig aufgegeben. Er war zur Seite gekippt, die Kugeln lagen überall im Raum verstreut. Die Fensterscheibe durchzog von oben bis unten ein großer Riss.

In der Kantine hing ein übler Geruch aus einer Dose mit irgendwas, das vor sich hin rottete. Der Junge warf sie in den Müllschlucker, nahm eine Tasse und goss sich Wasser ein. Die andere Tasse klebte in einem Ring aus angebackenem Gebräu auf der Theke fest.

Der Junge ging in den Schlafbereich und öffnete die Tür zu seinem Zimmer. Da waren das Bett, das eingebaute Mobiliar und der kleine Stapel technischer Handbücher auf dem Boden. War es immer so leer gewesen? Er hatte so viele Wochen auf dem vollgepackten Boot verbracht, dass sein Zimmer plötzlich nackt und anonym wirkte. Er ging wieder hinaus und schloss die Tür hinter sich.

Ein Stück den Gang hinunter tropfte es aus einem Lüftungsrohr. Er blieb stehen und lauschte, und das Tropfen wurde immer lauter, bis es in seinem Kopf widerhallte und ihm in den Ohren klingelte. Er ging hinüber, packte das Rohr und drückte es nach oben. Es knarrte, und die Deckenhalterungen gaben nach. Auf den Armen des Jungen traten die Adern hervor. Das Rohr verbog sich und riss entlang der Oberseite. Der Junge drückte fester, bis ihm das Blut aus den Händen wich. Er drückte, bis sich nichts weiter bewegte, ließ die Arme sinken und stand zitternd da. Das Tropfen hörte auf.

Der Junge schloss die Augen, holte tief Luft und dann

noch einmal. Schließlich zwang er sich, hinüber zum Zimmer des alten Mannes zu gehen. Er blieb lange davor stehen. Wenn er nicht hineinging, wenn er die Tür nicht öffnete, konnte er sich vorstellen, dass der alte Mann da drin war. Fast konnte er ihn hören, wie er seine Netze überprüfte, mit sich selbst redete und vor sich hin summte. Er öffnete die Tür.

Das Zimmer war noch genauso, wie er es zuletzt gesehen hatte, mit den Karten des Parks, den Netzen, den Behältern mit Schlick und Sand überall und dem Geruch des Gebräus, der schwächer geworden war, kaum mehr spürbar hing er wie Staub in den Ecken.

Der Junge stand in der Tür und ließ den Blick über alles gleiten. Ging hinein, schob die Karten zur Seite und setzte sich aufs Bett.

Der ganze Raum schien zu stampfen und zu schlingern. Er sagte sich, dass ihm sein Körper einen Streich spielte, weil er an die Bewegungen des Bootes gewöhnt war. Sein linkes Bein spannte sich an, dann sein rechtes. Er konzentrierte sich, um dem ein Ende zu machen. Die Wände hoben und senkten sich. Es war nur das Muskelgedächtnis. Er konnte damit aufhören. Er saß ganz still auf dem Bett. Der Raum bewegte sich um ihn herum.

Er schloss die Augen. Salz brannte hinter seinen Lidern. Er musste nachdenken. Er musste einen Plan entwerfen. Vorräte, das war es, was er brauchte. Vorräte und zusätzliche Wasserfilter. Sein Werkzeug. Er musste das Boot reparieren und dann verschwinden.

Eine nach der anderen ging er sämtliche Reparaturen durch, die er am Boot vorzunehmen hatte, rief sich die Abläufe vor Augen und welche Werkzeuge er im Einzelnen benutzen würde. Das Bett schien unter ihm wegzurutschen. Er streckte eine Hand aus, um sich abzustützen, und berührte etwas Metallenes. Er öffnete die Augen, sah den gestreiften Liegestuhl und die zerlumpte Decke darüber. Der Boden schlingerte. Sein Magen schlingerte, und er hatte das Gefühl, sich übergeben zu müssen.

Da gab es einen lauten Knall.

Der Junge sprang auf, wankte, fasste Fuß und lauschte. Stille, dann eine Reihe leiserer Geräusche unten aus der Plattform. Er verließ das Zimmer, ging die Treppe hinunter und hörte, dass sich im Dock etwas bewegte. Als er durch die Luke sah, war alles dunkel. Das Tor war noch offen, aber dahinter war es Nacht. Das aus der Luke fallende Licht warf ein helles Rechteck vor ihn, und weiter hinten auf dem Steg fuhr der Lichtkegel einer Taschenlampe herum, glitt über das Boot des Jungen und ein zweites, das daneben festgemacht war.

Plötzlich hielt der Lichtkegel inne und schwang hinüber zur Luke. »Wer ist da?«, sagten die Stimme des Jungen und die des anderen Mannes genau zur gleichen Zeit.

Der Junge trat vor, und der Lichtkegel bewegte sich über den Steg heran und richtete sich auf das Gesicht des Jungen. Er blinzelte und hob eine Hand.

»Nimm die Hand weg.« Die Stimme war laut, doch die Dunkelheit schien ihr etwas von ihrer Härte zu nehmen.

Der Junge nahm die Hand herunter und blinzelte ins Licht.

Die Lampe blieb lange auf sein Gesicht gerichtet, dann wurde sie ausgeschaltet, und der alte Mann tauchte in der Düsternis auf. Sein Haar war lang und strähnig. Es war immer noch schwarz, aber sein Gesicht war mit einem struppigen grauen Bart bedeckt. Seine Augen waren rot gerändert und sein Kinn zuckte immer wieder. Er deutete immer noch mit der Lampe auf den Jungen. In der anderen Hand hielt er ein Brecheisen.

Der Junge rührte sich nicht. Dann hob er eine Hand, fuhr sich über das Kinn und begriff, dass auch er einen Bart hatte und verfilztes Haar bis über die Ohren.

»Ist das dein Boot?«, fragte der alte Mann.

Der Junge nickte.

»Da kannst du es nicht lassen.«

Der Junge nickte wieder und trat zur Seite, um ihn vorbeizulassen.

Auf halber Treppe blieb der alte Mann noch einmal stehen. »Du bist also zurück«, sagte er.

»Ich bin zurück.«

Der alte Mann nickte, ging im Schlaftrakt in sein Zimmer und schloss die Tür hinter sich.

Der Junge duschte, rasierte sich und schnitt sich das Haar. Der Rasierer blockierte und stellte den Dienst ein, und so musste er seinen salzverkrusteten Haaren mit einer stumpfen Schere zu Leibe rücken. Er gab sein Bestes. In der Kantine stellte er fest, dass die Kisten in der Ecke voller Dosen waren. Das Versorgungsschiff musste während seiner Abwesenheit hier gewesen sein. Er fragte sich einen Moment lang, ob dem Schiffsführer seine Abwesenheit aufgefallen war und was der alte Mann wohl gesagt hatte. Wahrscheinlich nichts, sonst hätten sie einen Ersatz für ihn geschickt.

Er ging zum Schrank, fand eine Dose Protein-Hack und nahm vier Gewürztütchen von anderen Dosen.

Als er gegessen hatte, saß er eine Weile da und genoss das Gefühl des warmen Essens im Magen. Dann ging er in sein Zimmer und legte sich aufs Bett. Die Matratze schaukelte und beruhigte sich. Das Bett stand still. Die Wände standen still. Wind und Wellen schienen weit weg. Er schloss die Augen, öffnete sie wieder, stand auf und übernachtete auf dem Boot.

Fast hatte er die Geräusche der Plattform vergessen, das Summen des Stroms, des Kühlungssystems, das Knirschen des Metalls und wie das Wasser durch die Stützen donnerte und rauschte.

Der Junge setzte sich auf. Das Dock war dunkel, aber er konnte Schritte und einen rasselnden Atem hören. Eine Taschenlampe flammte auf und beleuchtete Hände und Füße des alten Mannes, der am anderen Ende des Stegs hockte. Er hielt ein Netz in der Hand, das er durchs Wasser zog.

Der Junge sah ihm durch das Kabinenfenster zu. Der alte Mann blieb am Rand des Stegs hocken und zog sein Netz hin und her. Nach einer Weile holte er es ein und begann es in einen Eimer zu leeren. Der Junge konnte nicht erkennen, ob etwas herausfiel, aber irgendwann hörte der alte Mann auf, nahm den Eimer und ging in die Plattform hinauf. Der Junge wartete einen Moment, verließ die Kabine und folgte ihm.

Die Tür des alten Mannes stand offen und das Licht war an. Der Junge blieb im Gang stehen und lauschte, konnte aber nichts hören, und so ging er hinüber und trat ein.

Der alte Mann saß mit dem Eimer auf dem Schoß auf seinem Stuhl. Er fuhr mit einem winzigen Sieb hinein, schöpfte etwas heraus, das wie Sand aussah, und verteilte es auf seiner Kommode. Er beugte sich vor, das Gesicht nur Zentimeter über der Ablagefläche, und begann die Körner mit der Spitze seines Messers in verschiedene Häufchen zu sortieren.

Der Junge trat einen Schritt weiter vor. Als die Häufchen wuchsen, konnte er sehen, dass sie unterschiedliche Farben hatten. Er blickte zu den Behältern direkt vor sich. Der Inhalt des einen war blau, eines anderen hellgrün. Blauer und grüner Sand? Er sah genauer hin. Es war kein Sand. Alle Behälter im Zimmer waren voller kleiner Plastikstückchen, nach Farbe und Größe sortiert.

Jetzt sah er sich noch einmal um. Die Netze überall im Raum waren nicht so dick und grob wie die früheren. Es waren feinmaschige Gewebe, wie die Filter im Wassersystem und der Klimaanlage, alle über und über voll mit winzigen Plastikteilchen.

»Wo hast du die alle gefunden?«, fragte er Junge.

Der alte Mann blickte nicht auf. »Gefunden?«, sagte er schließlich. »Ich habe sie nicht gefunden. Sie sind einfach da. Im Wasser.« Er unterdrückte ein Husten. »Sie sind mir beim Hinsehen aufgefallen. Ich habe geschaut und geschaut«, er machte sich wieder ans Sortieren. »Ich habe nichts gefunden.«

Der Junge wollte etwas sagen, dann sah er, dass auf dem Bett nur Karten von den östlichen Feldern lagen. Der alte Mann hatte den Bereich markiert, in dem sie vom Sturm erwischt worden waren. Auf die Ränder der Karten hatte er Zahlen und Rechnungen gekritzelt – Windgeschwindigkeiten, Strömungsrichtungen. Jedes einzelne Windrad in der Gegend, wo der Junge über Bord gegangen war, war mit einem Kreuz markiert. Der alte Mann hatte alle Windräder in der östlichen Hälfte von Zone drei und von da gute dreißig Kilometer in die äußeren Felder dahinter abgehakt.

Auf dem Bettkasten lag zwischen weiteren Dosen und Zetteln die Angelschnur des Jungen. Er nahm sie.

»Du hast nichts gefangen«, sagte der alte Mann, ohne aufzusehen.

»Ich bringe uns hier raus«, sagte der Junge.

Der alte Mann schob ein winziges Stück Plastik an den hinteren Rand der Kommode.

»Wir können in ein paar Tagen los. Sobald ich das Boot in Ordnung gebracht habe. Wir müssen auf nichts warten. Das Boot, es kann überallhin. Es braucht keine Batterien. Es …«

Eines der Stückchen verfing sich an der Spitze des Messers und fiel zu Boden. Der alte Mann stand von seinem Stuhl auf und fühlte zwischen seinen Netzen herum. Schließlich nahm er eines von ihnen, schüttelte es aus und verstreute noch mehr Plastik im Zimmer. Er drückte seine Hand auf den Boden, und als er sie anhob, war sie voller vielfarbiger Teilchen. So blieb er kniend unten und starrte seine Hand an.

Der Junge wartete, bis ihm klar wurde, dass der alte Mann nicht wieder aufstehen würde, ging aus dem Zimmer und schloss die Tür hinter sich. Während er den Gang hinunterlief, hörte er, wie der alte Mann mit seinen Netzen herumhantierte und leise und kratzig mit sich selbst redete. Dann kam das vertraute Stocken, der rasselnde Atem, und der alte Mann begann zu husten.

Risse

Der Junge erwachte an die Wand des Gangs gelehnt, den Hals in einem schmerzhaften Winkel verdreht. Er hatte die ganze Nacht vor der Tür des alten Mannes gesessen und darauf gewartet, dass er zu husten aufhörte, was er irgendwann getan haben musste, denn jetzt war es da drin ruhig. Er trat an die Tür, lauschte einen Moment lang und ging weiter.

Als Erstes fuhr er den Computer wieder hoch und setzte die Klimaanlage in Gang. Die Lüftungskanäle erwachten zum Leben und begannen nach und nach die abgestandene Luft auszutauschen. Danach ging er hinunter ins Dock und schaffte sich genug Platz, um an seinem Boot zu arbeiten.

Er schöpfte den Müll aus dem Wasser und sammelte das verhedderte Treibgut ein, das noch vom Sturm übrig war, packte alles ins Wartungsboot und fuhr es aufs Meer hinaus. Zurück im Dock, holte er seine Werkzeugtasche aus dem Laderaum und machte sich daran, die Sturmschäden zu reparieren.

Bald schon hatte er den Steg ausgebessert und die beiden Lichtleisten wieder funktionsfähig gemacht. Er ließ sich Zeit und genoss das Gefühl, seine Werkzeuge wieder in Händen zu halten. Dann brachte er zusätzliche LED-Strahler um die Ladebucht herum an und hob sein Boot aus dem Wasser, um den Schiffskörper zu inspizieren.

Er war voller Kratzer und Dellen, und den Bug hinab verlief ein Riss vom Zusammenprall mit einem Windrad. Er fuhr mit der Hand darüber. Der Riss reichte fast bis zur Wasserlinie. Noch ein paar Wochen auf See, und es wäre interessant geworden.

Er betrachtete die abgewetzte Plane. Ihre Ränder fransten aus. Der Rahmen knarzte und schien jeden Moment wegknicken zu wollen. Er griff nach dem Schweißbrenner und spürte sein beruhigendes Gewicht. Die Flamme sandte einen kleinen Lichtkreis aus.

Als der Riss geschweißt war, reinigte er den Rumpf und strich ihn frisch mit rostbeständiger Farbe. Während sie trocknete, kletterte er an Deck, um zu sehen, was er mit dem Rahmen für die Plane machen konnte.

Er entfernte alle alten, ramponierten Leinen und losen Halterungen. Einige Stangen waren verbogen, und er warf die weg, die sich nicht mehr richten ließen. Er hatte über eine neue Rahmenstruktur nachgedacht, basierend auf einem zentralen Mast mit einem Ausleger. Das würde das Manövrieren erleichtern, und bei stürmischem Wetter ließ sich das Ganze leichter einholen. Er brachte ein paar Rollen an, über die die Leinen in die Kabine laufen würden, sodass er die Plane justieren konnte, ohne das Ruder zu verlassen. Er war mit dem Boot allein zurechtgekommen, gerade so, zu zweit würde es einfach sein.

Er arbeitete noch, als das Licht draußen verblasste und die Dunkelheit durchs offene Tor hereindrängte. Er war den ganzen Tag unten auf dem Boot gewesen und hatte nicht einmal eine Essenspause gemacht. Der Wind blies herein und wirbelte durchs Dock. Er würde die ganze Nacht über so weiterwehen, bis in den nächsten Tag hinein. Er spürte, wie das

Boot darauf reagieren, die Art, wie es sich über das Wasser bewegen würde.

Mit den Vorräten aus der Kantine konnten er und der alte Mann monatelang auf See bleiben. Wenn er eine Möglichkeit fand, eine Batterie einzubauen, konnten sie womöglich sogar die Mikrowelle mitnehmen. Der Junge leerte eine Dose Protein-Hack in eine Schüssel und rührte es mit einer Gabel um. Er wünschte, er könnte einen Kaffee bekommen, nahm ein Glas Teepulver aus dem Schrank, roch daran und stellte es zurück. Er fragte sich, ob der alte Mann je richtigen Kaffee getrunken hatte. Er sollte ihn fragen.

Die Tasse des alten Mannes stand noch genauso da wie am Vorabend, und offenbar waren auch keine Teller oder eine Schüssel benutzt worden. Der Junge schob sein Essen in die Mikrowelle, stellte den Timer ein und ging hinaus in den Gang.

Der Freizeitraum und der Kontrollraum waren leer. Als er in den Schlafbereich unten kam, sah er, dass die Tür des alten Mannes immer noch zu war. Er ging hin und klopfte leise. Keine Antwort. Er drückte sein Ohr an das Metall, konnte aber nichts hören. Er klopfte lauter, wartete und ging hinein.

Der Liegestuhl war umgefallen, und der alte Mann lag auf dem Boden. In einer Sekunde war der Junge bei ihm, kniete sich hin, zögerte einen Moment und legte dem alten Mann eine Hand auf die Schulter. Er rührte sich nicht. Der Junge blieb ruhig und wartete auf irgendeine Art von Bewegung. Vor dem Mund des alten Mannes beschlug der Boden ganz leicht in einem gleichmäßigen Rhythmus.

Der Junge stand auf, schob Kartons und Karten vom Bett,

bückte sich und hob den alten Mann hoch. Es war ein Schock, zu spüren, wie leicht er war. Hüften und Schulterblätter drückten spitz durch den Overall. Der Junge legte ihn vorsichtig auf das Bett, lief hinaus und kam mit einer Tasse Wasser zurück.

Er kniete sich neben das Bett, hob den Kopf des alten Mannes und hielt ihm die Tasse an den Mund. Seine Lippen waren aufgesprungen. Die Haut im Nacken war heiß und fühlte sich an wie Papier. Die Sehnen unten am Schädel unter dem verfilzten Haar spannten sich, als er zu schlucken versuchte. Aus der Kehle kam ein Gurgeln, und der Großteil des Wassers rann ihm in den Bart.

Der Junge blieb neben dem Bett knien. Der Atem des alten Mannes kam flach und rau, sein Kinn hing schlaff herunter. Die Klimaanlage greinte und blies Staub durch den Raum. Eine der Karten auf dem Boden wurde vom Luftzug immer wieder leicht angehoben. Eine Ecke hob und senkte sich. Die Brust des alten Mannes hob und senkte sich kaum. Er musste einfach nur warten. Der alte Mann würde sich erholen. Er hatte sich immer erholt. Jeden Augenblick würde er die Augen öffnen und fragen, was zum Teufel der Junge in seinem Zimmer machte.

Schweigend kniete der Junge da. Er sollte etwas sagen. Das tat man in solchen Situationen. Man sagte etwas. Die Ecke der Karte hob und senkte sich.

»Es ist ein einfaches System«, sagte der Junge. »Es nutzt den Wind. Du ziehst an den Leinen, und die Plane öffnet sich. Dann trifft der Wind darauf und schiebt das Boot vor sich her. Die Spannung stellst du …«

»Segel«, sagte der alte Mann. Seine Stimme war kaum hörbar.

Der Junge beugte sich weiter vor. »Was?«

»Die Plane. So was nennt man ein Segel.« Er schluckte kratzend. »Die Leinen sind das laufende Gut.«

Der Junge nickte. »Segel … laufendes Gut.«

»Jem.«

Der Junge sah den alten Mann an.

»Du bist zurück.«

Der Junge saß im Freizeitraum und hatte all ihre medizinischen Vorräte vor sich ausgebreitet. Es gab zwei Rollen gelblich angelaufenen Verbandsmull, zwei Fläschchen Schmerzmittel, ein paar Streifen Tabletten gegen Seekrankheit und eine einzelne eingedrückte Tube Betäubungssalbe, die kristallisiert und merkwürdig rosa geworden war. Der Wind drückte mit Kraft durch den Riss im Fenster und produzierte dabei einen hohen Pfeifton. Draußen vor dem zerkratzten Glas kam ein Windrad ruckend zum Stehen. Der Junge starrte es an und dann wieder auf die Medikamente.

Er war die ganze Nacht beim alten Mann geblieben. Manchmal schien er zu schlafen, dann wieder sah der Junge, dass er die Augen geöffnet hatte und zur Decke starrte. Irgendwann hatte das Husten angefangen, und der Junge konnte nichts dagegen tun, nur dasitzen, zusehen, dem alten Mann eine Hand auf die Schulter legen und spüren, wie der Körper mit jedem Atemzug erzitterte.

Während er gewartet und den alten Mann betrachtet hatte, waren ihm alte Narben und Verletzungen aufgefallen, die er vorher nie wirklich wahrgenommen hatte. Er wusste nicht, wie oder wann der alte Mann sie sich zugezogen hatte, aber an einige erinnerte er sich: die Verbrennung auf dem Unterarm, als beim Schweißen eine Tasse Gebräu zu nahe bei seinem Ellbogen gestanden war. Die nie ganz abgeheilte Stelle an seinem Nacken, an der ihn eine herunterfallende Wandplatte erwischt hatte. Den gespaltenen Daumennagel und den geschwollenen Knochen in seinem Fußgelenk, der ständig knackte und blockierte, was bedeutete, dass er die Treppe manchmal rückwärts runtergehen musste. Dann die seltsame Delle in seiner Stirn und die dazugehörige Narbe darüber, als dem Jungen seine Schleifscheibe weggerutscht war. Das Ganze sah fast aus wie eine der Karten vom Meeresgrund oder der Küstenlinie, die zeigten, wie sich das Land verändert hatte und erodiert war.

Am Morgen hatte der Junge ihn dazu gebracht, etwas zu essen und zu trinken, aber jedes Schlucken des alten Mannes war von einer schmerzverzerrten Grimasse begleitet gewesen. Sein Blick wanderte über die Decke. Seine Haut brannte nicht mehr, sondern war so kalt wie die metallenen Türen. Der Junge hatte versucht, ihm eine der Schmerztabletten zu geben, aber irgendwie war Feuchtigkeit in die Fläschchen gedrungen, und als er sie herausschüttelte, wurden sie auf seiner Handfläche zu einer körnigen Paste.

Der Junge lehnte sich zurück und schloss die Augen, schlief vielleicht eine halbe Minute und fuhr gleich wieder hoch. Das Herz schlug ihm bis zum Hals. In den technischen Handbüchern stand, wenn ein Maschinenteil versagte, müsse der Mechaniker genau aufpassen und die Konzentration wahren. Er müsse jede machbare Reparatur in Betracht ziehen, bevor er die Maschine insgesamt für irreparabel erklärte. Daneben war das Bild einer kaputten Apparatur zu sehen, deren Einzelteile ruhig und kalt auf der Buchseite lagen.

Er beugte sich vor und nahm die Salbe. Das dünne Metall der Tube war gerissen, wo sie geknickt und verdreht worden war. Die Buchstaben darauf lösten sich in dunklen Flecken auf und klebten an seinen Fingern. Er ließ sie wieder auf den Tisch fallen.

Der alte Mann bewegte sich kaum, nur die Hände, mit denen er sich an die Decke klammerte, und das zuckende Kinn, das sich anspannte und gleich wieder lose herunterhing, als stünde es unter Strom.

Der Junge stand mitten im Zimmer, beobachtete die Hände und das Kinn des alten Mannes, atmete langsam, ballte und lockerte seine eigenen Fäuste und ließ den Blick über Flaschen, Netze und die Plastikstückchen überall auf dem Boden gleiten. Er bückte sich, nahm eines der Netze und legte es sich behutsam über den Arm.

Er packte alle Netze, brachte sie hinaus auf den Gang, schüttelte sie aus, legte sie zusammen und stapelte sie in einem der leeren Räume. Dann putzte er den Boden, arbeitete sich Stück für Stück voran, wischte und trocknete einen Quadratmeter nach dem anderen, schrubbte Jahrzehnte Schmutz und Salz und wer weiß was weg.

Er nahm die Flaschen mit den Plastikteilchen und reihte sie auf dem Schrank und der Kommode auf. Versuchte, sie nach Farben zu ordnen, aber einige waren so ähnlich, dass sie sich kaum unterscheiden ließen. Der Junge hielt eine Flasche ans Licht. Waren die Teilchen nun grün oder blau? Manchmal sahen sie blau aus, dann wieder grün. Oder vielleicht war es auch eine Mischung, eine leichte Abstufung von einer Farbe zur anderen. Er sah genauer hin.

»Was machst du da?«, fragte der alte Mann mit schwacher, rauer Stimme.

Der Junge blinzelte und drehte sich zu ihm um. »Wir müssen Medizin für dich besorgen«, sagte er.

Der alte Mann wandte den Kopf zur Wand. »Mir geht's gut.«

»Wir können hier erst weg, wenn es dir besser geht.«

»Ich muss nur aufstehen.« Der alte Mann schob sich auf die Ellbogen und versuchte, sich aufzurichten. Seine Arme zitterten, er kniff die Augen zusammen, spannte den Kiefer an und ließ sich dann doch zurück aufs Bett fallen. Schwer atmend lag er da. »Warum bist du noch hier?«, sagte er so leise, dass es kaum zu hören war.

»Was?«

Der alte Mann starrte zur Decke und schloss dann die Augen.

Der Junge griff nach einer der Flaschen auf der Kommode und verschob sie um ein paar Millimeter, damit sie genau in einer Reihe mit den anderen stand. »Du brauchst Medizin.«

Der alte Mann hielt die Augen geschlossen.

»Es gibt nur eine Möglichkeit, sie zu bekommen.« Der Junge sah auf seine Hände. Er hörte nichts als den Atem des alten Mannes. »Als ich ihn zuletzt gesehen habe, hat er mir gesagt, was er will.«

Die Augen des alten Mannes öffneten sich. Um die Ränder herum waren sie blutunterlaufen, die Haut darunter wirkte wund.

Der Junge starrte auf seine Hände. »Die Sachen, die du in deinem Zimmer hattest. Ich brauche sie. *Wir* brauchen sie.«

Der alte Mann rührte sich nicht. Er hustete einmal, konnte aber aufhören, bevor es zu einem Anfall wurde. Es war zu warm im Zimmer, und zu ruhig. »Sie sind weg«, sagte er.

Der Junge hob den Blick. Plötzlich konnte er das Putzmittel riechen, das er benutzt hatte. Es stieg ihm in die Nase, in Augen und Hals. Er trat näher ans Bett. »Wir brauchen sie. Sie sind das Einzige, was er will.«

Der alte Mann sagte nichts. Er schloss die Augen und drehte sich zur Wand.

Der Junge saß in der Kabine seines Boots, das im stillen Wasser des Docks festgemacht war. Im Schneidersitz saß er da und studierte die Kratzer im Boden. Unzählige Stiefelschritte, von ihm selbst, seinem Vater, unzählige Kerben, die er hinterlassen hatte, wenn er bei rauem Wetter darübergeschlittert, sein Stuhl umgefallen war. Wenn er am Ende auf dem Bauch liegend zu schlafen versucht hatte, den Kopf in den Armen vergraben, die Nägel über den Boden kratzend, um das ewige Auf und Ab zu stoppen.

Er zog an einer der Leinen, und die Plane entfaltete sich. Der Stoff hing völlig still in der Luft des Docks, während der Wind draußen gegen die Wände schlug. Er legte die Plane sorgfältig wieder zusammen.

Dem alten Mann ging es schlechter. Er hatte sich einzureden versucht, dass es nicht so war, dass er jedes Mal, wenn er etwas aß oder trank, einen Schritt zum Besseren hin machte. Doch das konnte er nicht mehr.

Er zählte die Dosen in der Kantine und versuchte, darauf zu schließen, wann der Schiffsführer zum letzten Mal da gewesen war und wann mit seiner Rückkehr zu rechnen sein mochte. Doch das war unmöglich zu sagen. Der alte Mann hatte kaum etwas gegessen, und der Junge auch nicht. Im überhitzten, stickigen Zimmer des alten Mannes verschwammen die Tage ineinander.

Wenn der alte Mann schlief, nahm der Junge das Wartungsboot und suchte in den Windrädern draußen nach den Sachen des alten Mannes. Aber er traute sich nicht, länger als ein paar Stunden wegzubleiben, und bald schon hatte er alle Räder im Umkreis durchsucht.

Stundenlang studierte er die Karten des alten Mannes und suchte nach Hinweisen, fand jedoch nichts. So verlagerte er sich aufs Reden und versuchte, den alten Mann dazu zu bringen, ihm zu sagen, wo er sie versteckt hatte. Gab sich alle Mühe, sich seine Frustration und Panik nicht anmerken zu lassen, jedoch nur mit eingeschränktem Erfolg. Der alte Mann wurde schwächer, das Sprechen mühevoller, seine Worte immer zusammenhangsloser. Manchmal schien er gar nicht zu merken, dass der Junge da war, dann wieder fasste er seine Hand und starrte ihn an.

»Wo sind sie?«, fragte der Junge dann. »Wo sind sie?«

Aber der alte Mann sagte nur: »Sie sind weg.«

8500 Jahre vor der Gegenwart

Es gibt nur noch Sand, und den Wind. Und jeden Tag fegt der Wind mehr Körner ins Meer.

Die Insel liegt tief im Wasser, ist am Horizont kaum auszumachen. Mit jedem Sturm ändert sich ihr Umriss.

Manchmal taucht unter dem davontreibenden Sand etwas auf – ein Haufen Muscheln, ein gewetzter Stein, zerdrücktes Dickicht –, aber kaum dass es freigelegt wurde, verschwindet es auch schon wieder.

Der Sand ist ein Labyrinth aus Seevogelhöhlen. Die Gänge sind lang, dunkel und hohl. In ruhigen Nächten hört man nichts als die Wellen und das Murmeln der Vögel tief in den Dünen. Noch vor Sonnenaufgang verschwinden sie, fliegen stumm aufs Meer hinaus.

Auf der anderen Seite des Wassers, an fernen Küsten, stehen die Leute am Strand und sehen zur Insel herüber. An manchen Tagen können sie sie über den Wellen sehen, meist nicht. In klaren Nächten sehen sie die Vögel aufsteigen, wie Sandkörner oder einen Geist, der einen Körper verlässt.

Manchmal erscheinen an ihrer eigenen Küste Geister – geschwärzte Wurzeln, Torfklumpen, erstarrte, in Salzglocken konservierte Stümpfe. Sie bringen Opfer dar. Sie übergeben dem Wasser die Körper der Toten.

Sie erzählen Geschichten von Vorfahren, die durch Wälder unten auf dem Meeresgrund wanderten, von der Insel, die einmal zur Küste gehörte, einer Küste mit einem Gebirgszug im Herzen eines Kontinents, eines Kontinents, der gefroren und mit Eis bedeckt war.

Nichts

Das Versorgungsschiff beschrieb einen langsamen Bogen und fuhr rückwärts ins Dock. Die Fender stießen gegen das Dock, dort, wo der Junge allein mit vier Kisten voller gesäuberter, geölter Windradteile stand. Lange Zeit bewegte sich nichts. Dann, endlich, öffnete sich die Tür des Steuerhauses, und der Schiffsführer trat ans Heck. Er hielt inne, musterte den Jungen von oben bis unten und ließ den Blick über die Ladebucht gleiten, wo das Wartungsboot lag.

Als das Versorgungsschiff auf dem Bildschirm aufgetaucht war, hatte der Junge sein Boot aus dem Dock geschleppt und ein gutes Stück entfernt an einem Windrad vertäut. Sein Werkzeug hatte er in den Lagerraum gepackt und die Ladebucht von allen Spuren von Farbe und Lötzinn befreit. Das Dock sah aus wie immer.

Der Schiffsführer blinzelte, nickte, warf dem Jungen die Festmacherleinen zu und verfolgte, wie er die Knoten machte. Der Junge reichte ihm das Ladekabel. Der Schiffsführer blinzelte wieder, drehte sich und steckte das Kabel ein. »Wenn Sie die Lieferung überprüfen könnten«, sagte er und ließ die Planke zu der Stelle herunter, wo der Junge stand.

Der Schiffsführer lehnte an einer Kiste und faltete die Hände vorm Bauch. Das Licht, das in den Laderaum fiel, legte sich in Streifen über seinen Körper und hob seinen Gürtel, die

Schultern und den oberen Teil seines Gesichts hervor. »Medizin?« Er runzelte die Stirn und seine Augen verschwanden. »Medizin ist sehr teuer.«

»Ich habe alles an Ersatzteilen, was Sie brauchen.« Der Junge machte eine Geste zu den Kisten hin, die er an Bord gebracht hatte. »Generatoren, Getriebe.« Er setzte sich, obwohl er hin- und herlaufen und die Kisten zum Schiffsführer hinschieben wollte, damit er hineinsah. Er lehnte sich zurück und steckte die Hände in die Taschen.

Der Schiffsführer seufzte. »Es ist nicht so, dass ich nicht helfen möchte. Die Situation ist nur … schwierig.«

»So schwierig, dass die Leute keine funktionierenden Generatoren mehr brauchen?«

Das Gesicht des Schiffsführers verzog sich zu so etwas wie einem Lächeln. »O nein. Ich bin sicher, sie brauchen sie noch. Aber sehen Sie, genau das ist mein Problem.«

Der Junge sah zu den Kisten hinüber. Er hatte Wochen gebraucht, um genug intakte Teile zu finden. Tage, um sie zu säubern und zu testen. Im Umkreis von zehn, fünfzehn Kilometern um die Plattform hatte er so gut wie alle zuverlässig arbeitenden Windräder stillgelegt. Nachts waren kaum mehr surrende Rotoren zu hören. Einmal war er aus dem Schlaf aufgefahren und wusste nicht, wo er war.

»Was für ein Problem?«

»Ich bin froh, dass Sie fragen«, sagte der Schiffsführer. »Es ist gut zu wissen, dass es noch Menschen gibt, die den Gefühlen anderer mit Rücksicht begegnen.« Er veränderte seine Position an der Kiste. »Sie wissen, es ist eine lange Reise hier heraus. Das macht durstig. Ich nehme nicht an …«

»Ich glaube, wir haben nichts mehr.«

»Schade.« Der Schiffsführer faltete die Hände und drehte die Daumen umeinander. Den einen über den anderen. Seine Fingernägel fingen ein schmales Band Licht ein. »Ich finde es schwierig, mich richtig auszudrücken, wenn ich Durst habe.«

Der Junge atmete seufzend aus und stand auf. »Warten Sie hier.«

»Wie rücksichtsvoll«, rief der Schiffsführer ihm nach. »Wahrhaft gastfreundlich.«

Hinter der lange nicht mehr genutzten Destille fand der Junge noch eine volle Flasche Gebräu. Der Farbe nach zu urteilen, stammte sie aus der experimentellen Phase des alten Mannes. Damals hatte der Junge ihn einmal dabei überrascht, wie er Buchstaben von den Warntafeln der Plattform pellte und sie in seine Behälter warf. Das Gebräu brauche mehr Charakter, hatte der alte Mann gesagt.

Mittlerweile waren Röhren und Behälter mit einer fettigen Staubschicht überzogen. Da gluckste und blubberte nichts mehr, die Behälter waren kalt und leer. Mit seinem Ärmel wischte der Junge den Staub von der Flasche, holte eine Tasse aus der Kantine und ging zurück ins Dock.

Als er zurück in den Laderaum kam, saß der Schiffsführer auf einem von der Wand klappbaren Sitz, vor sich eine umgedrehte Kiste. Es sah nicht so aus, als hätte er auch nur einen einzigen Blick auf die Windradteile geworfen.

Der Junge stellte die Flasche und die Tasse auf die Kiste. Der Schiffsführer lehnte sich zurück, sah vom Jungen zur Flasche, zur Tasse und wieder zurück.

Der Junge ballte eine Faust in der Tasche, nahm die Flasche und schüttete dem Schiffsführer etwas davon ein.

»Nun, wir sprachen über das, was gebraucht wird.« Der

Schiffsführer griff nach seiner Tasse. »Man sollte meinen, dass es eine einfache Geschichte ist. Sie brauchen etwas, und ich gebe es Ihnen.« Er nippte an dem Gebräu und zuckte zusammen. »Sehr kernig«, sagte er.

Der Junge wartete. Ein Tropfen rann langsam an der Seite der Flasche herunter. Er sah, wie er unten ankam und die Kiste erreichte. Er wusste, er sollte nicht fragen. Der Schiffsführer wollte es, also sollte er es nicht tun. Er sah einen zweiten Tropfen herunterrinnen. »Dann tun Sie es?«, sagte er.

»Was tun?«

»Mir geben, was ich brauche.«

»Oh.« Der Schiffsführer blinzelte und sah in seine Tasse. »Nun, natürlich würde ich das, aber wissen Sie, mein Problem ist …« Er hob die Tasse an den Mund und senkte sie wieder. »Wenn ich jedem gäbe, was er braucht, wo käme ich da hin?« Er sah zum Jungen auf.

Der Junge sah auf ihn hinunter.

»Nicht hierher.« Der Schiffsführer lehnte sich vor und klopfte auf die Kiste. »Sicher nicht hierher zum Geschäftemachen.« Die Flasche geriet ins Schwanken, und er griff danach und bewahrte sie vor dem Umfallen. »Wenn ich allen gäbe, was sie brauchen, gäbe es gar kein Bedürfnis nach Handel mehr, oder?«

Der Junge trat vor. »Hören Sie, ich brauche nur …«

»Nein, nein, nein, nein, nein.« Der Schiffsführer stand auf, ging auf die andere Seite des Laderaums und sah durch ein Bullauge. »So geht das nicht. Etwas zu *brauchen* führt uns nicht weiter. Ich kann nicht mit Leuten handeln, die Dinge *brauchen.* Das ist viel zu …«, er stellte seine Tasse auf die Kiste und wischte sich die Hände am Bauch ab, »viel zu schwierig.«

Der Junge blieb, wo er war. Der Geruch des Gebräus breitete sich im Raum aus und kroch ihm bis hinten in die Kehle, so dass er es fast schmecken konnte. Das Zeug roch wie die Winterproduktion, als der alte Mann die Leitungen enteist, aber vergessen hatte, sie zu reinigen. »Was soll ich denn sagen? Was wollen Sie hören?«

»Wollen.« Der Schiffsführer drehte sich um und hob einen Finger. »Damit kommen wir der Sache schon näher. Mit *Wollen* kann ich etwas anfangen.« Er nahm seine Tasse, trank, studierte die Flüssigkeit eine Weile lang und nickte. »Man sollte immer über etwas verhandeln, was jemand *will*. Das macht es zum Geschäft. Das hält Gefühle und Unmut heraus.«

Der Junge dachte an den alten Mann. In den letzten Tagen schien sich sein Zustand stabilisiert zu haben, aber gestern Nacht hatte er wieder stundenlang gehustet. Als der Junge ihn am Morgen allein gelassen hatte, war sein Atem flach und kraftlos gegangen. Der Junge hatte sich sehr nahe zu ihm hinabbeugen müssen, um den Luftzug trocken auf seinem Gesicht zu spüren.

»Was wollen Sie also?«, fragte er langsam und ohne besondere Betonung.

Der Schiffsführer nahm einen großen Schluck, ging hinüber zur Flasche und füllte seine Tasse bis an den Rand. »Das«, sagte er, »ist die weitaus vernünftigere Frage.«

»Ich beschaffe Ihnen seine Sachen«, sagte der Junge. »Ich brauche nur etwas Zeit. Wenn es ihm besser geht, sagt er mir, wo sie sind, und …«

»Das ist nicht nötig.«

»Ich besorge sie.«

»Sie verstehen nicht.« Der Schiffsführer stellte seine Tasse ab, ging nach hinten in den Laderaum und kam mit einer Kiste zurück, die er dem Jungen vor die Füße stellte.

Der Junge öffnete den Deckel. In der Kiste waren Knochen, Klingen, bearbeitete Steine, poliertes Holz. Das Beste von allem, was der alte Mann über die Jahre vom Meeresboden heraufgeholt hatte. Es schien so wenig zu sein, füllte kaum die halbe Kiste, war so sorgsam gereinigt, poliert und ordentlich angeordnet.

»Ich fürchte«, sagte der Schiffsführer und griff wieder zu seiner Tasse, »dass es dafür keinen Markt gibt.«

Der Junge betrachtete die Dinge in der Kiste. Ein Stück verdrilltes Holz, das wie eine Flamme aussah. Die grünen Steine und der Zahn, so groß wie eine Jungenfaust, den er so oft ungläubig in der Hand gehalten und betrachtet hatte, weil er einmal Teil eines Lebewesens gewesen war.

Einiges davon hatte der Junge noch nie gesehen. Einen spitzen Knochen zum Beispiel, der wie ein Rotorblatt aussah, und einen dunklen Stein in Form eines Bootes, den der alte Mann in Papier gewickelt hatte.

Einer der grünen Steine war angeschlagen. Der Junge glaubte, dass die Beschädigung neu war. Er nahm ihn in die Hand. In einer Ecke des glatten, grünen Randes war eine schmale Rille. Er fuhr mit dem Finger darüber und versuchte, sie wegzupolieren, aber es ging nicht.

Der Schiffsführer setzte sich wieder auf seinen Klappstuhl. Die Federn knarzten leise. »Ich war auch überrascht. Als ich das letzte Mal kam, hatte er alles vorbereitet. Er sagte, er wollte es gegen eine neue Batterie eintauschen.«

Der Junge trat von der Kiste zurück, lehnte sich an die

Wand des Laderaums und schloss die Augen. Er war plötzlich sehr müde.

»Es war ein leichterer Handel, als ich gedacht hatte. Er hat alles gleich herausgegeben.« Der Schiffsführer machte eine Pause. Man hörte seine Lippen an der Blechtasse, sein Schlucken. »Aber dann, wissen Sie, sagte er, er *brauche* die Batterie, weil er hinaus zu den äußeren Feldern müsse.«

Der Junge hatte seine Augen noch immer geschlossen, wusste aber, dass ihn der Schiffsführer genau musterte.

»Er erzählte nicht gleich, was passiert war. Erst sagte er, Sie wären draußen und machten Reparaturen. Aber ich habe ihn durchschaut. So wie er sich verhielt. Es war genau wie beim letzten Mal.«

Der Junge öffnete die Augen. Der Schiffsführer sah ihn offen an.

»Wissen Sie, er war über ein Jahr allein hier draußen, bevor ich das mit Ihrem Vater weitergeben konnte. Er sagte immer nur, Ihr Vater wäre draußen beim Arbeiten. Dass er zufällig immer gerade draußen war, wenn ich herkam. Ich dachte schon, ich würde das ganze Theater noch einmal erleben. Die Aussagen, die Berichte, den fürchterlichen Papierkram.« Nase und Mund zogen sich zusammen. »Da ist es wirklich ein Glück, Sie heil und gesund zu sehen.«

Der Schiffsführer beugte sich über die Kiste mit den Sachen des alten Mannes, holte einen polierten, unebenen Kiesel heraus und hielt ihn ans Licht. »Wofür, denken Sie, war der hier?«

Der Junge trat vor, das Herz schlug ihm bis zum Hals. Er hatte die Fäuste geballt, aber diesmal versteckte er sie nicht in seinen Taschen. »Was wollen Sie?«

Der Schiffsführer drehte den Kiesel im Licht, hielt inne, zog die Stirn kraus, ließ ihn zurück in die Kiste fallen und wischte sich die Hand an seinem Overall ab. »Danken wir Gott für die Zivilisation.«

Der Junge trat einen weiteren Schritt vor und schlug den Deckel der Kiste mit einem Knall zu. »Was wollen …«

»Ich will ihn sehen.«

»Was?«

»Ich will ihn sehen.«

»Nein.«

Der Schiffsführer stellte die Tasse ab und verschränkte die Arme vor der Brust. »Nun, dann kann ich nicht helfen.« Er atmete langsam durch die Nase. »Sie sagen, Sie wollen Medizin für ihn. Mal angenommen, wir einigen uns auf einen Preis, dann nützt es euch nur etwas, wenn ich die richtigen Mittel bringe. Und dafür muss ich ihn sehen.«

Der Junge stand lange reglos da und drehte sich schließlich zur Luke um.

Das Schiff schaukelte sanft, als sie das Deck überquerten.

»Er hat Sie also gerade erst gefunden?«

»Was?«

»Der alte Mann, er hat Sie gerade erst gefunden?«

Der Junge hob die Hand und rieb sich das Kinn. »Er hat mich gefunden.«

»Draußen in den äußeren Feldern?«

Der Junge nickte.

»An einem Windrad angeschwemmt?« Der Schiffsführer blieb stehen und sah zum Wartungsboot in der Ladebucht hinüber. »Und das mit einem Boot ohne anständige Batterie.«

Der Junge betrachtete das Gesicht des Schiffsführers, als der sich wegdrehte und den Blick über das Dock gleiten ließ. Die Falten um seine Augen waren fein und gleichmäßig verteilt.

»Erstaunlich«, sagte der Schiffsführer.

Unten hinter der Reling war ein Geräusch zu hören. »Ja, nicht wahr? Aber manchmal überrasche ich mich sogar selbst.«

Sie sahen hinunter, und da stand der alte Mann auf dem Steg. Er hatte sich das Haar zurückgekämmt, trug einen sauberen Overall, und es wirkte, als hätte er die Hand locker auf dem Geländer liegen, doch der Junge sah, dass er es fest umklammert hielt. Sein Arm zitterte leicht, aber er stand ruhig und gerade da und sah den Schiffsführer an.

»Greil«, sagte der Schiffsführer und trat näher an die Reling. »Fühlen wir uns ein bisschen angeschlagen?«

»Sie wissen schon. Die Arbeit. Der ganze Druck.« Der alte Mann hustete einmal und verzog das Gesicht. »Aber Sie stehen gut im Saft, wie ich sehe.«

Der Schiffsführer blinzelte und fuhr sich mit den Händen über die Hüften. Er wurde leicht rot. »Der Arbeitsdruck«, sagte er.

Das Schiff schaukelte. Der Junge beobachtete die Hand des alten Mannes auf dem Geländer. Er konnte hören, wie schwer er atmete, und hoffte, dass es dem Schiffsführer nicht auffiel.

»Ich dachte, ich komme besser und sehe mir die Lieferung an«, sagte der alte Mann. Er schaute hinunter aufs Wasser und wollte wohl etwas sagen, doch sein Blick folgte einer Welle, die durchs Tor hereingekommen war, und er schien den Faden zu verlieren.

»Es ist alles in Ordnung«, sagte der Junge.

Der alte Mann runzelte die Stirn und sah zu ihnen hinauf. »Haben Sie die LEDs diesmal dabei?«

Der Mundwinkel des Schiffsführers zuckte. »Ich glaube schon.«

»Es ist alles in Ordnung«, sagte der Junge noch einmal.

Der Schiffsführer betrachtete den alten Mann aufmerksam. »Ich habe Ihre Fundstücke wieder mitgebracht«, sagte er. »Ihre Stöcke und Steine.«

Der alte Mann warf dem Jungen einen Blick zu und kippte leicht nach vorne, richtete sich jedoch wieder auf.

Der Schiffsführer neigte den Kopf zur Seite und folgte seiner Bewegung. »Gibt keinen Markt dafür, fürchte ich. Aber wie es aussieht, hat sich ja alles bestens geklärt, meinen Sie nicht auch?«

Der alte Mann starrte den Schiffsführer an. Seine Augen waren so hell, dass sie in der Düsternis des Docks fast zu glühen schienen. Seine Hand rutschte vom Geländer ab, und er wankte zur Seite. Der Junge wollte schon auf den Steg hinunterspringen, doch der alte Mann fing sich, hielt sich fest und stand wieder aufrecht.

Der Schiffsführer sah ausdruckslos zu.

»Nun.« Der alte Mann drückte den Rücken durch. »Es war wie immer mehr als anregend, mit Ihnen zu plaudern, aber wenn Sie mich entschuldigen, ich habe zu tun.« Er holte tief Luft, drehte sich um und ging langsam, aber zielstrebig zur Treppe hinüber.

Der Junge und der Schiffsführer sahen ihm hinterher. Jeder seiner Schritte hallte durchs Dock.

»Er braucht wirklich Medikamente, nicht wahr?«, sagte der Schiffsführer.

Der Junge antwortete nicht.

»Was Sie nicht gerade in eine gute Verhandlungsposition bringt. Das macht es schwer, rein geschäftsmäßig zu denken.«

Der Junge sagte immer noch nichts. Er spürte jede Bewegung des Schiffsführers auf Deck. Wie er jedes Mal, wenn eine Welle ins Dock kam, neu Fuß fasste.

Der Schiffsführer blickte auf seine Hände und seufzte. »Ich will das Boot«, sagte er.

Die Lichter des Docks summten leise in der Düsternis.

»Welches Boot?«

Der Schiffsführer wandte sich dem Jungen zu. Einen Moment lang wirkte er fast traurig. »Das Boot, mit dem Sie zurückgekommen sind.«

Dem Jungen war plötzlich fürchterlich kalt. »Welches Boot?«, fragte er wieder.

Der Schiffsführer stieß den Atem schnaubend durch die Nase aus. »Sie erwarten doch nicht wirklich von mir, zu glauben, dass er Sie da draußen auf einem Windrad gefunden hat? In den äußeren Feldern? Er weiß ja nicht mal, wie man mit dem SatNav umgeht.«

Der Mund des Jungen war trocken. Er wandte sich ab und legte die Hände auf die Reling. »Sie können alles andere haben.«

»Ich will nichts anderes.«

»Das Boot nicht.«

Der Schiffsführer zog die Brauen zusammen und schüttelte den Kopf. »Ganz und gar nicht geschäftsmäßig«, sagte er. »Ganz und gar nicht geschäftsmäßig.«

Der Schiffsführer steuerte langsam und vorsichtig durch den Park, verfolgte seine Position auf dem SatNav und bestätigte jede Richtungsangabe des Jungen. Sah links und rechts aus dem Fenster und stellte sicher, dass sie exakt zwischen den Reihen blieben.

»Und der mutige, gut aussehende Schiffsführer, der Held unserer Geschichte …«

Der Junge starrte durch die Windschutzscheibe. Die Rotorblätter quirlten lange Wolkenstreifen in die Luft.

»Er belud sein Boot. Belud es mit …«

»Das haben Sie schon erzählt«, sagte der Junge. »Er fährt raus, und sein Boot schlägt leck.«

»Leck?«

Der Junge starrte auch weiter nach vorn. Die Wolken verschoben sich, wurden aufs Neue erfasst und verwoben sich zur Mitte des Parks hin zu einer dicken Decke. Wenn es so weiterging, musste der Schiffsführer womöglich umkehren, weil er den Weg nicht mehr fand. Aber der Junge wusste, dass es nicht so kommen würde. Jeden Moment würden sich die Wolken heben, weiter oben sammeln und sich wie eine Luke über ihnen schließen.

»So haben Sie es erzählt. Sie sagten, er hatte ein Leck, und das Boot lief voll Wasser. Sie sagten, er hatte die Wahl, zurückzufahren, mit dem Risiko zu sinken, oder zu stoppen und Wasser zu schöpfen, bis er zu müde war, um weiterzumachen.«

Der Schiffsführer runzelte die Stirn. Er sah auf das SatNav und wieder nach vorn durch die Windschutzscheibe. »Das klingt nicht richtig«, sagte er. »Unser Schiffsführer wäre nicht so dumm, sich in so eine Situation zu bringen.«

Die Wellen wurden dunkler und kabbeliger. Der Junge sah zu den vorbeiziehenden Windrädern hinauf. Er versuchte, sie so lange wie nur möglich im Blick zu behalten, als würde das etwas ändern, als würde es sie bremsen und verhindern, dass der Schiffsführer in eine weitere Reihe bog und das Boot des Jungen vor ihnen auftauchte.

Der Geruch von Wachs und Politur im Steuerhaus war überwältigend. Der Junge hielt weiter Ausschau, doch es änderte nichts. Ein Stück weiter lag sein Boot an einer Stütze vertäut, der Schiffsführer hatte es bereits entdeckt und wurde langsamer.

Der Junge ging aufs Deck hinaus und stand im Bug, während der Schiffsführer fünf Versuche brauchte, um nahe genug an das Boot heranzukommen, ohne sich die Außenhülle zu verkratzen. Am Ende bekam der Junge die Reling zu fassen und konnte an Bord klettern. Einen Moment lang stand er auf seinem Boot, und seine Füße erinnerten sich an die typische Art, wie es schaukelte. Er sah, wie der Bug sich hob und senkte, hob und senkte, bis ihm nichts mehr übrig blieb, als das Boot am Versorgungsschiff festzumachen.

Während der Schiffsführer die Knoten überprüfte, ging der Junge ins Heck seines Bootes und ließ den Blick über die Kabine, die Stangen und das ordentlich eingerollte Segel gleiten, die Leinen und die Rollen, über die sie zum Steuerruder führten. Auf dem Bedienfeld war eine Delle. In einem der Stürme hatte sich sein Stuhl losgerissen und war durch die Kabine geflogen. Das war ein langer, schwieriger Tag gewesen, aber das Boot hatte durchgehalten.

Eine Böe ließ die Stangen klacken. Das hatte er noch ändern wollen.

»Äußerst charmant«, sagte der Schiffsführer. Er betrachtete das Segel, die Hände vor dem Bauch gefaltet.

Der Junge folgte seinem Blick. Über ihnen strömten die Wolken dahin. Er legte die Hände einen Moment lang auf die Reling und kletterte dann zurück auf das Versorgungsschiff.

»Ich bin wirklich sehr beeindruckt«, sagte der Schiffsführer, während sie dem SatNav zurück zur Plattform folgten. »Ein Mast und Segel aus Stangen und einer alten Plane. Eine richtige Takelage. Wer hätte das gedacht.«

Der Junge richtete den Blick nach vorn und hielt ihn dort fixiert, um nicht sein Boot im Spiegel sehen zu müssen.

»Ihr Vater, da bin ich sicher, wäre sehr beeindruckt gewesen.«

Der Junge drehte sich um, starrte den Schiffsführer an und wandte sich wieder dem Fenster zu.

Der Schiffsführer blinzelte, prüfte seine Koordinaten und räusperte sich. »Wie ich also sagte, der mutige, gut aussehende Schiffsführer, der Held unserer Geschichte …« Seine Stimme versiegte.

Eine Welle schlug gegen den Rumpf des Versorgungsschiffes, und einen Moment später auch gegen den Rumpf des Boots, das sie hinter sich herschleppten.

Der Junge konnte jede Welle hören, die Art, wie das weiße Wasser brach und über den Rumpf zischte. Sein Vater hatte ihn so verändert, dass die Ecken runder waren als ursprünglich. Windschnittiger. Er musste Wochen, Monate dafür gebraucht haben, um Schicht für Schicht Metall abzutragen, den Rumpf von innen zu verstärken, dann zu polieren und dafür zu sorgen, dass er genau richtig im Wasser lag. Hatte er je wirklich geglaubt, er würde es zurück schaffen? Der Junge würde es nie erfahren. Aber er hatte es versucht, hatte getan, was er für das Beste hielt, was der Junge selbst wahrscheinlich auch getan hätte. Er war noch so jung gewesen, dachte er. In dem kleinen Raum mit den orangefarbenen Stühlen war sein Vater noch so jung gewesen, vielleicht sogar noch jünger als er heute. Sein Vater hatte den Rumpf so wunderbar geformt, dass das Wasser ihn kaum zu berühren schien. Der Junge stellte sich jedes einzelne Metallteilchen vor, das herunterfiel und sich auf seinen Stiefeln ablagerte.

Der Schiffsführer steuerte in eine neue Reihe. Ein Windrad sah mit weggeknickten Rotorblättern zu ihnen herunter. Der Schiffsführer drehte sich im Vorbeifahren danach um. Immer wieder sah er zu den verbogenen, kaputten Windrädern hinauf, und seine Hände am Steuer zuckten. Wieder der Blick auf das Navigationsgerät. Sie waren noch weit draußen. Er beschleunigte. »Was, denkst du, ist passiert?«

»Was?«

»Mit dem Schiffsführer, der das Wasser aus seinem Boot geschöpft hat. Was, denkst du, ist passiert?«

Der Junge schüttelte den Kopf. »Das ist Ihre verdammte Geschichte.«

Der Schiffsführer nickte und atmete tief durch. »Ja, das ist es. Das ist ein Argument.« Seine Hände wanden sich auf dem Steuer. »Ich glaube, er dichtete das Leck ab und schaffte es nach Hause, wo er wie ein Held gefeiert wurde.«

Der Junge drehte sich um und sah ihn an. »Das glauben Sie?«

Der Schiffsführer blinzelte. »Ich denke schon.«

Der Junge musterte den Schiffsführer. Eine winzigkleine

Schweißperle hing über seiner Oberlippe. Ein weiteres Windrad tauchte vor ihnen auf. Mitten im Turm klaffte ein Loch, schartig, geschwärzt, Metallstücke hoben sich im Wind. Dahinter erstreckten sich die Felder in die Ferne. Verwebt wie ein Netz. Der Schiffsführer schien den Blick nicht davon abwenden zu können.

»Sie haben nicht viel Zeit offshore verbracht, oder?«, sagte der Junge.

Die zwei Boote fuhren langsam ins Dock ein. »Wann kommen Sie mit der Medizin zurück?«, fragte der Junge.

»Sobald ich kann.« Der Schiffsführer stoppte das Versorgungsschiff neben dem Steg. »Natürlich muss ich erst sehen, wie viel ich für das Boot bekomme, aber es sollte für die ersten Monate reichen.« Er schaltete den Motor aus und wandte sich dem Jungen zu. »Wie wir es mit weiteren Rezeptlieferungen machen, besprechen wir dann.«

Der Junge verschränkte die Arme und sah dem Schiffsführer in die Augen. »Und ich habe nur Ihr Wort?«

Der Schiffsführer schob die Lippen vor. »Wir haben einen Handel abgeschlossen. Habe ich je eine Zusage nicht eingehalten? Habe ich je etwas getan, was den Gedanken nahelegt …?«

»Okay«, sagte der Junge. »Okay.«

»Bis dahin.« Der Schiffsführer öffnete eine Schublade im Kasten neben dem Steuerruder und holte ein kleines Fläschchen heraus. »Eine pro Tag«, sagte er. »Hoffen wir, es ist nichts Resistentes.«

Der Junge trat zu ihm und nahm das Fläschchen. Das Glas war blassbraun und dünn, die Kappe silbern. Es war voller Tabletten. Sie sahen nicht nach viel aus, waren nichts als winzige weiße Kugeln. Klein und matt glänzend, nicht größer als ein Fingernagel.

»Wissen Sie«, sagte der Schiffsführer, ging in die Hocke und räumte die Schublade auf, rückte Packungen und Papierrollen zurecht. »Wenn Sie sonst noch etwas brauchen.«

Der Junge hielt das Fläschchen vorsichtig in der Hand, steckte es in die Tasche, drehte sich um und ging.

»Ich meine nur, jetzt, wo wir miteinander handeln ...«

Der Junge überquerte das Deck und wollte auf den Steg steigen, blieb dann aber stehen und kam noch einmal zurück zum Steuerhaus.

»Angelschnur«, sagte er durch die Tür.

Der Schiffsführer sah ihn an. »Entschuldigung?«

»Ich möchte eine richtige Angelschnur.«

»Wozu?«

»Zum Angeln.«

Der Schiffsführer blinzelte, nickte und griff in die Schublade. Holte einen Zettel und einen Stift heraus. »Angelschnur«, sagte er und schrieb es mit kleinen, ordentlichen Buchstaben auf. »Zum Angeln.«

Staub

Der Junge lag auf seinem Bett und lauschte dem Atem des alten Mannes, der durch die Lüftungsrohre zwischen ihren Zimmern zu hören war. Die Plattform war ruhig. In der Nacht hatte es gestürmt, von Südost. Das wusste der Junge, weil sich der Wind aus der Richtung immer im Müllschacht fing. Er hatte wach gelegen und ihm bis in die frühen Morgenstunden gelauscht, als er schwächer geworden war.

Die Klimaanlage stotterte und setzte aus. Wahrscheinlich waren die Filter verstopft. Er konnte sich nicht erinnern, wann er sie zuletzt überprüft hatte. Er konnte sich auch nicht erinnern, wann er das letzte Mal die Reparaturliste gecheckt hatte. Die Windradteile für den Schiffsführer lagen noch in ihren Kisten im Dock. Und er hatte auch die Sachen noch nicht eingeordnet, die mit dem Versorgungsschiff gekommen waren. Die Tage schienen sich still und leise zu verflüchtigen, wie Strömungen tief unter der Oberfläche.

Er hatte das Versorgungsschiff auf der Satellitenkarte verfolgt, wie es mit seinem Boot im Schlepp den Park verlassen hatte. Als es von der Karte verschwand, hatte er zum Wetterbericht gewechselt. Einen Moment lang wünschte er sich einen Sturm herbei, doch dann erinnerte er sich daran, dass der Schiffsführer überleben musste, um mehr Medizin zu bringen.

Der Atem des alten Mannes ging ruhiger und regelmäßiger, seit er die Pillen nahm. Er schlief besser, aß und trank etwas mehr. Er hustete noch, aber die Anfälle wurden weniger und waren nicht mehr so heftig. Manchmal hörte der Junge, wie er aufstand und den Flur hinunter zur Toilette ging. Manchmal hörte er das Kratzen von Flaschen und das Rascheln kleiner Plastikteilchen. Der Junge hatte sich zum alten Mann gesetzt und ihm zu erklären versucht, was mit dem Boot geschehen war, er wusste aber nicht, ob der ihn hörte oder verstand. Und so putzte der Junge einfach nur, machte das Bett und hielt das Zimmer ordentlich. Er brachte die Fundstücke des alten Mannes wieder zurück, die Nadeln, Knochen und Steine, und reihte sie neben den Flaschen mit dem Plastik auf, eines neben dem anderen.

Der Junge streckte den Arm aus und nahm eines der technischen Handbücher. Er schlug es auf und begann zu lesen. Las bis zum Ende der Seite, hielt inne, zog die Stirn in Falten und las die Seite noch einmal. Das stimmte nicht. So wechselte man das Lager einer Windnachführung nicht aus. Das war die falsche Reihenfolge. Er ließ das Buch auf seinen Schoß sinken. Da stand, dass die Radiallager nach dem Hauptlager eingesetzt würden, doch das war nicht richtig. Die Radiallager kamen immer zuerst und die Hauptlager danach. Er sah wieder auf die Seite. Vielleicht gab es noch mehr Fehler. Vielleicht war alles falsch, was er gelesen hatte, und es war ihm nur nicht aufgefallen. Der Junge schlug das Buch langsam zu.

Es war so still, dass er die Uhr an der Wand ticken hören konnte. Er sah hinüber. Sie tickte, doch der zweite Zeiger bewegte sich nicht. Er sah wieder zur Decke. Die Uhr tickte, aber sie ging nicht. Er stand auf, zog sie aus ihrer Halterung und warf sie in die Ecke unter das Waschbecken. Das Ticken hörte auf. Stille. Der Junge schloss die Augen. Tatsächlich Stille. Kein Wind, keine Klimaanlage, überhaupt kein Geräusch.

Er setzte sich auf. Auch aus dem Zimmer des alten Mannes war nichts zu hören. Er sprang vom Bett auf, rannte den Gang hinunter zur Tür des alten Mannes und stieß sie auf. Er hörte sein Herz in den Ohren pochen. Der alte Mann war nicht da. Der Junge sah den Gang hinauf und hinunter, lief in den Waschraum, die Toiletten und das Zimmer, in das er die Netze und Karten des alten Mannes gebracht hatte. Er sah in den Kontrollraum, die Kantine, das Dock, durchsuchte die Transformatorenebene, und seine Schritte hallten auf den Stufen wider. Nichts. Alles leer. Schwer atmend stand er oben auf dem Gang. Dann sah er ein seltsames Licht im Freizeitraum.

Er ging langsam hinüber und blickte hinein. Der Raum war leer, aber in ein dämmrig orangefarbenes Licht gehüllt. Es kam vom Fenster, das mit etwas überzogen war, durch das man nicht hindurchsehen konnte. Er durchquerte den Raum, legte die Hände aufs Glas und um seine Augen, aber es war nichts zu erkennen.

Kein Rauschen von Wind oder Meer. Nichts. Er musste einen entsetzlichen Moment daran denken, wie es gewesen war, völlig allein draußen in dem riesigen Windrad. Die Wände schienen sich auf ihn zuzubewegen. Es gab nicht genug Luft. Was hatte der Schiffsführer gesagt? Der alte Mann hatte ein Jahr gewartet, bis er endlich zugegeben hatte, dass der Vater des Jungen verschwunden war.

Er hörte Schritte über sich und lief aus dem Freizeitraum zur Luke, die hinaus aufs Dach führte. Er blieb stehen und lauschte. Nichts. Drehte den Griff, drückte und wäre fast durch die Öffnung gefallen. Der gewohnte Gegendruck des Windes fehlte.

Er stolperte hinaus und blinzelte gegen das merkwürdige rote Glühen an, das von allen Oberflächen auszugehen schien. Alles war vollkommen still. Rotoren, Meer, Himmel. Der Junge blinzelte und wartete, dass sich seine Augen an das Licht gewöhnten, denn alles schien immer noch rot zu sein. Er blinzelte noch einmal, drückte die Fingerknöchel auf die Augenhöhlen, doch das Rot blieb. Es bedeckte die Plattform, die Türme, die Rotoren, selbst Wolkenränder und Meeresoberfläche. Es war, als hätte sich hier, während er nicht aufgepasst hatte, ein anderer Ort breitgemacht, der sich stumm bis in die letzten Ecken gedrückt hatte.

Fußabdrücke führten von der Luke hinaus zum aufgesprungenen Hubschrauberlandeplatz. Der Junge ging in die Hocke und fuhr mit dem Finger über das Metall. Es war staubig. Er stand auf und drehte sich um. Der ganze Park war, so weit er sehen konnte, mit einer Staubschicht bedeckt.

Er folgte den Fußabdrücken und fügte ihnen die eigenen hinzu, ging bewusst neben ihnen entlang. Sah zu, wie der Staub den Umriss seines Stiefels perfekt wiedergab. Während des Gehens fuhr er mit der Hand über das Geländer, schob dabei fast eine Handvoll Staub zusammen und ließ ihn von der einen in die andere Hand rieseln. Er sah zu, wie er an seiner Haut kleben blieb, sich in Rissen und Furchen sammelte und die wellenförmigen Muster seiner Fingerabdrücke hervorhob. Der Staub war körnig und leicht, fast weich. Der Junge rieb die Hände aneinander, und der Staub stieg in die Luft auf.

Der alte Mann stand mitten auf dem Hubschrauberlandeplatz. Er hatte sich rasiert und nur ein paar graue Stoppeln in den Falten des Halses zurückgelassen. Auch sein Haar war jetzt grau gefleckt, aber seine Augen schienen weniger trüb und der Kiefer nicht mehr so angespannt. Der Junge ging hinüber und stellte sich neben ihn.

»Der kommt aus der Wüste«, sagte der alte Mann schließlich.

»Der Wüste?«

»Du weißt, was das ist?«

Der Junge betrachtete den Staub. »Ein staubiger Ort.«

Der alte Mann sah den Jungen an. »Staubig und heiß.«

Der Junge nickte, ging in die Hocke und legte die Hand auf das Dach der Plattform. Es schien warm zu sein, doch das konnte auch daran liegen, dass sie direkt über dem Heizsystem standen.

»Nachts wird es allerdings kalt«, fuhr der alte Mann fort. »So kalt, dass du in deinem Bett zu frieren beginnst.«

»So wie hier also?«

»Aber nicht feucht.« Der alte Mann schloss die Augen. »In der Wüste gibt es überhaupt kein Wasser.«

Der Junge blickte aufs Meer hinaus. Der Staub bedeckte seine Oberfläche, sodass es nicht mehr wie Wasser aussah, sondern fast wie fester Boden wirkte, auf den man hinaustreten und auf den Horizont zuwandern konnte. Je länger der Junge hinaussah, umso mehr schien es so. Fast spürte er, wie es sich unter seinen Füßen anfühlte, wie fest, wie unbeweglich. Dann bauschte sich eine kleine Welle auf, durchbrach die Staubschicht, zerbröselte die Ränder. Und war auch schon wieder verschwunden.

»So war es hier mal«, sagte der alte Mann.

»Eine Wüste?«

»Land.«

»Ich weiß.«

»Alles hier, so weit wir sehen können, war damals Land.«

»Ich weiß.«

Der alte Mann bückte sich und hob etwas Staub auf. »Alles verändert sich, wenn du lange genug wartest.«

Der Junge richtete sich auf und schlug sich den Staub von den Händen. »Ich will nicht warten.«

Der alte Mann blickte weiter aufs Meer hinaus.

»Wir können ein neues Boot bauen«, sagte der Junge. »Besser als das erste. Es gibt hier genug Dinge, die wir benutzen können. Und es treibt alles Mögliche vorbei. Wir brauchen nur Planen, Stangen und ein paar Leinen.« Er hatte lange darüber nachgedacht, was genau sie brauchten und was es auf der Plattform bereits gab. Die Bettlaken waren zu dünn und würden beim ersten heftigeren Wind zerreißen. Die Stangen des alten Mannes würden sich verbiegen. Alles, was ihm einfiel, taugte nicht, bis nur noch die Möglichkeit blieb, zu warten und zu sehen, was das Meer herantrug.

Der alte Mann zerrieb den Staub langsam zwischen den Fingern. »Das alles treibt hier vorbei, oder?«

»Wo sonst hatte er es her?«

Der alte Mann legte die Stirn in Falten. »Ich weiß es nicht mehr.«

»Was ist mit den Batterien?«

»Das waren unsere Ersatzbatterien.«

»Und du hast sie ihm einfach überlassen?«

Der alte Mann hielt den Blick auf den Horizont gerichtet. »Er sagte, er würde sie brauchen.« Der Staub hatte eine feine Schicht auf seinen Wimpern gebildet.

Der Junge bückte sich und fuhr erneut mit den Fingern durch den Staub. Die feinen Körner sammelten sich unter seinen Nägeln.

»Erinnerst du dich an ihn?«, fragte der alte Mann.

Der Junge starrte auf seine Hand. Da waren so viele Körner unter seinen Nägeln, Millionen wahrscheinlich, wenn er sie hätte zählen können. »Nicht gut«, sagte er.

Der alte Mann nickte. »Aber du hast an ihn gedacht.«

Der Junge rieb sich über das Kinn und ließ die Hand wieder sinken.

»Ich meine … hast du …« Der alte Mann brach ab und räusperte sich. Er spähte hinaus in die merkwürdige Helligkeit. »Es wird ruhig bleiben«, sagte er. »Für ein paar Tage.«

Der Junge wandte sich zu ihm um. »Uns wird es nicht so gehen.«

Der alte Mann sah weiter zum Himmel hinauf. »Hast du schon einen Plan für morgen aufgestellt? Wir sind im Rückstand.«

»Was mit ihm geschehen ist«, sagte der Junge. »Uns wird es nicht so gehen. Ich bin mit dem Boot durch den ganzen Park gekommen. Wenn wir zu zweit sind …«

»Wir werden nicht zu zweit sein.«

»Was?«

Der alte Mann atmete rasselnd ein und hustete, der Husten hörte aber gleich wieder auf. »Ich helfe dir, das Boot fertig zu machen, wenn die richtigen Sachen hier vorbeikommen, aber du wirst allein segeln müssen.«

»Aber es geht dir schon viel besser. Der Schiffsführer …«

»Darum geht es nicht.« Der alte Mann atmete ruhig aus.

Einen Moment lang schien der Staub zu dicht, zu trocken.

Der Junge spürte ihn auf den Augenlidern und zwischen den Zähnen. »Du gibst also auf?«

Der alte Mann seufzte wieder, warf noch einen Blick über den Park und ging zurück zur Luke.

Der Junge folgte ihm. »Du bleibst einfach hier? Um was zu tun? Müll vom Meeresboden zu fischen? Dein Zimmer mit winzigen Plastikteilchen zu füllen? Allein hier zu sitzen und an einen Ort zu denken, den es nicht mal mehr gibt?«

Der alte Mann blieb stehen. »Ich muss.«

»Warum?«

»Weil ich einen Vertrag habe«, sagte er leise. »Genau wie dein Vater einen hatte. Er ging, und du bist hier gelandet. Wenn ich gehe …« Er sah aufs Wasser hinaus, über das Wasser hinweg. Sein Kinn war wieder angespannt.

Der Junge stand reglos da. Er betrachtete die beiden Fußspuren, die zurück zur Luke führten. Ein Stück weiter weg ließ sich nicht mehr sagen, welche von wem waren.

Der alte Mann schlug sich den Staub von den Händen und sah zu, wie er zu Boden sank. »Lass mich wissen, was morgen auf dem Plan steht«, sagte er und ging weiter zur Luke, drehte sich aber noch einmal um. »Er war genau wie du«, sagte er. »Ständig dabei, etwas zu reparieren. Habe ich dir das je erzählt?«

Der Junge sah dem alten Mann hinterher. Dann rief er: »Greil?«

Der alte Mann wollte sich gerade durch die Luke ducken, aber blieb stehen und wartete.

»Ich habe an ihn gedacht«, sagte der Junge. »Ich tu's immer noch.«

Der alte Mann nickte. Seine Hand griff nach dem Geländer. Seine Haut war voller Staub, nur in den Furchen der Hand nicht, mit der er das Geländer gepackt hielt.

Langsam lockerte sich sein Griff wieder, und einen Moment später drehte er sich um und richtete sich auf. Ließ die Fingerknöchel knacken, langsam, und genoss jeden einzelnen Knacks. Eine kleine Staubwolke trieb über die Plattform.

»Heute Morgen ist das System wieder zusammengebrochen«, sagte der alte Mann.

»Was hast du gemacht?«, fragte der Junge.

Der alte Mann zuckte mit den Schultern. »Nichts. Es ist einfach zusammengebrochen, und als es wieder hochfuhr, waren alle Bildschirme grün.«

»Grün?«

»Alle.«

Der Junge schlug sich den Staub von seinem Overall. »Warum grün?«, sagte er.

»Woher soll ich das wissen?«

»Das klingt nicht gut.«

»Wäre dir Blau lieber?«, fragte der alte Mann.

»Was?«

»Die Bildschirme. Wenn sie abstürzen.«

»Mir wäre es am liebsten, wenn gar nichts abstürzt«, sagte der Junge.

»Was, wenn du dir eine Farbe aussuchen müsstest?«

»Warum sollte ich mir eine Farbe aussuchen müssen?«

»Himmel, sag einfach eine.«

»Schwarz.«

»Du suchst dir Schwarz aus?«

»Du hast gesagt, ich soll mir eine aussuchen.«

»Und du nimmst Schwarz.«

»Was?«

»Himmel«, sagte der alte Mann wieder. Er schüttelte den Kopf, ging zurück in die Plattform und murmelte etwas darüber, dass der Junge keine Fantasie habe.

Der Junge sah in den Park hinaus. Langsam frischte der Wind wieder auf, Wolken begannen sich heranzuschieben, und der Staub wurde nach und nach weggeblasen. Nur in den Nieten und Fugen des Metalls blieben feinste Reste zurück.

Wenigstens wusste er jetzt, was die Klimaanlage ausgeschaltet hatte. Er konnte sich auf eine lange Nacht freuen, in der er den Staub aus den Filtern schrubbte.

Von Westen her begannen sich die Rotoren langsam wieder zu drehen. Fast alle Windräder in der Nähe der Plattform standen still. Der Junge dachte an die Teile unten im Dock. Er konnte sie wieder dort einbauen, wo er sie herhatte. Aber vielleicht war es besser, zu sehen, wo sie am meisten gebraucht wurden. Die Wartungsliste konnte man vergessen. Morgen würden er und der alte Mann früh aufstehen, sich einen Bereich aussuchen und die Windräder dort selbst durchchecken. Getriebe würden zu schmieren sein, Rotorblattkontrollen neu zu justieren und zu verdrahten. Seit Langem schon wollte er mal wieder einen Generator überholen. Unter den richtigen Bedingungen schafften sie fünfzehn, vielleicht zwanzig am Tag. Im Park gab es sechstausend Windräder, was bedeutete, dass sie in drei- bis vierhundert Tagen einmal durchkommen konnten. Natürlich war dabei nicht mit einberechnet, dass es an Ersatzteilen fehlte, ganz zu schweigen von den Wochen, in denen das Wetter sie an die Plattform fesselte, und dem Umstand, dass sie die besten Teile für den Schiffsführer brauchten. Und auch die Risse und Lecks in der Plattform, durch die es tropfte und zog, waren nicht mit einkalkuliert, die ausgebessert, versiegelt, verstärkt werden mussten, damit nicht irgendwann alles ins Meer stürzte. Und auch der Umstand nicht, dass der alte Mann, wenn der Junge sagte, ein Lager müsse ausgetauscht werden, ihm höchstwahrscheinlich widersprach und eine Dose Protein darauf wettete, dass es nicht so war. Wenn der Junge dann recht behielt, würde der alte Mann später noch mal nachsehen wollen. Und natürlich hatten sie sich, unterwegs von einem Job zum nächsten, am Ende immer wieder um die Netze des alten Mannes zu kümmern.

Aber sie hatten auch viel Zeit.

Der Junge sah zum Himmel hinauf. Etwas weiter im Westen waren die Wolken womöglich eine Idee heller. Es war immer noch viel vom Tag übrig. Er ging nicht durch die Luke zurück nach drinnen, sondern stieg die Leiter zum Umlauf unten an der Südweststütze hinunter. Draußen auf den Feldern drehten sich die Räder jetzt schneller und fanden einen stetigen Rhythmus. Der Wind dröhnte durch die Gitter. Dreizehn Meter pro Sekunde. Der Park würde heute eine gute Leistung bringen.

Er ging in die Hocke und griff nach seiner Schnur. Das Wasser war trübe, die Reste des Staubs trieben darin, aber ein Stück weit konnte er sehen. Wer wusste schon, was er dort unten finden mochte? Schließlich war das hier mal Land gewesen, ein ganzer Kontinent.

Am vierten Haken sah er etwas.

»Ein komischer Fisch«, sagte er, und seine Stimme verschmolz mit dem Wind.

Im Jahr null

Und jetzt ist da nur Wasser. Oder nicht ganz.

An manchen Stellen wurden Blöcke versenkt, um den Meeresboden zu stabilisieren. Pfähle und Stangen wurden hineingetrieben. Metall auf Metall gesetzt. Türme wuchsen aus dem Wasser, wie die Stämme lange vergessener Bäume.

Die Bäume bekamen Äste. Der Wind blies, und die Äste drehten sich. Der Wind blies, und die Äste drehten sich und surrten. Kabel sprossen wie Wurzeln. Energie sammelte sich und breitete sich aus.

Wann war das? Vielleicht vor Jahrhunderten. Kaum mehr als ein Wimpernschlag in der Lebenszeit des Wassers.

Aber hier sind sie. Und das Wasser arbeitet weiter – ebnet ein, zerrt an Ecken und Kanten und versucht unablässig, zu einer glatten Oberfläche zurückzukehren. Ins Fließgleichgewicht. Es wiederholt sein Mantra: Festigkeit ist nichts als eine Unterbrechung des fortwährenden Flusses, ein Hindernis, das zu überwinden, ein Ungleichgewicht, das zu korrigieren ist.

Es findet seinen Weg durch Risse und Nieten. Es schleift Metall ab, Millimeter um Millimeter. Löst Farbe und zerbröselt Gummidichtungen. Es findet neue Wege, Dinge erblühen zu lassen.

Manchmal stellt es fest, dass seine Arbeit rückgängig gemacht wurde. Ein Riss wurde gefüllt, eine Abdeckung verstärkt. Aber das Wasser ist geduldig. Es tut das alles schon sehr lange.

Der Wind bläst, und die Äste knarzen und drehen sich. Irgendwo in dem metallenen Wald neigt sich ein Baum zur Seite, ächzt, aber fällt noch nicht.

Die Landschaft hält stand, einen Moment lang.

Wie lange? Vielleicht für Jahrhunderte. In der Lebenszeit des Wassers kaum der Rede wert.